ライト・スタッフ

山口恵以子

目次

装画　加藤木麻莉
装幀　高柳雅人

ライト・スタッフ

プロローグ

正門に掲げられた看板の前に立ち、五堂顕は大きく息を吸い込んだ。

今日は太平洋映画会社の助監督採用の二次試験の日である。一次試験は論文、作文、英語、時事問題などの学科試験、二次試験は面接。一次の合格者だけが二次試験に進むことが出来た。

落ち着け、落ち着け。大丈夫だ。あの難関を突破したんだから、後は当たって砕けろだ……。

必死に自分に言い聞かせ、正門を入った。

正面の奥には瀟洒な二階建ての洋館が建っていて、車寄せのコンクリートの道が緩やかなカーブを描いて続いている。道の両脇には芝生が広がり、右手に三人の天使の像を頂く大きな噴水が見えた。

玄関を入ると広い階段があって、手すりの脇に「助監督試験面接会場　二階」という立看板が出ていた。階段を上って左右を見渡すと、廊下の左手奥に立つ小ぶりの看板「受験者控室」の文字が目に入った。

近づいてドアを開け、部屋の中を見てハッと息を呑んだ。

一次試験会場は撮影所近くの小学校と中学校を借りて行われ、わずか五人の募集に対して五千人以上が詰めかけるほどの過熱ぶりだった。それが、控え室には二十四、五人しかいない。すでに九十九パーセント以上が振り落とされているのだ。

顕は無造作に並んだパイプ椅子の、真ん中あたりの席にそっと腰かけた。そして、周囲に視線を走らせ、ライバルたちの様子を観察した。

ほとんどが顕と同年代、二十二、三歳の若者だった。身分も同じく大学の最終学年だろう。顕も含めて、学生服姿が多い。

その中で一人、異彩を放つ青年がいた。顕の斜め前に座っている人物だ。長身白皙。眉目秀麗。そんな言葉がそのまま現実になって現れたような容姿をしていた。学生服ではなく、茶系のジャケットにベージュのズボン、ワイシャツではなく薄手の栗色のセーターを合わせているのが、何ともお洒落だった。一瞬、ニューフェイスの試験会場と間違えたのではないかと思ったほどだ。いや、映画俳優にだって、これほどの美男はいないだろう。

我知らずボウッと見惚れていると、後ろの席からひそひそ話す声が聞こえた。

「……面接は、試験の成績順に呼ばれるらしい」

「ホントか?」

「ああ。係のおっさんがそう言ってた」

「それじゃ、五番までに呼ばれないと、厳しいかもな」

「ここに居るのは五千分の二十五だぜ。点差なんてドングリの背比べさ。学科と面接じゃポイントが違うよ」

顕は思わず後ろを振り向いた。話しているのは学生服姿の二人で、周囲も視線を向けている。

二人の隣にくたびれたジャケットを着た青年が座っていた。柔らかそうな髪の毛が少し伸びている。他の受験者は今日の面接に備えて床屋に行ったばかりのような髪なので、それだけでも目立つ。服装に無頓着なように、周囲にも関心がないらしく、持ってきた文庫本を読みふけっている。

顕がいささか呆(あき)れて見ていると、不意に本から顔を上げた。童顔で、学生服を着ていたら中学生で通りそうだ。目と目が合った瞬間、青年が微笑(ほほえ)んだ。目尻の下がった目が糸のように細くなり、片頬にえくぼが出来て、何とも無邪気で憎めない印象だ。

顕も小さく会釈(えしゃく)を返し、正面に向き直った。

やがて控室のドアが開き、撮影所の職員が顔を覗(のぞ)かせた。

「ただ今から面接を行います。名前を呼ばれた人は隣の会議室に移動して下さい。一番は……」

職員はそこで言葉を切り、紙片に目を落とした。一同はまさに固唾(かたず)を呑んで次の言葉に耳を澄ませた。

「植草一君。どうぞ」

あの飛び抜けた美青年がすっと立ち上がった。部屋の中に、声にならぬ溜息が満ちた。

ちぇッ、不公平だな。天から二物も三物ももらいやがって。

顕の心の呟きは、残りの青年たちの本音だったろう。

「……長いな」

誰かが独り言を漏らした。壁の時計を見ると、植草一が呼ばれてから二十分以上経っていた。この調子で面接を続けたら、終わるまでに日が暮れてしまう。

と、またドアが開いて職員が現れた。

「次の人。長内浩君」

「はい」

立ち上がったのは、あの垂れ目の長髪青年だった。部屋中の視線が集中する。しかし本人はまるで気にする風もなく、暢気な顔で出て行った。童顔に似合わず背が高いことに、顕はその時気が付いた。

三番目の受験者が呼ばれるまで、やはり二十分ほどかかった。しかし、それから後は十分とかからず、次々と名前が呼ばれていく。顕が呼ばれたのは十三番目だった。

気にするまいとしても、縁起の悪い数字だと思ってしまう。

「失礼します！」

会場で一礼して頭を上げると、目の前には新聞や映画雑誌でお馴染みの顔がずらりと並んでいた。才気溢れる作品を連発する神谷透、都会的な乾いたタッチが特色の宮原礼二、娯楽作品のヒットメーカー和久雄太。そして、戦前から映画界に名を知られ、今や巨匠の名をほしいままにする天才監督西館幹三郎まで……！

顎は一気に舞い上がると、目の前が真っ白になり、頭の中がボウッとして何も分からなくなった。何を聞かれ、どう答えたのか、一切記憶にない。ただ、口の中がカラカラに乾いて舌がもつれ、しゃべりにくかったことを覚えている。

気が付けば面接は終わっていた。

「ご苦労様です。結果は郵便でお知らせします」

係の職員に促され、入ってきたのとは別の戸口から廊下に出た。

本当は、その時点で不採用だろうと見当が付いていた。

昭和三十（一九五五）年は明るい年だった。

「もはや戦後ではない」という流行語が生まれるのは翌年だが、この年の国民総生産は初めて戦前のピークを上回った。同時に、以後十年にわたって続く高度成長社会の幕開けの年でもあった。

一般家庭にテレビはなく、冷蔵庫は氷で冷やす原始的な製品で、洗濯機は贅沢品、自家用車など夢のまた夢ではあったが、人々の暮らしには希望があった。一生懸命働けば給料は上がる、明日は今日より良い日になる、十年後は今より豊かになると、誰もが信じることが出来た時代だった。

そして、映画は娯楽の王様だった。

観客数は年々増え続け、近く十億人に達しようかという勢いだった。その多くは松竹、東映、東宝を筆頭とする大手映画会社の制作するプログラムピクチャーの観客であり、映画産業も黄金時代を迎えていたのである。

その中にあって、大手三社に次ぐ興行成績の太平洋映画と未来映画は、芸術性の高い作品を次々と制作して国際的な評価も高い大映を交え、毎年熾烈な四番手争いを繰り広げていた。

これは、そんな時代の春から始まる物語である——。

第一章　光の描く世界

1

「やったわ！　採用よ！」

浜尾杉子（はまおすぎこ）が紙切れを手に部室に駆け込んできた。部屋にいた演劇部員たちは一斉に声のする方へ顔を振り向けた。

「採用通知！　これこれ！」

杉子が真ん中のテーブルに身を乗り出し、採用通知を置いた。

「すごいわ！」

「快挙ね、お杉！」

「女性の採用は、太平洋始まって以来じゃないか」

部員たちは杉子を取り囲み、口々に祝福の言葉を述べた。千倍という驚異的な競争率を突破して、見事太平洋映画の脚本部に採用されたのだ。そして応募資格に女性も認められたのは、戦前はもちろん、戦後も初めてのことだった。

だが、顕（あきら）は素直に祝福の輪に加わることが出来なかった。

助監督と脚本部の採用試験はほぼ同時期に行われた。脚本部の採用通知が来たということは、助監督の採用通知もすでに送られているはずだ。それが届いていないのは、不採用に違いない。

頭では覚悟していたものの、現実に直面すると、しかも同級生の合格という残酷な事実によって思い知らされると、悔しさと後悔で胸がうずいた。

あの時、面接で上がらなければ。これまで観た映画、読んだ本の知識を総動員して、気の利いた受け答えをしていたら。「たら」と「れば」が津波のように押し寄せてきて、胸をかきむしりたくなる。

今頃は俺も採用通知を受け取って、躍り上がっていたのに。

「ゴンちゃん、私、会社に頼んでバイト世話してもらうわ。それで食いつないで、来年また受ければ良いじゃない」

〝ゴン〟というのは顕の愛称だ。〝ゴドーちゃん〟がいつの間にやら〝ゴンちゃん〟になっていた。

「他人事だと思って、気楽に言ってくれるぜ」

憎まれ口を叩いたものの、正直なところ、バイトでもするしか道はなかった。学生運動華やかなりし時代で、顕も大学入学と同時にデモと演劇部の活動に明け暮れていた。もっとも、学生運動の方は確固たる政治的信念があったわけではなく、時代の熱に浮かされて仲間と参加した、もう一つの部活動のようなものだったが。とにかく、そんなわけで勉強の方はおろそかにしていたから、これまで受けた新聞社と出版社の試験はすべて落ちていた。太平洋映画が最後の頼みだったのだ。

「大学まで行かせてやったのに、益体もないものにばかり夢中になりおって。自業自得だ」

昨夜、夕食の席で父親に言われた言葉が耳に残っている。その吐き捨てるような口調も、憎々しげな目つきも、ありありと甦る。すべては昨日今日始まったわけではない。大学受験の時、父の薦める法学部や経済学部ではなく、文学部を選んだときからだ。

顕は最初から堅実な勤め人や役人になる気持ちはなかった。銀行勤めの堅物の父への反発から、こんなつまらない人生を送りたくないと決意していた。

夢は芸術家だった。画家、小説家、詩人、劇作家、映画監督。中でも映画監督に惹かれたのは、やはり銀幕の世界の華やかさに魅了されたからだ。そして、二十歳を過ぎる頃には、絵も小説も詩も脚本も才能がないことを悟っていた。もちろん、この時の顕は他人からそんなことを言われたら、憤然として否定しただろうが。

「四月から出社するの。一緒に行こうよ」

喜びでいっぱいの杉子は、自分の好意が受け容れられることを少しも疑っていない。在学中に太平洋脚本養成所の試験を受け、五千人の中から研修生五十人に選ばれ、今またその中から五人の本採用に残ったほどの才媛だから、気が強くて自信過剰気味なところはあるが、裕福な家庭の一人っ子に生まれて大切に育てられたせいか、性格に陰険なところはまったくなく、単純でお人好しだった。

「じゃあ、頼むよ、お杉」

「任せとけって」

杉子はどんと胸を叩いて、朗らかに笑った。決して美人ではない。面長で細面の整った顔を上下から少し押しつぶしたような、いわゆるチンクシャである。それでも並の美人よりずっと魅力があった。表情豊かな丸っこい目と、いつも物言いたくてうずうずしているような唇、艶のあるツルンとした頬、そこに頭脳明晰と才気煥発を惜しげもなく駆使した話術が加わって、類い希な若い女が出来上がっている。

顕は杉子がまぶしかった。その才能よりも、その幸運がうらやましかった。


太平洋映画撮影所の正門を入ったとき、顕は驚いて一瞬足を止めた。正面の洋館へと続く道の両側が満開の桜で彩られている。

「……きれい！　桜の園ね」

感嘆の声を上げる杉子に、顕も頷いた。

「試験の時は気が付かなかった。まだ蕾だったんだな」

それ以上に、緊張しすぎて桜並木など目に入らなかった。

「私たち、これからここで働くのよ」

杉子は自分に言い聞かせるように口にした。

「誰かが言ってた。撮影所は夢の工場だって」

顕も目の前に広がる淡いピンクの花びらを見つめ、頷いた。

「それじゃここは、桜の園の夢工場だな」

「工場というより、工房ね。映画はオートメーションじゃ出来ないもの」

桜の園の夢工房……。

顕は心の裡で繰り返した。桜の花のほのかに甘い香りが、そっと鼻先をくすぐった。

「じゃ、私、脚本部に顔出してくるから、ゴンちゃんはそこら辺ブラブラしててちょうだい」

杉子はそう言って建物の方に向かい、一度振り返ってチラリと手を振り、玄関の中に消えていった。

顕は所在なく、撮影所の中を歩き回った。

一万五千坪の広大な敷地には、二次試験を受けた洋館の他に幾つもの大きな建物が点在していた。それらは二種類に分かれていて、一方はコンクリート打ちっ放しで、何の飾りもない長方形の、窓がほとんどない建物。もう一方は山小屋風、風見鶏の塔のあるスレート葺（ぶ）きのお屋敷風、赤い瓦（かわら）に白い壁の南欧風と、かなり意匠を凝らした建物だ。後で知ったが、前者は撮影用のステージと各種倉庫、後者は所長室、監督室、俳優会館などの施設だった。

　歩きながら数えると、ステージは第九まであった。そのすべてが使用中で、映画の撮影が行われていた。

　出入り口にカギはかかっていなかったので、顕はこっそりと中に入ってみた。周囲は暗く、中央にがっちりとした舞台が組んであり、その上にセットが作られているらしい。らしいというのは、舞台は四方をベニヤ板で囲われていて、中を見ることが出来ないからだ。

　周囲は水を打ったように静まりかえっている。顕は思わず立ち止まり、息を潜めた。

「本番、よーいッ！」

　突然、壁を突き抜けて大きな声が響いた。

「ハイッ！」

　続いてカチンと木の鳴る音がした。

「ねえ、お願いよ」

　女の声が言った。柔らかく丸味を帯びて、不思議な色気がある。

「……すまない」

男の声が答える。よく通る響きの良い声だ。

「こうするより、しょうがないんだ。みんな、君のためなんだよ」

宥（なだ）めるような甘い口調だった。言葉とは裏腹に、不実を裏に隠した冷たさがある。女を鬱陶（うっとう）しく思っている気持ちがにじみ出ている。

「お願いだ、分かってくれ」

男の声は、話しているのにまるで歌っているようだ。女の心に魔法をかけてしまう声だ。

「僕は心底、君を愛しているんだよ」

それが真っ赤な嘘（うそ）だとは、聞いている顕にも良く分かる。しかし、魔法をかけられた女は……。

「……」

女の啜（すす）り泣く声が漏れてきた。低く静かな響きは、まるで名手の吹く笛の音のようだ。鼓膜を通して脳に沁（し）み、聞く者の心を湿らせる。

「……すまない」

男の声が遮（さえぎ）った。その一言で、如何（いか）に女が不幸になろうが、この男は何の痛痒（つうよう）も感じていないと知れる。

「カット！」

顕はハッと我に返った。あまりに見事な台詞の応酬に、それが芝居だということも忘れ、すっかりのめり込んでいたのだ。

ステージの中はにわかに騒がしくなった。暗がりで息を潜めていたらしいスタッフが大勢現れ、ベニヤ板の入り口から慌ただしくセットに入って行く。続いて怒声に近い声が幾つも飛び交った。撮影の指示なのだろうが、専門用語ばかりで、顕にはまったく意味不明だ。

スタッフはベニヤ板の出入り口から出て来ては、ステージに置いてある荷物や道具を抱え、中へ戻って行く。歩いている者はほとんどいない。みんな走っている。そうしている間にもそこかしこで怒鳴り声が聞こえる。

顕は邪魔にならないように、そっと場所を移動した。ステージの端っこに立つと、セットを挟んだ向かい側に椅子が何脚か並んでいるのが見えた。

ちょうど、和服の女と背広姿の男が、並んで椅子に腰掛けるところだった。と、それぞれ三人ほどのお付きが、団扇で扇いだり、魔法瓶の飲み物を差し出したり、首筋をそっとタオルで拭ったり、甲斐甲斐しく世話を焼く。セットの中で芝居をしていた男女の俳優に違いない。

顕は好奇心を抑えかね、ほんの少し近づいた。薄暗がりだが、セット内のライトの明かりで、およその容貌は見て取れた。

衣笠糸路と麻生和馬……⁉

たちまち緊張感で全身が強張り、心臓の鼓動が早くなった。

衣笠糸路は戦争中に娘役でデビューした女優で、戦後すぐに青春映画に主演して人気を博し、たちまち太平洋映画を代表するスターになった。すでに三十代のはずだが、今も映画雑誌の人気投票でベストテンの上位に名を連ねている。

麻生和馬は戦前から活躍する時代劇の大スターで、剣劇より人情物を得意としたため女性ファンが殺到し、「女殺し」の異名を取った。昨年、神谷透監督の熱望に応えて初めて現代劇に挑戦したところ、時代劇とは一線を画したクールな演技を批評家からも絶賛され、演技賞を総なめにした。今では〝日本のゲーリー・クーパー〟と称されている。

言うまでもないが、この時代の映画スターは男女を問わず、街中では絶対に見かけないほどの美男美女である。顕ならずとも、初めて身近に接した一般人は、緊張のあまりほとんどが金縛り状態になった。

その大スター二人は、先ほどまでの緊迫した演技が嘘のように、気楽な調子で言葉を交わし、時には笑い声さえ起こる。

顕はただただ茫然とその様子を眺めていた。大スターの存在感に圧倒されつつも、生でその演技の一端に触れ、しびれるような感動も覚えていた。

殊に、衣笠糸路は以前から演技派だと評判だったが、時代劇の型にはまった演技しか知らなかった麻生和馬が、あれほど酷薄な役柄を演じられることに驚愕した。しかも、ほんの数行の台詞だけで、その人物が酷薄で女たらしで、どこか自棄的であることが伝わってくるのだ。俳優というのは何と悪魔的な能力の持ち主なのだろう。

そうやって、どれくらいの間、遠くの二人に見とれていたか分からない。五分か、十分か、それとも三十分近く経っていたのか。

「水ッ！　おい、水だッ！」

頭の天辺から声が降ってきた。

見上げるとセットの上方から火の手が上がっている。セットではなく、その上を囲むように巡らせた回廊状の板（二重という）の上が燃えているのだった。

反射的に一歩退くと、足に何かがぶつかった。見れば大きなヤカンだ。取っ手をつかむと重い。たっぷり中身が入っている。

そして、顕のすぐ右脇には二重に向かってハシゴが掛けられていた。

何も考える間もなく、顕はヤカンを提げてハシゴを駆け上った。中学生の頃から器械体操部に入っていたので、身が軽いのだ。

火元を目指し、二重の上を走った。目の前で、二人の男が脱いだジャンパーを振り回し、炎を叩いて消そうとしている。

「どいて！」

顕は叫び、炎に向かってヤカンの水をぶっかけた。火勢が弱っていたせいもあろうが、ジュッと音を立て、火は見事に鎮火した。後には黒く煤けた機材が湯気を立てていた。

それを見て、二人の男は安堵の溜息を吐いた。一人は二十歳前後、もう一人は顕より年かさで、二十五、六歳に見える。年かさの方が顕の方を向いて礼を言った。

「君、よくやってくれた。本当にありがとう。ええと……？」

そこへ、顕とは反対側のハシゴを上ってきた男が近づいてきた。

「おい、大丈夫か！」

二人の青年はいきなり直立不動の姿勢になった。

「すみません。オーバーヒートしちまったみたいで」

「パラフィンが焼けるまで、気が付かなくて」

二人は九十度に腰を折り、頭を下げた。

「ま、大事にならなくて何よりだ」

そして、初めて気が付いたように、ジロリと顕に目を向けた。

年齢は四十代半ばだろう。背は高くないが、がっしりした体つきで、何とも貫禄のある顔つきだった。顕は近所に住んでいた大工の棟梁を思い出した。大工、左官、畳屋、瓦屋、建具屋など、大勢の職人を束ねて建築の頂点に立つ棟梁は、周囲の尊敬を集め、辺りを払うような威厳があったものだが、その男の雰囲気はそれに似ていた。

「あ、佐倉さん、彼がヤカンの水を持ってきてくれたんです」

年かさの方はそこで顕を振り向き、もう一度問いかけた。

「君、所属は？　録音部じゃないよね？」

顕は無断で撮影を見学していたことを思い出した。

「あ、すみません。僕、勝手に入り込んじゃって」

「いや、兄さんのおかげでボヤを出さずにすんだ。すまなんだ」

佐倉と呼ばれた大工の棟梁のような男は小さく頭を下げた。

「ところで、見かけない顔だがどの組に付いてるのかな？」

どうやらまったくの部外者ではなく、撮影所で働いていると思われているらしかった。

「あのう、僕、撮影所の人間じゃありません。五堂顕といいます。先月、助監督試験に落ちてしまいまして……。面接まではいったんですけど」

「それが、どうしてここにいるの？」

年かさの青年が怪訝な顔をした。

「僕の同級生が、脚本部に採用されたんです。それで、来年の助監督試験まで、撮影所で働けるように口を利いてあげるからって言うもんで、のこのこ付いてきたんです」

顕は話しているうちに気恥ずかしくなった。まるで小学生みたいな話ではないか。

「どうも、すみません！」

最敬礼して顔を上げると、意外にも三人とも笑っていた。バカにした様子はなく、好意の感じられる笑顔だった。

「映画が好きなんだな？」

「はい。監督になりたいんです。僕は監督になって、どうしても映画を撮りたいんです」

佐倉は大きく頷いた。

「それじゃあ、来年までここで働くと良い」

「えっ？」

思いがけない言葉に顕が目をぱちくりさせると、年かさの青年が説明した。

「僕たちは照明部。光を作る仕事だよ」

すると、棟梁が自己紹介した。

「照明技師の佐倉宗八だ」

青年が一歩進み出て、右手を差し出した。

「僕は照明助手の畑山満男。どうぞよろしく」

「よろしくお願いします！」

顕は満男の手を握り、何度も頭を下げたのだった。

せっかくだからと、実地に照明の仕事を体験していくように勧められ、顕はそのまま撮影現場に居残った。

もっとも、何分初めてのことで、とても役には立てなかった。先輩たちの後にくっついてステージ内を右往左往し、たまに機材を運ぶのを手伝っているうちに、昼になった。

「昼メシ、どうする？　俺たちは所内の食堂へ行くけど」

昼休憩の号令がかかると、満男が尋ねた。

「僕も食堂で。待ち合わせしてるんです」

「じゃ、こっち」

満男についてステージを出て、所長室や俳優会館の建つ一角に出た。その、ステージ群に一番近い場所にある鉄筋二階建ての建物が食堂だった。

「二階が喫茶室。撮影所の朝はそこから始まるんだ」

どの監督も朝はまず喫茶室へ顔を出し、スタッフと打ち合わせてからステージに入るのだという。

「ここのコーヒーは濃くてね。美味いって人と不味いって人に分かれる。俺は結構好きだけど」

食堂のメニューは本日の定食二種類、カレーライス、親子丼、日本蕎麦、ラーメン。先に入り口で係の女性から食券を買って行列に並び、カウンターに着いたら注文するのである。

スタッフはほとんどこの食堂を利用しているようだった。照明部だけでなく、録音部、大道具、小道具、カメラマンと助手（撮影部という）、大部屋の俳優たちなど、撮影現場で見かけた人たちはほとんど行列に参加していた。

顕は杉子の姿を捜して周囲をキョロキョロ見回したが、見当たらない。まだ来ていないらしい。

「監督はどちらで食事するんですか？」

たぬき蕎麦の盆を持って満男の隣の席に座り、聞いてみた。

顕が飛び込んだ映画の監督は、憧れの神谷透だった。撮影所では、撮影中の映画の出演者とスタッフを、監督の名を冠して「○○組」と称していた。

「神谷監督は撮影所前の『しな乃』って店が行きつけでね。昼は主演の俳優さんたちと、だいたいそっち。西館監督は洋食の『ミツヤ』、宮原監督は南京料理の『宝珠園』、和久監督は蕎麦の『九十九庵』。監督それぞれお気に入りの店があるんだよ。だから、仲の悪い監督の撮影が重なると、バッタリ鉢合わせしないように、助監督連中はそりゃあ大変さ」

「へええ」

顕は素直に感心した。雲の上の存在である大監督たちにも、どうやら結構人間くさい面があるらしい。

照明部には、技師の佐倉宗八の下にチーフの畑山満男、セカンド岡野卓、サード龍村寛太、フォース島隆二、フィフス伊藤勝の五人の助手がいて、顕は一番下の六番見習いだが、満男より下の先輩はみな同年か年下だった。そう聞くと、撮影所に潜り込めたのは嬉しいが、果たしてど素人の自分に専門的な仕事が務まるのかと、不安も感じ始めた。

「お杉、こっち！」

入り口に杉子の姿が見えたので、顕は椅子から腰を浮かせて手を振った。杉子はすぐに気付いて小走りにテーブルにやって来た。

「皆さん、同窓の浜尾杉子さんです。今度、脚本部に採用されました」

「ああ、アンタが」

宗八はもとより、照明部の青年たちも珍しい生き物が現れたような顔をした。脚本部に女性が採用になったのは、太平洋映画の歴史始まって以来のことだから、撮影所でも話題になっているのだろう。

「こちらは照明部の皆さん。技師の佐倉さん、助手の畑山さん、それから……」

まだ全員の名前を覚えられず、後が続かない。杉子はすかさずニッコリ笑って頭を下げた。

「初めまして。脚本部の浜尾です。これから皆さんのお世話になります。どうぞよろしくお願いします」

本採用の自信ゆえか、ぺーぺーの新米ながら、杉子は堂々としていて少しも悪びれない。もう何年も撮影所に通っているかのような落ち着きぶりだ。

「まだ時間あるから、二人で二階の喫茶室に行ってくれれば？」

満男が気を利かせて言ってくれた。

「ありがとうございます。じゃ、ちょっとだけ」

顕と杉子は並んで頭を下げ、入り口脇の階段を上がった。

広い喫茶室は七分の入りで、揃(そろ)いのエプロンを掛けたウエイトレスが客席を回っていた。紫煙の立ちこめる席が多いのは、ほとんどの男性客が煙草(たばこ)を吸うからだ。

顕と杉子は窓際のボックス席に向かい合わせに座った。

「コーヒー下さい」

「私、紅茶とミックスサンド」

注文を終えると、杉子はさっそく興味津々で質問した。

「ねえ、いったいどういうわけ？」

「実は、まったくのハプニングなんだ」

照明部でアルバイト採用された経緯を話すと、杉子は大層面白がった。

「それ、映画みたいね。今度、脚本で使わせてよ」

運ばれてきたコーヒーは満男の言う通り、普通の喫茶店より濃くて苦みが強かったが、ミルクをたっぷり入れるとまろやかな味になり、顕にはとても美味しかった。

「そっちはどうだった、脚本部？」

「旧態依然ね。封建的もいいとこ」

杉子は鼻の頭に皺を寄せて顔をしかめた。

「軍曹っていうか、下士官みたいな古手がいてさ。そいつが仕切るのよ。新人はバラされて、それぞれの先輩脚本家の下にお弟子で付けられるんだけど、全部そいつの一存なのね」

杉子は卵のサンドイッチにかぶりつき、ひと口で平らげた。

「お杉は誰に付いたの？」

「秦一旗」

「すごいじゃないか！」

秦一旗は戦前から活躍する太平洋お抱えの大物脚本家で、時代劇を得意としていた。麻生和馬主演の時代劇は、ほとんど秦一旗の脚本だった。

「秦一旗の弟子になれるなんて、普通、あり得ないよ」

「でも、私一人じゃないのよ。四人も五人も、脚本部の先輩が弟子で付いてるの。その一番下っ端に付けられるわけ。完全な徒弟制度じゃない？」

杉子は憤懣をぶつけるように、野菜サンドをバリバリ噛んだ。

「おまけに、その軍曹がイヤミったらしくて。『女は面倒だからどの先生も引き受けたがらなかったのを、俺が特に頼んで秦先生に引き取ってもらったんだから、ありがたく思え』って、こうよ」

「でも、撮影所はどの部署もおんなじだよ。結局は徒弟制度からスタートする。俺は照明だけど、撮影部だってカメラマンの下に何人も助手がいるし……監督だって、助監督の一番下から始めて、何年も掛けて勉強して、最後に監督に昇格できるんだしさ」

杉子は、今度はハムサンドを一口でやっつけた。

「現場は分かるのよ。機材の扱いとか、技術的なことは実地に勉強しないと分からないし。でも、脚本で徒弟制度って、やっぱり私は間違ってると思うわ。言葉って、閃きとセンスの問題でしょ。それは教えられるもんじゃないもの」

顕は壁の時計を見上げた。食堂に入ってから、すでに四十分以上経過していた。

「悪い。俺、そろそろ戻らないと」

「頑張ってね」

杉子は素早く伝票を引き寄せた。

「バイト祝いに奢るわ。来年、助監督に採用されたら奢ってね。撮影所前の、監督御用達の店とやらで」

「ありがとう。必ず」

顕は笑顔で言い、ステージへ引き返した。

2

翌日は快晴だった。前日にオープンセットで撮影すると聞いていたので、朝、晴れ上がった空を見て安心した。

指定された時間より三十分早く撮影所に着くと、撮影スタッフはすでにオープンセットに集まっていた。

顕は宗八と満男の姿を捜した。

「ゴン、こっち！」

照明機材の前で手を振っているのは五番助手の伊藤勝だった。昨日のうちに「ゴン」という呼び名も浸透していた。

「パラフィンに油塗って、ライトに貼っとけ。これ、全部だぞ」

勝はパラフィン紙の束と機械油の缶を指さした。

「本当はお前が一番早く来て、準備しとくんだ。もうお客さんじゃないからな。明日からはお前の仕事だ」

顕はすっかり面食らっていた。

「あのう、どうすれは……？」

勝は大げさに顔をしかめて舌打ちした。

「ライトの大きさに合わせてパラフィン切って、この刷毛で油塗って、それで貼るんだよ」

「どうしてですか？」

「バカ野郎！　百年早えんだよ、さっさと言われた通り仕事しろ！　この役立たず」

一瞬、頭に血が上った。勝はまだ十八、九の小僧だ。それに先輩面して怒鳴られる義理はない。ぶん殴って思い知らせてやろうか、と、そんな気になった。

かろうじて思いとどまったのは、技師の宗八と満男に恩義を感じたからだ。初日で喧嘩(けんか)して辞めたのでは、二人に合わす顔がない。

ま、良いさ。ずっとここで働くわけじゃない。どうせ一年間の辛抱だ。来年、助監督になったら、俺は……。

「ゴン、今日はレフ板担当だ」

勝に言われた作業を進めていると、いつの間にか満男が脇に立っていた。

「俳優さんの顔に太陽光線当てる、大事な仕事だからな。頼んだぞ」

「はい。あのう……」

恐る恐る、機械油を塗ったパラフィン紙をライトに貼る理由を尋ねてみた。

「ああ、ライトにパラフィンを貼るのは、光を柔らかくするためだよ。ライトで直(じか)に当てると、ギラギラしすぎて影が強く出すぎるから。でも、パラ貼ると今度は光度が下がる……つまり光が弱くなるんで、パラフィンに機械油を塗る。油を塗ると透明度が増すんで、光の通りが良くなるわけさ」

説明されれば十分に納得できた。そして、新入りに対してこの程度の説明も敢(あ)えてしない勝に、改めて憤(いきどお)りを覚えた。

やがて照明機材と音声マイクの配置が終わり、カメラアングルも決まった。その間、宗八は常にカメラの脇に立って指示を出し、満男に細かい修正をさせた。

撮影担当は大江康之(おおえやすゆき)という名人の誉れ高いカメラマンだが、宗八とはほぼ同年配で、肝胆相照らす仲らしい。互いの意見を尊重し合っているのが見て取れた。

監督の神谷がセットに入ってきた。セットを眺め、カメラを覗いて、満足そうに頷いた。

「麻生和馬さん、入ります！」

助監督の声が響いた。

顕はレフ板を抱え、和馬に走り寄った。距離一メートルまで近づいたとき、驚いて足が縺れそうになった。

和馬の左頬には大きな傷痕があった。厚塗りのドーランでも隠せないほど凄惨な傷痕が、太陽光線の下で残酷に晒されていた。


「シーン八十三、テスト行きます！」

助監督が声を張り上げた。

照明技師やカメラマンの下に何人も助手が付いているように、監督の下にも助監督が四人いて、現場を仕切るのはセカンドの役目だった。チーフ助監督は撮影の日程や予算、スケジュールの管理など、会社側との折衝が主な仕事で、撮影現場に立ち会うことは少ないとは、顕が後で知ったことだ。

フォースと呼ばれる第四助監督の立っている位置に、和馬が代わって立った。ライトの光とレフ板の光が一斉に和馬を照らす。

その瞬間、光の中で頰の傷がほとんど消えた。

顕は思わず息を吞んだ。

ああ、照明って、こんなことが出来るんだ……。

和馬はポケットからピースを取り出し、口にくわえるとマッチで火をつけた。女が旅館から出てくるのを待つ演技だ。それも、自分の情婦に客を取らせているので、その心情は複雑である。煙草をくゆらせながら、視線を足下に落とす和馬の表情に、曰く言い難い煩悶が見え隠れしている。

顕は大げさな演技を廃した奥の深い感情表現に目を奪われていた。

そう言えば……。

和馬が所属していた未来映画から太平洋映画に移籍する際、ヤクザ者に顔を切られたというニュースを思い出した。太平洋戦争の始まった年の春のことで、まだ子供だった顕の記憶に残るくらいだから、大ニュースだった。

確か、カミソリの二枚刃で切られたんで傷口がきれいにつかない、大きな痕になるって、母さんや伯母さんたちが話してたっけ。

しかし、その後も麻生和馬主演映画は何本も公開された。顕も母に連れられて観に行ったが、顔には傷痕などなかった。てっきり、手術が成功して傷痕が残らなかったものと思い込んでいたが、実はそうではなかったのだ。

和馬は煙草を三分の二ほど吸うと地面に捨て、踏みつぶした。

「カット！」

監督の神谷が声をかけ、助監督がカチンコを鳴らした。

小道具係が和馬の煙草とマッチを新しい物に替え、地面に落ちた吸い殻を拾った。

神谷はもう一度テストを行い、本番に入った。そこでも和馬は冴えた演技を見せ、神谷は一発でＯＫを出した。

「よし、次行くぞ！」

神谷は機嫌の良い声で号令をかけ、椅子から立ち上がった。

次は、旅館から出てきた愛人役の衣笠糸路が客からもらった金を和馬に渡し、別れるシーンだ。

テスト二回ですぐに本番に入った。

そこでも二人の演技は見事だった。糸路が巾着から出した札を黙って差し出すと、和馬もまた無言で受け取り、服のポケットにねじ込むが早いか、背中を向けて歩き去る。糸路はしばしその背中を目で追うが、やがてくるりと踵を返し、小走りに去って行く。まったく台詞のないシーンにもかかわらず、糸路が和馬に抱く恨みと屈辱、そしてそれでも断ち切れない未練が、表情と眼差しと仕草で、十二分に伝わってきた。

一方の和馬も、冷酷と焦燥と自棄の後ろからわずかに覗く後ろめたさと羞恥心（しゅうちしん）を、視線の揺らめきだけで表現して見せた。

何一つ足す必要もなく、削る必要もない名演技だと、顕は心底感嘆した。

「カット！　良かった、最高！」

今度も神谷は一発でＯＫを出した。

次は街中を歩いてくる和馬のシーンだ。移動撮影用に、セット内にカメラ用のレールが敷かれる。大道具が作業をする間に、照明部と録音部も機材をセットする位置を変えなくてはならない。

「そこ、マイクの影が入る！」

満男が怒鳴ると録音部も言い返す。

「そんじゃ下、切れよ。ここがまっすぐ響くポイントなんだから」

マイクの影が映るのを照明で消せ、と言っているのである。

カメラと照明は一心同体の関係だが、ある意味照明部と録音部はライバル関係だった。互いの仕事に都合の良い場所はしばしば重なり、おまけに配線も同じ道筋を通すので、どうしても場所の取り合いになる。それでも互いにベストポジションを確保しなくてはならないから、最後は何とか妥協するのだった。

「ゴン、次は順光だから、レフ板はほぼ水平に持つように」

満男の指示に、顕は戸惑った。

「あの、順光って……？」

「さっき、麻生さんは太陽を背にして立ってただろ。あれが逆光。今度は太陽に向かって歩くから、順光」

「ああ、なるほど」

「逆光は向こうから来る光を反射して当てれば良いから簡単だけど、順光はレフ板を水平にしないと光が入らないから」

頷いたものの、まだ腑に落ちない点があった。

「あの、太陽に照らされて、ライトも当たってるのに、レフ板も必要なんですか？」

「それじゃ顔に影が出来るだろう。スターの顔は看板商品だから、なるべくきれいに映るようにするんだよ」

やっと得心がいった。同時に、一人のスター俳優を画面で輝かせるために、如何に大勢のスタッフが働いているかを身を以て知り、映画撮影の現場の複雑さを改めて痛感した。

この映画の移動撮影はさほど大がかりなものではなく、レールの敷設も二時間あまりで終わったが、十一時半を回ったため、先に昼休憩に入った。

「照明部の新人さん？」

食堂で向かいの席に座った若者が声をかけてきた。名前は知らないが、カメラのフィルム交換をする姿を何度か見ている。

「五堂顕です。先輩たちにはゴンって呼ばれてます。よろしくお願いします」

顕が箸を置いて頭を下げると、若者はニコッと笑った。日に焼けて色が浅黒く、白いきれいな歯並びをしていた。

「俺、田辺大介。撮影部の一番下っ端で、ローバーやってんだ。ローバーって、フィルムチェンジする係のこと」

初めて耳にする言葉だった。

「照明部は技師さんから一番下まで全部照明だけど、撮影部は上から順に、やる仕事が違うんだよ。一番上がカメラマン、二番目がメーターマン、三番がフォーカスマンで、四番目がローバー」

メーターマンは光度が適切かどうかを計る機械の見張り番で、フォーカスマンはカメラの焦点が合っているかどうかの見張り番だと、大介は簡単に説明してくれた。

「ゴンちゃん、身が軽いよね。ヤカン持って二重へスルスル登ってくとこ、良かったよ。あれなら日活でスタントが出来るんじゃない」

大介は人懐こくて愛嬌があった。顕もいつの間にかそのペースに巻き込まれていた。

「撮影現場を見るのって、生まれて初めてなんだけど、すごいもんだね。麻生和馬も、衣笠糸路も、まるで役から抜け出してきたみたいで……」

大介はカレーライスを頬張りながら頷いた。

「俺もそんなに知らないけど、こういう現場って、そうはないよ。名監督と名俳優が組んで、お互い相性が良くて、どんどん撮影が進んでく。両方乗ってるから、撮影の最初の頃より、芝居も演出も冴えてる感じだよね」

「相性が悪い名監督と名優って、例えば？」

「西館監督なんて典型じゃないかな」

西館幹三郎は戦前から名前の知られた名監督である。

「芝居も美術も小道具も映像も、全部自分の書いた設計図通りでないと気に入らない。俳優のアドリブなんて絶対認めないし、テストも本番も何十回と繰り返して、もうみんな疲れ切って出涸らしみたいになったとこでＯＫ出すから、どの映画でも俳優の演技が一緒なんだよ。ま、これはうちのオヤジ……大江康之カメラマンの受け売りだけど」

顕は大介の口から飛び出した辛辣な西館評に耳を疑った。

「オヤジは西館監督と仲悪いから、俺も西館組の現場は知らないけどさ、どうもあんまり楽しそうじゃないよな」

顕は返事に困ってしまった。西館監督を否定するのは、日本映画を否定するのに等しいような感覚がある。それをカメラマンの助手の若者があっけらかんと口にするのだ。

「ゴンちゃん、映画青年だろ？　みんな理屈っぽくって頭でっかちのくせに、偉い評論家の言うことだとそのまんま鵜呑みにすんだよな」

大介はからかうような口調で言う。

「そんなこと、ないさ」

「ま、現場で実地にあれこれ経験しなよ。世の中、本に書いてあることと違うことだらけだって分かるから」

大介はニヤリと笑うと、盆を持って立ち上がった。

撮影所って、やっぱりすごいな……。

顕は大介に圧倒され、感心していた。自分と変わらぬ若さで、権威を屁とも思わない。多くの大学生は反権力を旗印に掲げて学生運動に参加するものの、その実、権威に弱く、権力に憧れているような気がしたのだった。

3

午後の撮影は街を歩く和馬のシーンから始まった。

ややうつむき加減に、黙々と歩く和馬の姿をカメラが追う。背後から迫って途中で追い抜き、足早に歩く全身からバストショットへ移る。

顕はレフ板を水平に近い角度で抱え、和馬と併行して歩きながらその顔に光を当てようとした。が、上手くいかない。

「カット！」

神谷が撮影を止めた。

「おい、何やってんだ、全然当たってねえぞ！」

助監督の怒鳴り声が響いた。

「すみません」

謝ったものの、頭の中は焦りと恥ずかしさで大混乱していた。必死にレフ板の角度を調整するのだが、どうしても和馬の顔に上手く光を当てることが出来ない。

「バカ野郎！」

またしても助監督の怒号が飛んだ。監督の神谷も、カメラマンも、メイン照明を担当している宗八も、イライラして業を煮やしている。和馬も顔には出さないが、内心相当怒っているようだ。

冷や汗で背中がぐっしょり濡れた。焦れば焦るほど上手くいかない。自分のために快調だった撮影が滞っていると思うと、顕は恥ずかしさと申し訳なさで、この場から逃げ出したくなった。

十何回、あるいは何十回目の失敗の後、ついに堪忍袋の緒が切れたのか、和馬がドスのきいた声で凄んだ。

「テメエ、いい加減にしろよ！」

「……申し訳ありません」

顕は蚊の鳴くような声で言って頭を下げた。

神谷も匙を投げたのだろう、助監督が声を張り上げた。

「このシーンは後回し！　シーン九十三、入ります！」

和馬はプリプリしながら専用の椅子の方へ引き上げ、スタッフたちはぞろぞろと場所を移動し始めた。

みんなが、ジロリと自分を一瞥して行くのが分かった。一番簡単な仕事も満足に出来ない照明部の新入りにどれほど呆れているか、役立たずと思っているか、痛いほど肌に突き刺さる視線が教えてくれた。

もう、辞めてしまいたい……。

早くも、弱気の虫が鳴き始めた。

家に帰ってからも撮影所での失態が尾を引いて、頭も胸も、もやもやが晴れなかった。食欲もなく、布団に入っても輾転反側するばかりでいっこうに眠りは訪れず、明け方になってやっとウトウトして浅い眠りに入ったと思ったら、もう朝だった。

行きたくない……。

顕は布団の中で身悶えした。幼稚園児のようだと分かっていても、もう一度撮影所の人たちに会う勇気が湧いてこなかった。

昨日の撮影では何度やっても失敗したので、和馬に順光を当てるシーンは今日に日延べされた。しかし、昨日出来ないことが今日出来るという保証はない。いや、多分また失敗するだろう。また同じ恥辱にまみれるかと思うと、それだけで全身が萎縮した。

「顕、起きなさい。遅刻するわよ」

襖を開けて母が入ってきた。台所から味噌汁の匂いも一緒に入ってきて、鼻先をくすぐった。

「……今日は、休む」

顕は頭から布団を被って、くぐもった声を出した。

「勤めたばかりで、なに言ってんの」

母は容赦なく布団を引っぺがした。

「風邪引いたんだよ。頭が痛い」

布団を取り戻そうとすると、その手をパチンと叩かれた。

「熱なんか無いじゃない。仮病使うんじゃないの！」

母は容赦のない口調で決めつけた。

「アンタね、仕事出来なくてクビになるなら、そりゃしょうがない。出来ないんだから。でも、怒られるのが嫌だからって、仮病使って仕事サボるなんて、そんなみっともない真似は許しませんよ」

母は枕元に座って睨んでいる。仕方なく、顕は起き上がって布団の上に正座した。

「ちゃんと仕事して、たっぷり怒られて、堂々とクビになっておいで」

それだけ言うと母は台所に戻り、ぴしゃりと襖を閉めた。

父は、顕が太平洋映画の助監督試験を受けるときも、落ちたときも、照明助手のアルバイトに採用されたときも、失望と軽蔑しか口にしなかった。しかし母は「一度しかない人生だから、あんたの好きなようにしなさい」と言って応援してくれた。「それで失敗したって、戦争で死ぬよりずっと良いよ」と。

その母に叱咤されては、逆らうことは出来ない。ちゃんと撮影所に行って、面罵されてクビになろうと腹を決めた。

着替えて顔を洗い、茶の間に行くと、父はすでに食事を終えて玄関に出るところだった。毎朝定刻の一時間前に出社する習慣なのだ。

「行ってらっしゃい」

父を見送ってから母は茶の間に戻った。

「目玉焼き、二つにしたからね」

豆腐と三つ葉の味噌汁に納豆、春キャベツの浅漬け、それに蝦蛄の生姜煮もついている豪華版だった。

「朝から、どうしたの？」

「今日、お父さんの誕生日だから」

「ああ」

大盛りによそってもらったご飯茶碗を受け取りながら、顕は気のない返事をした。子供の頃は家族の誕生日はそれなりに嬉しかったが、高校生になった頃から関心が無くなった。ちょうど父と精神的に疎遠になった時期だ。

父の晋作は、この年五十二歳。定年が目前に迫っていた。苦学して高等商専を卒業して大手都市銀行に採用され、墨田区の支店長にまでなったのだから、まずは出世だろう。だが、晋作の心を占めているのは満足ではなく、悲哀と喪失感だった。

顕には貴という八歳年上の兄がいた。子供の頃から極めつきの秀才で、府立三中から一高、帝大法学部へと順調に進んだ。もちろん周囲は将来を嘱望し、晋作に至っては夢と希望のすべてを託した感があった。望んで得られなかった栄達、望むべくもなかった栄誉、それを自分に代わって成し遂げてくれる、いわば魂の救世主のような存在だったのだ。

しかし、昭和十九年に召集令状が届き、貴は海軍に入隊した。そして翌年の四月、戦艦大和に乗艦して帰らぬ人となった。

父の人生はその時に終わってしまったのだと、顕は思っている。残された次男は、長男とは比べものにならなかった。自分の夢や希望を叶えてくれそうな要素、言い換えれば立身出世しそうな見込みはまるでない。戦争が終わった頃から、晋作は顕に対する失望と落胆を隠さなくなった。そして東大に入れなかった時点で、完全に見限ったらしい。

一方でそれを悲しく思わないほど、顕もまた父を見放していた。

母の治子は、父とはまったく違う種類の人間だった。幼い頃から極めつきの出来の良い長男と平凡な次男を比べることがなかった。顕には「お兄ちゃんを見習いなさい」と言われた記憶が無い。当たり前のように思っていたが、成長するにつれて、どうやらそれは珍しいことらしいと気が付いた。

この年、治子は五十歳。丸顔で肌の艶が良いせいか、年より少し若く見える。春から秋は洋服だが、冬になると家でも和服姿だった。もちろん、普段着は銘仙かウールで、決して高級品ではない。そして季節を問わず白い割烹着を着て、左の手首には必ず輪ゴムを二、三本巻いている。顕が「ボンレスハムみたい」とからかっても「いちいち取りに行くの面倒だから」と外さない。

浅草橋の花火問屋の三女で、女学校を卒業した年に晋作と見合い結婚した。明るく活発で思いきりの良い性格は、結婚してからも変わらなかった。晋作が「贅沢だ」と渋い顔をしても、食卓には常に海の物と山の物を揃え、家族の誕生日の他、桃の節句と端午の節句、七夕にお月見と、季節の行事にご馳走をつくって楽しんだ。

映画が大好きで、それぞれ結婚した姉二人と連れだっては浅草へ見物に出かけた。顕が映画好きになったのはひとえに母の影響だろう。

帰りには必ず外食をした。屋台でもこぎれいな洋食屋でも、顕は外で食べるご飯が楽しみだった。戦争で中断した期間を除いて、外出の楽しみは治子の生活の一部になっていた。それが可能だったのは、実家からそれなりの持参金を持たされたからだと、顕は大人になってから打ち明けられた。

「たまに外で気晴らししなきゃ、あんなクソ面白くもないお父さんとやってけないわよ」

　それはもっともだと、顕は大いに納得した。

　顕に分かっているのは、治子には息子たちはどちらもかけがえのない存在だということだった。顕に貴のようになってほしいと思ったことは一度も無い。性格や個性が違うのは当たり前で、勉強が得意な子もいればさほどでもない子もいる。どちらが上でどちらが下ではない。大切なのは特長を活かした生計の道を探すことだと考えているらしい。

　しかし、堅物で勉学一辺倒だった貴より、映画や芝居や小説が大好きな顕の方が、治子とウマが合ったのは確かだった。


　家を出るときはため込んでいた勇気が、撮影所の門を前にすると、風船から空気が抜けるように漏れていった。

　それでも、絶対に引き返すわけにはいかない。

　覚悟を決めて門を入り、照明部の建物に向かっていると、俳優会館の前で後ろから呼び止められた。

「照明部さん」

　振り返ると衣笠糸路が立っていた。私服で、映画用のメイキャップもしていない。

しかし薄化粧の糸路は、スクリーンで観るより更に美しかった。美人というのは余計な物を足さない方が美しさが引き立つと、顕はこの日初めて知ったのだった。

「衣笠さん……確か、今日は出番が？」

糸路は頷いた。今日の撮影には出演シーンが無いのだ。

「撮影の前に、私と稽古しましょう」

「えっ？」

「レフ板よ。順光」

顕は驚きのあまり言葉が出てこなかった。太平洋映画を代表するスター女優が、新米の照明係のために、練習台になってくれるというのだ。それも、休日返上でわざわざ撮影所へやって来てまで。

「あ、あの、ぼ、僕は……」

焦って舌がもつれた。

「だ、ダメです。きっと、失敗します」

「あら、だから練習するんじゃないの」

顕は必死に首を振った。

「衣笠さんにご迷惑がかかります。何度やっても、きっとダメです。僕には、その、能力が無いんです」

糸路はクスッと微笑んだ。

「そんなことあるもんですか。照明部の人はみんなレフ板が持てるのよ。これまでみんな出来たんだから、あなたにも出来るわ」

そして顕に一歩近づくと、有無を言わさぬ口調で言った。

「さあ、始めましょう。時間がもったいないわ」

糸路は先に立って照明部の建物の方へ歩き始めた。顕もあわてて従った。

幸い、中には誰もいなかった。顕はレフ板を一枚取り、外に出た。

外には糸路が待っていた。

太陽は正面にある。顕はレフ板を水平に持ち、糸路の横に並んだ。

「行くわよ」

糸路がゆっくり歩き始めた。

顕も歩調を合わせ、距離を保ちながら歩いた。

今日も、上手くいかなかった。レフ板から太陽光が外れたり、反射光が糸路の顔を外したりで、まともな順光を当てられない。

だが、糸路は少しも嫌な顔をしなかった。それどころか鼻歌を歌い始めた。「上海帰りのリル」だった。昭和二十六年に津村謙の歌が発売され、翌年には新東宝で同名の映画も作られて大ヒットした。

四年経った今でも広く愛されている。

力を込めない糸路の歌声は、顕の緊張を和らげてくれた。歩きながら、ほんの少しだけレフ板の左側を高くした。と、見事に順光が顔に当たった。

「良いわよ、この調子！」

糸路が弾んだ声を出した。顕は飛び上がりそうになるのを、必死で抑えつけた。

それから糸路は何度も引き返し、元の道を歩き続けた。顕も次第に慣れてきて、太陽とレフ板と糸路の顔の位置を横目で確認しながら、きちんと順光を当てられるようになった。

糸路がピタリと足を止め、顕に顔を向けた。

「おめでとう。もう大丈夫よ」

「衣笠さん、本当にありがとうございました！」

顕はレフ板を抱えて最敬礼した。

「ゴン、良かったな」

後ろで声がした。振り向くと、畑山満男が立っていた。いや、満男だけではない。技師の佐倉宗八以下、岡野卓、龍村寛太、島隆二、伊藤勝、照明部が勢揃いしているではないか。

宗八が糸路の前に進み出て、頭を下げた。

「糸さん、恩に着るよ。本当にお世話様」

「何のこれしき、よ。その代わり親方、これからも私には一番きれいなライト、お願いね」

糸路がウィンクすると、宗八は破顔した。

「じゃ、私はこれで」

糸路は片手をひらひらと振ると、颯爽と立ち去った。その後ろ姿に、照明部一同は深々と頭を下げた。

顕は涙が溢れるのをどうしようもなかった。糸路はその名の通り、地獄に落ちた顕にひと筋の蜘蛛の糸を垂らしてくれた。そして照明部全員が、顕が落後しないように望んでくれた。

「皆さん、本当にありがとうございました」

これからも一生懸命頑張ります、と言う後の言葉は、涙で詰まって声にならなかった。

「ゴン、糸さんに助けてもらえるなんざ、滅多にあるこっちゃねえ。お前は運がある。だから精進しな」

「はい！」

涙声を張り上げた顕の肩を、満男が優しくポンと叩いた。

4

その日の撮影は順調に進んだ。前日、顕のヘマで撮れなかったシーンも無事に終了し、昼休憩までに予定のカット数を撮り終えることが出来た。

「カット！」

助監督の声に、現場の緊張感がほぐれた。

麻生和馬は足取りも軽くセットを出た。すっかり機嫌を直し、波に乗っている感じだ。

神谷監督も会心の笑みを浮かべ、助監督になにやら話している。

顕がレフ板を片付けていると、満男が声をかけた。

「ゴン、今日の昼は外へ行くぞ」

心なしか、満男も嬉しそうに見える。

「はい。え〜と、『しな乃』ですか？」

うろ覚えだが、神谷の行きつけの店はそんな名前だったような気がする。

「まさか」

満男はほんの少し顔をしかめた。

「あんなとこ、俺たちにゃ敷居が高くて肩が凝っちまう。照明部は『山した』と決まってるんだ」

撮影所の向かいには大監督御用達の高級店を含め、何軒かの飲食店が並んでいる。山したはその中の一軒で、ざっかけない定食屋という趣だった。

佐倉宗八以下照明部の面々は、藍染め(あいぞ)の暖簾(のれん)を分けて、我が家に入るような物腰でドカドカと店に入り、思い思いの席に着いた。口開け(くちあ)らしく、先客はいなかった。

「おばちゃん、今日は七人な」

「あら、親方。いらっしゃい。今日は早いじゃないない」

カウンターの奥で中年の女将(おかみ)が笑顔を見せた。山下(やました)まつという名はだいぶ後になって知った。母の治子と同年配だろう。頭に白い三角巾を巻き、白衣を着ている。健康的な小麦色の肌で丸い顔にピンク色のおちょぼ口が、どういうわけか木村屋のあんパンを連想させる。いささか礼を失するが、食堂の女将に「美味しそう」という形容は相応(ふさわ)しいかも知れない。

「監督が乗っててさ、スイスイだ。俺、カツ鍋」

盆を抱えた若い女が表に出てきて、客たちにおしぼりと水を配った。やはり白衣に三角巾姿だ。

「俺、日替わり」

「俺、焼き魚。あと、納豆付けて」

「俺、日替わりで奴と生卵」

照明助手たちは言葉尻の「定食」を省略して矢継ぎ早に注文する。勝手知ったる店だからか、壁にベタベタ貼られた品書きなど誰も見ていない。

「はい。満男さんは？」

「そうだなあ……焼き魚。それと、筑前煮」

「あら、今日の小鉢、筑前煮よ」

「そうか。じゃ、どうするかな？」

「ホウレン草のゴマ和えにしたら？」

「うん、そうする」

満男と若い女はとても親しげだった。顔馴染みという以上に、他愛のない言葉の遣り取りを楽しんでいる感じが伝わってくる。

「こちらは？　初めてよね？」

「新人の五堂顕君」

「どうも。初めまして」

ペコリと下げた頭に被せて満男が言った。

「ゴンで良いよ」

「ダメよ、勝手に」

女が満男を睨む真似をした。衣笠糸路を見た後ではすごい美人とは言えないが、清潔感の漂う瑞々しい魅力の持ち主だった。

「寺田波子さん。山した食堂の、もとい照明部のマドンナ」

「お世辞言ったっておまけしないわよ。で、五堂さんは何になさる？」

「僕も畑山さんと同じでお願いします」

「はい。焼き魚定食とホウレン草のゴマ和えですね」

「それと、あの、本当にゴンで良いです。そう呼んで下さい」

「はい。それじゃ、ゴンちゃん。これからもどうぞご贔屓に」

波子はカウンターの奥へ戻った。満男がその姿を目で追うのを見て、顕はくすぐったい気持ちになった。

山したには店主夫婦と姪の波子、他に厨房の手伝いが一人いた。照明部だけでも総勢四十～五十人いるので、全員顧客になればそれだけで経営は成り立つだろう。

「この店は照明部と大部屋の俳優さんたちが主に利用してる。隣の『きくや』は撮影部と録音部。そうそう、この並びの店はみんな撮影所の食券が使えるんだ。いよいよ金欠となったらツケも利くし」

撮影部も録音部も総勢五十人近い大所帯である。

「それと、食券は一割引で現金に換えてくれるんだ」

「それだと、損じゃないですか？」

顕は満男の言わんとするところが良く分からず、怪訝な顔で問い返した。

「撮影が押して六時になると夕食券が出る。八時過ぎると夜食券、十二時過ぎると朝食券。そういうのを溜めといて換金するんだけど、これが結構バカに出来ないのさ」

「はあ」

「月給安くても暮らしていけるのは、そうやっていろんな手当が付くからだよ。ま、今に分かるさ」

その時、店の戸がガラガラと開いて、七、八人の客が入ってきた。全員髪も服もボロボロで、まるで浮浪者のようだ。顕はビックリして腰を浮かしかけた。

「親方、お疲れ」

「おう、仙坊。何だよ、その汚しは？」

「宮原組で、貧民窟の仕出し。ひでえ目に遭ったよ」

「宮原さんはえげつないのが好きだからな」

宗八の言葉に、浮浪者たちは一斉に苦笑いを浮かべた。

「午後は入ってるのかい？」

「和久組で、キャバレーのボーイ。頭、ポマードべったりで」

　宗八と浮浪者風の男は声を立てて笑い合った。汚れすぎて人相も定かではないが、四十前後だろうか。

「足立仙太郎さん。他もみんな俳優部の人たち」

　満男が小声で教えてくれた。いわゆる大部屋俳優で、通行人をはじめとする台詞のない脇役専門の役者だが、この時代は全員映画会社の正式な社員でもあった。

「俺、煮魚」

「日替わりね。生卵付けて」

「日替わりと冷や奴」

　俳優たちも口々に注文する。

「はあい。煮魚一、焼き魚二、奴と納豆。日替わり三、生卵と奴。カツ鍋一、お願いします」

　波子はメモも取らず、俳優たちの注文を復唱して厨房に通した。

　顕はすっかり感心してしまった。

「大した記憶力ですね」

「三年もやってれば、慣れるさ」

　満男の返事に、二人の仲も三年越しなのかと、顕は漠然と考えた。

　照明部の定食が出来上がり、テーブルに運ばれてきた。

焼き魚定食は鯖の文化干しにご飯、味噌汁、漬け物、筑前煮の小鉢が付いている。撮影所の食堂より二十円高いが、鯖は脂が乗っていてボリュームがあり、味噌汁もしっかり出汁が効いていた。何より糠漬けの味が良い。追加で頼んだホウレン草のゴマ和えも、丁寧に擂ったゴマをふんだんに使ってある。

「美味しいですね。夕食券もらったら、僕、ここでご飯食べます」

「おばさん、ご贔屓さんが増えたよ」

満男がカウンターに呼びかけると、まつが丸い顔を笑みで崩して「まいどあり!」と挨拶した。

その時、また戸が開いて、背広姿の男の客が入ってきた。体格の良い四十男で、小脇に一升瓶らしき風呂敷包みを抱えている。

「ああ、親方、お食事中失礼」

宗八はジロッと男を睨んだ。

「何だよ金の字、また余計な仕事を増やそうってのか?」

「そんな冷たいこと仰らないで下さいよ」

金の字と呼ばれた男は宗八の向かいの席に腰を下ろした。

「お願いしますよ。明日、オープンセットで麻生和馬と衣笠糸路のスチール、ぜひとも撮りたいんです」

男は宗八を拝む真似をした。周囲の照明部と俳優部の面々は、ニヤニヤしながら二人の遣り取りを眺めている。おそらく、このような場面はこれまで何度も繰り返されてきたのだろう。

「朝日と毎日の映画担当も呼んでありますんで、親方に一肌脱いでいただかないと、私の男が立ちません。どうか、お願いします」

男は脇に置いた風呂敷包みを解いた。中から現れたのは特級酒（とっきゅうしゅ）だった。それをテーブルに載せ、平伏（ひれふ）しつつ宗八の方へ押しやった。

「ま、これは一つ、迷惑料ということでお納めを」

芝居がかった所作に、宗八はわずかに笑みを漏らした。

「仕方ねえな。金の字も仕事だ。分かったよ」

男がパッと顔を上げた。喜びという文字を貼り付けたような顔になっている。

「親方、助かります！」

「スターさん二人と監督に了解は取ったのかい？」

「これからです。まずは親方のご意向を伺ってからと思いまして」

「調子の良いこと抜かすねい」

とは言うものの、宗八は満更でもなさそうだった。

「いやあ、親方、ホントにどうも、ありがとうございます。これで私も男が立つってもんです」

男は大きな身体（からだ）を折りたたんでペコペコと頭を下げ、わざとらしく揉（も）み手をしながら立ち上がった。

「では、これからさっそく、監督と二大スターの所へ行って参ります。お食事中、お邪魔いたしました」

その卑屈さは明らかに演技だった。宗八もこの二人芝居を楽しんでいた。いったい、あの男は……？

「武金太郎（たけきんたろう）さん。制作宣伝の担当者」

「制作……宣伝？」

「ああ、知らないよね。完成した映画を試写会なんかやって宣伝するのが本社の宣伝課で、撮影途中にポスターのスチール撮ったり、マスコミ呼んで『今撮ってるのはこんなに素晴らしい映画なんですよ』って宣伝するのが制作宣伝課の仕事」

映画会社には広告宣伝課と制作宣伝課があって、映画の完成後の宣伝を担当するのが前者、完成前の宣伝を担当するのが後者である。そして、広告宣伝課の部屋は本社に置かれているが、制作宣伝課の部屋は撮影所にある。

「それ、大事な仕事ですよね。でも、あの武さんって人、すごく申し訳なさそうでしたけど？」

「それはやっぱり、俺たちからしたら仕事の邪魔だからね。撮影止めて、スチール用にライティングしないとならないし、俳優さんは何時間も前に来て衣装着けたりしないとダメだし。時にはスチール用にセット組んだり。そういうときは装置の親方にも話を通さないといけないから、大変だよ」

装置とは大道具のことだ。そして小道具は装飾という。

「でも、武さんは気配りが良くて、親方にも監督にも俳優さんにも信頼されてる。関係する部署には全部、ああやって前の日に酒配って歩くんだから、偉いよ。感じの悪い奴だと、上からトンカチ落っことされたりするけど」

制作宣伝という未知の仕事を教えられ、顕はまたしても映画を取り巻く世界の奥深さに驚き、感じ入った。

5

翌日の朝、神谷組のスタッフがセットに入って間もなく、武金太郎が現れた。寝不足のようで目をしょぼしょぼさせている。

「おはようございます、皆さん。本日、午後からスチール撮影入りますんで、よろしくお願いします」

昨日の今日なので、照明部は全員否（いな）やはない。宗八は武にもらった特級酒を一口味見しただけで、満男に「寄付」と言って渡し、満男はそのままセカンドの岡野に渡してしまった。特級酒のおこぼれに与（あずか）った岡野、龍村、島、伊藤の助手四人は、機嫌良く武の注文に応えてやるつもりだった。

「武さん、スチールマンは誰？」

「トノケンです」

その名前を聞いて、宗八以下の照明部は満足した顔になった。

「トノケンさんって、スチールマンの中じゃピカイチだぜ。キネ旬のコンクールで二回も一位取ったんだ」

伊藤が訳知り顔で顕に言った。キネ旬とは映画雑誌「キネマ旬報」のことだ。

武は神谷の前に進み出て、相手の身長に合わせて身をかがめた。武は六尺豊かな大男だが、神谷は小柄で五尺そこそこなのだ。

「監督、午後からちょっとお時間いただいて、朝日の久保（くぼ）さんのインタビュー、お願い出来ませんか？」

「ああ、久保君ね」

「彼、監督の大ファンですから、今回の作品にはものすごく期待してます。きっと大いに前宣伝してくれると思うんですよ」

「そうだね。ま、彼なら良いだろう」

「それでですね、今日は毎日の記者も来るんですよ。朝日にインタビューさせて毎日にさせないっていうのもなんですし、どうでしょう？　同席させて、共同インタビューってことで」

神谷は眉間に皺を寄せて唇をひん曲げた。

「毎日は、あれだろ、あの塩川って野郎」

武は「いけね」という顔になって後ろ頭をかいた。

「俺の『薄氷の記』をけなしやがった」

「いや、監督、けなしてはいませんよ」

「『お涙ちょうだい』だの『陳腐』だのって書きやがったじゃないか」

「あれは言葉のアヤですよ。『目を見張るほどの造形美』『品位ある演出』ってあったじゃないですか」

「上げといて落としてんだよ。嫌らしいったらないぜ」

「でも監督、塩川さんは戦後の監督復帰第一作『蝶の帰る道』を大絶賛した人ですよ。最初から監督の作品に惚れ込んでるんです。『薄氷の記』は期待感が大きすぎて、塩川さんにはちょっと物足りなかった。それで可愛さ余って憎さ百倍、筆が滑って要らざることを書いてしまったんですよ。本人も、今は反省してるんです。若気の至りと思って、許してやりましょうよ」

「しかしなあ……」

「神谷透ともあろう大監督が、ケツの青い新聞記者の記事に一喜一憂することないじゃありませんか。ここは一つドーンと構えて、格の違いを見せつけてやって下さいよ」

　神谷はなおも渋っていたが、武は言葉巧みに持ち上げたりくすぐったりで、もつれた気持ちをほぐしに掛かった。

「まあ、仕方ないな。金の字の顔をつぶすわけにもいかんし」

　ついに承諾の言葉を引き出すと、武は神谷を拝む真似をして柏手を打った。

「ありがとうございます！　それでこそ日本映画の大看板、神谷透大明神ですよ」

「よせやい。調子良いことばっかり言いやがって」

　しかし、そう言う神谷の顔は明らかにニヤけていた。

「衣笠糸路さん、入られます！」

　オープンセットに助監督の声が響いた。

　付き人二人を従えて糸路がセットに現れると、武がすっ飛んでいった。

「糸さん、今日、よろしくお願いします」

「はい、大丈夫です。それより、昨日はご丁寧にありがとう」

「いえ、毎度代わり映えのしない物で。でも、糸さん呑まないからなあ。今度からクッキーかなんか持っていきましょうか？」

「あら、一升瓶で結構よ。うちには呑む人がいるから」

糸路がからかうような目で背後の女たちを見遣ると、二人は肩をすくめてクスクスと笑い合った。

糸路は役に合わせて安っぽい銘仙の着物を着付け、ひっつめにした髪がほつれている。そのうらぶれた姿から漂う美しさに、顕は心臓がドキドキ高鳴り、胸が締め付けられるような苦しさを感じた。

「麻生和馬さん、入られます！」

続いて麻生和馬のセット入りが告げられた。

五人の付き人を従えた和馬は、傍らに立って最敬礼している武を見ると足を止めた。

「麻生さん、今日、よろしくお願いします」

「スチールと、インタビューだっけ？」

「はい」

和馬は鷹揚に頷いてから、きらりと目を光らせた。

「その代わり、金の字、撮影終わったら部屋来いよ。昨夜の続きだ」

「え～、勘弁して下さいよ」

「何言ってやがる。勝ち逃げは許さねえぞ」

「困ったなあ」

武は大げさに身をよじった。

「また、ドボン？」

糸路が武と和馬を見比べて尋ねた。

「金の字に五千円持ってかれた」

「昨夜はまぐれですよ」

「まぐれが五回も続くかよ。良いか、絶対に来いよ」

「好きねえ」

糸路は呆れ顔で言い捨て、セットの中央に進んだ。

その日の撮影も好調だった。

昼休憩に入る直前、夜逃げかと思うほどの大風呂敷を抱えた小柄な男がセットに入ってきた。それがスチールカメラマンの殿村謙二（とのむらけんじ）で、大風呂敷の中身はすべて撮影用の機材だった。殿村はさっそく風呂敷を広げ、三脚を立てて写真機をセットした。

昼休憩に入るとすぐ、殿村が声を張った。

「それでは、麻生和馬さん、衣笠糸路さん、スチールお願いします！」

二大スターはそれまで何度もポスター用や宣伝用のスチール写真を撮られているので、殿村とも顔馴染みだった。

「トノケン、場所はどこが良い？」

「やっぱりこの立派なセット使いたいですね。この家の前と、祠と、できれば家の中も」

「うん、分かった。親方、そういうわけで、よろしく」

和馬が宗八の方を向いて片手を上げた。

殿村は仕舞屋のセットの前に二人を立たせると、シナリオも見ずに言った。

「まずはシーン八十三から八十六、あの、二人の破局が決定的になる場面。あの雰囲気で行きます。麻生さんは少し斜に構えてうつむき加減で。糸路さんはまっすぐ前を睨んで」

そして宗八に言う。

「親方、ここでデカいライト当てて下さい」

「よし」

照明が当たった。顕は糸路にギリギリまで近づいてレフ板を構えた。

殿村は何度か二大スターにポーズを変更させ、シャッターを切った。それが終わると小さな祠の前に移動し、またしてもシナリオの情景を説明してポーズを取らせ、写真撮影を続けた。

最後は家の中の二人のシーンを再現してカメラに収めた。

「はい、結構です！　お疲れ様でした！」

殿村はスター二人と照明部に頭を下げ、機材を片付け始めた。顕は我知らず殿村のそばに駆け寄っていた。

「あの、お手伝いします！」

殿村は顔を上げてニッコリした。笑い皺の多い顔だった。

「ありがとう。でも、大丈夫。バラすのは簡単だから」

そう言いながら三脚を解体していく。

「すごいですね。ビックリしました。ただ写真を撮るのじゃなくて、ちゃんと台本を読み込んで撮影するんですね」

「そりゃあね、俳優さんの芝居を撮るんだから」

殿村は手を止めずに答えた。

「それと、何ていうのかな。俳優さんの芝居の表現を強くして見せたいっていうか、そういう気持ちもあるんだ」

そして、優しい目で顕を見返した。

「照明部さん、今日はありがとう。ほら、もう行かないと、昼飯食べ損なっちゃうよ」

　ハッとして腹に手をやった。気が付けば腹が減っている。

「あの、それじゃ失礼します！　お疲れ様でした！」

　顕はセットを飛び出し、食堂へ向かって全力で駆けた。


　その頃、撮影所前の日本料理屋しな乃では、昼食を終えた神谷透が、朝日新聞と毎日新聞の映画担当記者の共同インタビューに応じていた。

「監督、現在撮影中の『落陽』、一言で言うとどんな作品でしょう？」

「一言で言えたらシャシンなんか撮る必要はないよ」

　皮肉に一言返してから、余裕の笑みを浮かべた。

「僕としては『落陽』は戦争の悲劇を描いた作品だと思う。戦争の場面は一つも出てこないが、戦争が主人公たちの人生を狂わせ、その後も暗い影を落としている」

「え～と、具体的にはどんなところが？」

「まず主人公の日比野（ひびの）だね。財閥の分家の御曹司（おんぞうし）だったのが、戦争で全部失ってしまう。戦後は再起を図って悪戦苦闘するが、何もかも上手くいかない。しかし、かつての栄華の夢が忘れられず、今の落ちぶれ果てた自分を受け入れることが出来ない。だからどんどん傷を深くしていくんだな」

「なるほど」

二人の記者はどちらも三十代前半、記者として脂の乗り切った年齢である。熱心にメモを取りながら、神谷への質問を錬っている。

「見果てぬ夢に縛られているわけですね？」

「そうだね。それからこのヒロイン、ゆき子」

神谷が煙草を取り出すと、助監督がマッチを擦って火をつけた。

「幼い頃、母親に連れられてお屋敷に出入りして、ある日御曹司を垣間見た。まあ、初恋だ。彼女にしてみれば相手は王子様さ。戦後再会した男はただのろくでなしだが、彼女も昔の幻が忘れられない。それに引きずられて腐れ縁を断ち切れず、深みにはまって最後の悲劇を迎えるわけだ」

「それはごく普通の男女の未練とは違いますか？」

「違うね。男が最初からただのヒモだったら、切り捨てることが出来たと思う。このヒロインだって、結構海千山千の女だからね。しかし、清純な少女の時代もあった。その頃胸をときめかした相手が今の男なんだ。昔の男の幻を追い求める気持ちは、言い換えれば昔の自分、一番良かった頃の自分を追い求める気持ちだよ。つまりこの男女は、どちらも戦争で失われた幻を諦めきれないんだ」

二人の記者が感心したように頷くのを見て、神谷は気持ち良さそうに煙を吐き出した。

顕は食堂に駆け込んでカレーライスを注文した。急いでかき込むなら麺類だが、茹で時間がかかる。その点カレーは数秒で目の前に出てくるから、こっちの方が早い。盆を持って一番近いテーブルに座った。隣のテーブルでは蕎麦を食べ終わった岡野と龍村が、使い捨ての空の丼を灰皿代わりに煙草を吹かしている。その横では満男がコーヒーを飲んでいた。

「良いよな、宣伝課は。スターさんとドボンやって機嫌取ってりゃ良いんだから」

「それだけじゃないぜ、寛太。あいつら、会社の金で毎晩新聞記者や雑誌の記者と銀座で豪遊してやがるんだ」

二人の声は嫌でも顕の耳に入る。岡野の口調には「憤懣やるかたない」という感じが濃厚だ。

「こっちが毎日汗水垂らして、重い機材運んで光当ててるってのによ」

「スチール撮影だって、実際の仕事はスチールマン一人でやって、金の字は撮影の段取りつけるだけだもんね。ずるいよな」

「おまけに、良い給料もらってるんだぜ。〝クズ拾い〟のくせに」

撮影現場に来てゴシップを拾い集め、新聞社や雑誌社に売り込むのも制作宣伝課の仕事だった。それをある監督が愛情を込めて「クズ拾い」と呼んだのだが、今の岡野の発言は悪意と嫉妬(しっと)に裏打ちされていた。

満男がカップをソーサーにガチャンと置いた。

「いい加減にしろよ、お前ら」

顕は隣のテーブルを盗み見た。満男の顔はいつもと変わらないが、声に決然とした響きがあった。

「同じ撮影所で働く仲間のことを、そんな風に言うもんじゃない」

「あれが仲間ですかねえ」

岡野は不満を隠そうともしない。

「現場の苦労なんかなんも知らないで、会社の金でチャラチャラ遊んでるくせに」

「記者たちと呑みに行くのは遊びじゃなくて仕事だろう。日頃挨拶しかしたことない人間に『今度の新作、ぜひお宅で大々的に取り上げて下さい』って頼んだって、聞いてくれるわけない。ある程度信頼関係を築いた上でないと……そのための付き合いだよ」

顕はスプーンを運ぶ手を止めて、満男の言葉に耳を傾けた。

「それにスターさんと仲良くするのも、うらやましいように見えて、大変だぜ。ワガママだしクセが強いし。夜中まで付きっきりで面倒見て機嫌取るなんて、俺にはとても無理だな」

満男の言うことは正論なので岡野と龍村は反論しないが、内心不満がくすぶっているのは二人の顔つきで分かった。

「やってる仕事は現場と違っても、武さんみたいな人がいなかったら映画は回らない。それは覚えておけよ」

満男たちがテーブルから立ち上がった。顕は残りのカレーをかき込み、水で喉(のど)に流し込むと、大急ぎで後を追った。

6

麻生和馬はセットの隅(すみ)に置かれた休憩用の椅子にゆったりと腰掛けていた。その両脇の丸椅子には朝日新聞の久保と毎日新聞の塩川が掛け、時に質問を交えながらメモを取っている。

「今回の〝日比野隆平(りゅうへい)〟役は、麻生さんの映画人生を通じても唯一の悪役と言いましょうか、これまでとはまるで毛色の違う役柄ですよね。演じる上での不安のようなものは、なかったんですか？」

「僕は子役の頃から三十年近く映画でメシ食ってるからね。今更不安というのはなかったけど、戸惑ったことは確かだよ」

「戸惑いというのは、どんな点で？」

「監督が僕の何を見て、この役を振ったのか……。僕の中にこの役と共鳴する要素があると踏んだからこそ、選んだわけだからね」

「つまり、監督の意図が奈辺にあるか、計りかねたと？」

「うん、まあ、そんなところだね」

「で、麻生さんとしては、どのような解釈で役作りをなさったんですか？」

「正直、分からないまま撮影に入ってしまった」

久保と塩川は想定が外れたことに戸惑い、一瞬沈黙した。

「で、実際に撮影に入ってみて、如何（いかが）でした？」

「これが不思議なもんでねえ……何というか、段々この男の気持ちが分かるようになった」

和馬は効果的な間を置いて、再び口を開いた。

「この男の頭を占めてるのは『こんなハズじゃなかった』という思いだと気が付いた。戦後、何をやっても上手くいかない。それでますますその思いは大きくなる。だから焦る。失敗する。自暴自棄になる。その積み重ねが、この男を壊していったんだと思う」

「なるほど」

二人の記者は感心したように頷いて、次の質問に入った。

「その上で、ご自身と役柄の共通点はどこだと思われますか？」

「気が弱いところかなあ」

三人は爆笑した。

「それに、女性にモテるところじゃありませんか？」

「まさか。僕は実生活じゃ全然モテないよ。仕事ばかりで面白味のない人間だからね」

これには一同、苦笑するしかなかった。和馬は私生活でも派手な色模様で知られているのだから。

和馬のインタビューが終わると、久保と塩川は休憩中の衣笠糸路の元へ移動した。糸路は本番が終わったばかりで、付き人が飲み物を差し出したり団扇で扇いだり、甲斐甲斐しく世話を焼いていたが、記者たちが来ると「もう良いから」と遠ざけた。

久保も塩川もさっそくメモ帳と鉛筆を取り出した。

「麻生さんにも伺ったんですが、今回の役は衣笠さんの芸歴の中でも異色ですよね？いわゆる汚れ役で」

「はい。私としては大きな挑戦でした。でも、このお役に出会えて幸運だったと思います」

糸路はゆっくりと言葉を選んで先を続けた。

「年齢を考えても、これからはもっと幅広い役柄を演じることが求められると思うんです。その意味でこの〝ゆき子〟という役は、一気に可能性を広げてくれたように思います」

二人の記者は同時に頷いた。

「演じていてもすごく手応えを感じて、私の代表作になるような気がするんです」

「役作りの上で苦労された点や、工夫された点などを、ぜひお伺いしたいです」

「やはり、一番心掛けたのは、役になりきる……ゆき子の気持ちになることです。そうすれば言葉遣いも身のこなしも、自ずとゆき子に近づいて行けると思いました」

「その中で、特に理解が難しかったところはどこですか？」

「そうですねえ……」

糸路が視線を落として首を傾げて考え込むと、記者は急き立てるように質問を加えた。

「例えば、日比野に頼み込まれて、仕方なく質屋に身を任せるところなんか、どういう風に思われました？」

「あれは、もう気持ちがすっかりゆき子に入り込んでいたので、演じていて辛かったですね。ただ、二人の関係を考えると、ああいうことは避けて通れないのだろうと、そういう役柄としての納得はありました」

「そこら辺、もう少し具体的に仰っていただけませんか？」

久保も塩川も、普段は女優相手にこれほど突っ込んだ質問はしない。当たり障りのない受け答えをアレンジして記事にしている。また、そうしないと紙面が埋まらない。しかし、衣笠糸路は「話がそのまま文章になる」数少ない俳優だったから、自然とインタビューにも熱が入った。

「多分、私が女学生の頃だったら、この作品で描かれる男女の関係は理解できないと思うんです。さっさと別れて新しい人生を始めれば良いのに、どうしていつまでもこんなダメな男に執着するのか……バカじゃないかと思ったでしょうね」

「まあ、早い話が腐れ縁ですからね」

「ええ。でも、世の中に出ると、理屈ではどうにも割り切れないことが沢山ありますでしょう。自分でそういうものを見聞きして、経験して、人間って弱いなあ、ダメだなあって、しみじみ感じるんです。それから、そういう目で眺めると、互いにもつれ合って一緒に泥の中に沈んでいくような、ゆき子と日比野のような男女のあり方も、分かるようになりました」

「でも、それにしてもやはり気になるのは、美しさも才覚も十分に持ち合わせているはずのゆき子が、何故まるで甲斐性のない日比野にあそこまで尽くすのか、ですよねえ」

「まあ、我々男性としては日比野にあやかりたい気持ちですが」

和やかな笑い声が上がった。

「私はやはり、少女時代の記憶が原因ではないかと思います」

「ほう」

糸路は監督の神谷と同じことを指摘した。

「ゆき子は子供の頃、母親の奉公先のお屋敷で青年時代の日比野に出会って、親切にしてもらいます。その時、子供心に若様に恋をしたんです。そして、大人になってからも若様が忘れられなかったんでしょう。だから戦後になって、尾羽打ち枯らした日比野と再会しても、ゆき子にはあの大きなお屋敷に君臨していた若様の姿を消すことが出来なかったんだと思います」

「なるほど。神谷監督もその点を強調なさっていましたね」

「それとも一つ、ゆき子もまた自分の少女時代、人生で一番幸せだった時代が忘れられなくて、その思いが日比野に結びついたのではないかと、そんなことも仰ってました」

「ええ。本当にその通りだと思います」

インタビューが終了して記者が帰ろうとすると、武がセットに入ってきた。

「ああ、お疲れさんです。インタビュー、どうだった？」

「お陰様で、随分と実のある話が聞けましたよ」

「そりゃあ良かった」

「麻生さんにとっても糸路さんにとってもエポックメーキングな作品になりそうで、我々も完成が大いに楽しみです」

「試写会の券は会社の方に送るから、ぜひお揃いで」

「あ、それからスチールも頼みますね」

「アップ二、三種類と、ロングで良い？」

「ええ。それと別撮りのアップも」

「分かった」

「武さん、今夜どう？」

塩川がグラスを傾ける真似をすると、武は申し訳なさそうに顔の前で手を振った。

「今夜はドボンに付き合う約束で」

「また麻生さんのとこ？」

武が黙って頷くと、二人の記者は気の毒そうな顔をした。

「ま、しょうがないよね、麻生さんの機嫌損ねるわけにいかないし」

「今度、レバンテで牡蠣（かき）フライでも奢るよ」

三人はにぎやかに話しながらセットを出て行った。

「牡蠣のシーズンはRの付く月。今月いっぱいだよ。大丈夫？」

「俺が久保ちゃん敏夫（としお）ちゃんの約束破ったことありますかっての」

話し声は遠ざかり、すぐに聞こえなくなった。

第二章　見えない壁

7

「カット！」

神谷監督の声が響いた。

この瞬間に、太平洋映画が今年一番の予算をつぎ込んだ大作映画「落陽」の撮影が終了したのだ。

セット内は溜息にも似た空気が溢れ、次の瞬間にはどよめきと拍手が沸き起こった。

「皆さん、お疲れ様でした！」

チーフ助監督が叫び、大きく手を叩いた。

神谷は主演の和馬と糸路の肩をポンと叩いて労をねぎらい、照明技師佐倉宗八はカメラマン大江康之とがっちり握手を交わした。出演者同士で抱き合って喜んでいる者もいる。

その間にもフォース助監督がセットの壁に「祝完成！『落陽』一九五五年五月三十日　神谷組」と大書した横断幕を張り巡らした。

「これから全員で記念撮影しま〜す！」

助監督が一同を横断幕の前に呼び集めた。監督と主演の二人を真ん中に、七十人を超える集団が折り重なるようにして居並んだ。スタッフと出演者ばかりでなく、プロデューサーも加わった。後ろの者は顔が見えるようにセットに乗ったりしている。

そこへ暗箱カメラをかついでやって来たのは、スチールカメラマンの殿村謙二だった。

「はい、もうちょっと真ん中寄って下さ〜い。右、もう少し詰めて」

殿村はテキパキと指示を出し、居並ぶすべての顔をフレームに収めると、シャッターを切った。

「もう一枚、行きま〜す！」

こうして撮影された集合写真には、この時代の映画の現場のすべてが写っていた。弾む笑顔、沸き立つ熱気、抑えがたい野心、疑うべくもない希望が……。

「お疲れ様でした！」

全員が叫び、再び拍手と歓声が起こった。

それが止むと、解散になる。役者たちは三々五々、連れ立ってセットを離れ、スタッフは後片付けを始める。

中でも照明の解体は大仕事だ。大量の照明機材をスタンドから外し、スタンドをたたみ、張り巡らしたキャブタイヤ（専用ケーブル）を巻き取ってゆく。そして、泥の付いたスタンドやケーブルは今日中に、遅くとも明日の朝一番にきれいに洗って乾かし、元の置き場に返さなくてはならない。それだけでも半日、時には一日仕事になる。それらはすべて助手の役目だった。

「これ、こっちの台車で良いすか？」

ライトを抱えた田辺大介が尋ねた。

「あ、悪い。あっちの台車で」

手の空いたスタッフが手伝ってくれることもあるが、必ず助っ人に来てくれるのが撮影部だった。カメラと照明は一心同体の関係だし、カメラは一台なので片付けが早いのだ。

「どうもありがとう」

一通り片付けが終わって引き上げる途中、大介がニヤニヤしながら顕に耳打ちした。

「ゴンちゃん、お楽しみはこれからだぜ」

「えっ？」

だが、大介はそれ以上説明せず、撮影部へ引き上げてしまった。

何が〝お楽しみ〟か分かったのは、照明部の部屋へ帰ってからだった。

「みんな、お疲れさん」

宗八はぶっきらぼうに言って満男(みつお)を見遣(みや)った。満男は机の引き出しから取り出した封筒の束を手にしている。

「はい、お疲れ」

そう言って助手たちに封筒を手渡した。最初に封筒をもらったセカンド助手の岡野(おかの)がピューーッと口笛を吹いた。

「ズシッとくる！」

「スポンサーがデカいからな」

文芸大作「落陽」には出版社をはじめ、デパート、自動車会社、薬品会社、観光会社、酒造会社など大手企業が制作に関わっていた。

「はい、ゴン」

「ありがとうございます」

先輩たちに倣(なら)って封筒の中を見たら、千円札が何枚も入っているので目を疑った。

「あの、これ、良いんですか？」

「もちろん。〝お疲れ〟だから。これがなきゃ、やってけないよ」

満男は当たり前のように言った。〝お疲れ〟とは映画の完成手当のことで、クランクアップの後で支給されるのが慣習となっていた。

照明部に拾われてまだ二月(ふたつき)にもならないが、顕はその間に何度か独特の慣習を体験した。

まず、給料は十日に前渡し金、二十五日に残り分と、分割で支給された。そして二の付く日……二日、十二日、二十二日に過勤料、つまり残業代が支払われた。映画会社は一般に安月給だったが、それなりに豊かに暮らせるのは、こまめに現金が入るからだとは、後になって知ったことだ。

そして〝お疲れ〟は照明部や撮影部など、各部門の長に一括して渡される。まず長が自分の分を収めた後、チーフ助手に渡し、チーフ助手の手で全員に分配される。満男はいつも平等に分配してくれたが、中には自分が半分以上懐に入れ、セカンド助手以下には雀の涙しか渡さない者もいた。それも後になって知ったことだ。

それにしても……。

顕は封筒の中身を確認し、感心すると同時にいくらか呆れてしまった。〝お疲れ〟はいわばご祝儀だが、月給より額が多かった。

やっぱり、まともな職業じゃないよな。

普通の会社勤めとは完全に違う。毎日決まった仕事をして決まった給料をもらう世界とは別世界だ。

今日は昨日とは別のことが起こり、明日もまた今日とは違う。だからサラリーマンの半分の給料であっても、給料より高額な祝儀をもらうこともある。

面白いじゃないか！

顕はこれまで以上に楽しくなった。これから待っている気の重い清掃の仕事など、頭から吹っ飛んでしまった。期待と不安にワクワクして、心が浮き立っている。思い切り叫びたかった。

俺の仕事は〝お勤め〟じゃない、〝冒険〟なんだ！

試写室の前の廊下には、大介が先に来て待っていた。

「すまん。待たせて」

「俺も、今来たばっか」

答える大介は日頃の労働着然とした格好とは打って変わって、ライトグレーのスッキリした背広姿だった。紺とグレーの千鳥格子（ごうし）のネクタイまで締めている。

「洒落（しゃれ）てるな。見違えたよ」

大介はニッと笑って腕に持っていたジャケットを差し出した。

「ほれ」

「どうも」

ジャケットは紺色のピンストライプだった。生地は薄手のウールで、背抜きに仕立てである。初夏の気候にピッタリだ。そして、とても洒落ていた。

「悪いな」

顕はジャケットを羽織りながら礼を言った。

「良いってことよ。俺も最初は借り着した」

今日はこれから、撮影所内で「落陽」の試写会が開かれる。

昨日帰りがけに、大介に「背広持ってる？」と尋ねられ、顕は戸惑った。

「試写会は、いわば俺たちスタッフの晴れ舞台だからさ。みんなお洒落してくるんだ。俺たちが背広着てネクタイ締めるの、試写会と結婚式くらいだから」

そう言われてハタと困った。ついこの間まで学生で、どこへ行くにも学生服で間に合わせていた。そして卒業はしたものの、正式に就職したわけではなく、横滑りでアルバイトのクチにありついたような状況で、背広を作るような頭は働かなかった。過分な〝お疲れ〟をもらったが、今からテーラーに駆け込んでも明日までに背広を仕立ててもらうのは無理だろう。

「弱ったな。持ってないんだ。親父(おやじ)の背広はサイズが合わないし……」

「そんなことだろうと思った」

大介は訳知り顔で頷(うなず)いた。

「そんじゃ、俺のを貸してやるよ」

「良いよ、そんな」

「遠慮すんなよ。サイズはだいたい同じだから、ゴンちゃんが着たっておかしいことはないさ」

そして半ば強引に、大介の上着を借りると決められてしまった。

しかし、実際に大介のジャケットを羽織ると、借りて良かったと素直に思えた。

「大ちゃん、ホントはすごいお洒落だったんだな。ちっとも知らなかった」

「それはどうも。だけど照明部はみんな、もっとお洒落だよ」

「へええ」

撮影現場の照明部と言えば、技師の宗八は工場の作業着のような服を着ているし、助手たちは汗と埃にまみれ、金槌やらペンチやらを腰からぶら下げている。そんな姿しか見ていないので、お洒落と言われてもピンとこない。

「論より証拠。馬子にも衣装だって」

大介は意味のつながらない軽口を叩き、試写室のドアを開けた。

正面には映画館よりずっと小さいスクリーンがあり、最前列にはソファがおかれていた。

「あれは監督と所長とスターさん専用。俺たちはだいたい後ろの方で観てる。その方が便利なんだ。つまんないシャシンだったら、こっそり抜けられるし」

大介が冗談めかして教えてくれた。

やがて撮影スタッフが次々に試写室に入ってきた。大介の言った通り、みんな目いっぱいお洒落している。

「畑山さん」

「よお」

満男はベージュ色のサージの背広で、爽やかで涼しげだった。もしかして波子の見立てではと、つい想像してしまう。

続いて入ってきた助手の岡野たちも、思い切りめかし込んでいた。みんなこの日のために背広を新調したらしい。その後ろから入ってきた宗八に至っては、ダブルの背広姿だった。

「親方、格好いいですね。ジャン・ギャバンみたいですよ」

「そりゃ言い過ぎだろ」

お世辞ではなく、背は高くないががっしりした体つきで、堂々たる貫禄の持ち主なので、ダブルの背広が様になる。見方によってはアル・カポネのようでもあった。

最後に入ってきた一団は、撮影所長の宇喜多益男、神谷透、そして麻生和馬と衣笠糸路だった。四人はそこだけポッカリと空いている最前列のソファに腰を下ろした。

顕はこの撮影所の最高責任者の顔を初めて見た。年齢は五十前後、中肉中背で色が浅黒い。太い鼈甲縁の眼鏡を掛け、大きな鷲鼻とその下のチョビ髭が印象的だった。

「では、試写を始めてくれ」

宇喜多はやや甲高い声で映写室に指示を出した。

照明が落とされ、暗くなった試写室のスクリーンに映像が映し出された。

しわぶき一つ聞こえない緊張感漂う静寂の中、編集し終えたばかりの映画が進行していく。

撮影現場で見ていた時はあっさりしていたシーンが、フィルムの中では劇的な効果を生んでいることに、顕は大層驚いた。

主役の二人が黙って夕日を眺める後ろ姿に哀切な情感が漂い、酒場での世間話の遣り取りに火花を散らすような緊迫感が漂い、割れたコップの画像だけで事態の深刻さが伝わってくる。

顕は試写室にいることも忘れ、映画の中に引き込まれていた。

画面にエンドマークが出ると、割れんばかりの拍手が起こった。試写室の明かりが点くと、座っていたスタッフは次々に立ち上がった。全員総立ちで、監督と主演の二人に拍手を送っている。

神谷と和馬、糸路は満面の笑みを浮かべ、周囲に向かって頭を下げた。宇喜多はその横に立ち、やはり笑顔で拍手している。

「これは大ヒット間違いなしさ」

大介が顕の耳に口を寄せて言った。拍手が鳴り止まないので、そうでもしないと聞き取りにくい。

顕は冷めやらぬ感動にボウッとしたまま頷いた。「落陽」はハッピーエンドではないし、爽快な話でもない。まさに糸路が述べたように、男女が互いにもつれ合って一緒に泥の中に沈んでいくような話だ。それなのに、どうしてこれほど胸を打たれるのだろう。更に、転落するヒロインを演じる糸路の凄艶な美しさはどうだろう。

大介と並んで試写室を出るまで、顕は何だか足下がフワフワして、雲の上を歩いているような気がした。

「試写室の反応見りゃ、どの程度ヒットするかは自ずと分かるよ。出来の悪いシャシンだと、みんな気まずそうに下向いちゃうから」

そして、茶化すようにニヤリと笑った。

「そういうシャシンに当たったら、なるべく早く出ちまうことだ。監督と目を合わせないようにしてさ」

顕は「そういう現場には居合わせたくないな」と思ったが、それを口に出す前に、大介がポンと肩を叩いた。

「ゴンちゃんとこはこれから山したで打ち上げだろ？　俺らは『きくや』だから」

じゃあな、と片手を上げた。

「あ、待って。上着、返しとくよ」

「良いよ、今度で」

「でも、汚したら悪いし」

「二次会、新宿なんだ。上着抱えて行くのもな」

顕はジャケットを脱ぎかけて途中で動きを止めた。

大介の言う新宿とは青線のことだ。昭和三十三年まで日本は公娼（こうしょう）制度が法律で認められていて、警察から許可を取って営業する売春街を赤線と称し、無許可営業の売春街を青線と呼んでいた。友人同士や仕事仲間のグループで赤線や青線を利用することは、この時代、特に珍しくはなく、非難されることでもなかった。

「あ、いいや。『きくや』で預かってもらうから」

大介は気軽に言って、上着を受け取った。

二人はそれぞれ照明部と撮影部のグループに分かれ、隣り合った二軒の食堂へ向かった。

「いらっしゃい。お疲れ」

暖簾（のれん）をくぐると、まつと波子の明るい声が出迎えた。

その声に釣られるように、一番隅の席で書き物をしていた男が顔を上げた。

顕は思わず「あっ」と声を上げそうになった。床屋に行くのをサボったような伸びすぎの髪と目尻の下がった優しげな目は、助監督試験会場にいた、あの二番の青年だった。長内浩という名前までハッキリと覚えている。ここに居るということは、助監督に採用されたのだろう。一次試験の成績を考えれば当然ではあるが。

長内はこちらを見て微笑み、小さく頭を下げた。試験の時と同じく、片えくぼの出来る笑顔は人懐っこそうで、服装も冴えない。シワシワのワイシャツに膝の出たズボンだ。しかし、相手が助監督だと思うと、顕は彼我の差に愕然とした。

照明部の面々は椅子とテーブルを勝手にくっつけて、全員が座れる席を作った。

「悪いな。こちとらは打ち上げなんで、おやかましゅう」

宗八が仁義を切ると、長内は恐縮して両手を車のワイパーのように振った。

「とんでもありません。お邪魔してるのは僕の方ですから」

長内は柔らかく張りのある声で答えた。

「今年入った助監督の長内さん。ただ今自習中よ」

波子が照明部の面々に長内を紹介した。太平洋映画ではシナリオ執筆のことを自習と言う。

「確か、大宮組だよね？」

満男は長内がどの監督に付いているのか知っていた。大宮大作は娯楽映画を量産している監督だ。

「ええ。脚本直しを頼まれて」

「へええ。そりゃ大したもんだ」

「いえ、慣れないもんで、現場じゃ足手まといなんですよ」

長内はさらりと言って、もう一度微笑んだ。

「この店、照明部さんと俳優部さんの専用だって聞いて、それならお偉いさんと顔合わせることもないだろうと……あ、すみません」

途中で失言に気が付いて、あわててカウンターの方に頭を下げた。

「あら、良いわよ。ホントのことだもの。ねえ?」

ビールを抱えて出てきた波子が言うと、照明部の面々も「その通り!」と応じ、笑い声が上がった。

だが、顕の心は激しく揺れ動いていた。照明の仕事に関わって奥深さの一端に触れ、心から感心し、感動した気持ちに嘘はなかった。それなのに、今はメラメラと燃え上がる嫉妬の炎を抑えられない。目の前の男は、顕が望んで叶えられなかった夢を実現したのだ。羨望を感じれば感じるほど、自分が惨めに思えてやりきれない。何より、そんな気持ちに押しつぶされそうな自分が、耐え難かった。

「みんな、お疲れさん。カンパーイ！」

宗八の音頭でビールのグラスを合わせた。波子とまつが次々と料理を運んでくる。すぐにテーブルは皿でいっぱいになり、ビール瓶は空になって、どんどん追加がやって来る。

顕はみんなに合わせてビールを飲み、料理を口に運んでいたが、気もそぞろでほとんど味わっていなかった。人の話も右の耳から左の耳へと抜けてゆく。そして、見まいとしているのに、チラリと隅のテーブルに目を走らせ、一心に書き物をしている長内の横顔を盗み見てしまう。

もしかしたら、あそこで鉛筆を走らせているのは、自分だったかも知れないのに……。

「今年の新人じゃあ、植草って二枚目が出色らしいぜ」

「ああ。和久監督がいきなりセカンドに抜擢したっていう」

「ま、和久さんのとこの助監はみんなロートルだから、活きの良いのが入ってきたら、使い出があるんだろうけど。それにしても見込まれたもんさ」

突然、先輩の岡野卓と龍村寛太の会話が耳に飛び込んできた。話題になっている植草一こそは、助監督試験一番の男だ。おまけに映画俳優にもいないほどの美男だった。あそこまですべてが秀でていると、住む世界が違うような気がして、諦めが付くのだが。

「うちは去年、若手が四人も日活に抜かれたから、植草はきっと、トントン拍子で昇格するぜ」

「でもあいつ、脚本書けるのかな？」

「さあな」

「脚本書けないと、監督はキツいぜ」

顕はハッと我に返った。脚本と言われて、脚本部に採用された浜尾杉子を思い出したのだ。そう言えば長内も脚本の直しをしていると言っていたが、脚本を書くのは脚本家の仕事ではないのか？

「あのう……」

顕は恐る恐る岡野と龍村の会話に口を挟んだ。

「脚本を書くのは、脚本家じゃないんですか？」

「まあな。だけど、太平洋映画じゃ昔から、脚本の書けない助監督は監督に昇進できないシステムなんだよ」

「ウチの有名どころの監督、だいたい脚本にも名前出してるだろ？」

顕は過去の太平洋映画の名作を思い浮かべた。

「そう言えば……」

「まあ、監督になっちゃえば、後は脚本は脚本家任せも多いけどね。宮原さんとか和久さんとか大宮さんとか」

「和久監督と大宮監督も、脚本書いてたんですか？」

宮原礼二は神谷透のライバルで作品の評価も高いが、和久と大宮は娯楽映画を量産する監督で、およそ自分で脚本を書くイメージはない。

「助監督時代は、みんな書くんだよ」

「書けないと監督になれないからさ」

顕は久しぶりに杉子のことを考えた。脚本部の紅一点になって、今はどうしているのだろう？　持ち前の度胸と才能を発揮して、一本立ちの脚本家への道を進んでいるのだろうか？

太平洋映画の監督たちは、皆助監督時代に脚本を書いたという。それならきっと杉子の才能に目を留めて、引き立ててくれるに違いない。杉子は女性脚本家として成功できるだろう……。

今度はほろ苦さが胸に込み上げた。杉子の文才は認めているから、嫉妬はない。だが、かつての同級生に大きく水をあけられてしまったという想いは、ビールよりもほろ苦い。

顕は溜息を吐き、グラスに残ったビールを飲み干した。

またしてもチラリと店の隅を見ると、長内は鉛筆を置き、紙を揃えて帰り支度を始めていた。その紙は脚本用の二百字詰め原稿用紙で、ペラと呼ばれている。

「すみません。長々とお邪魔して」

長内は勘定を払ってまつと波子に挨拶した。

「そんなこと気にしないで、またどうぞ」

「騒がしい店だけど、これからもどうぞご贔屓にね」

波子は大きく手を振って見送った。

長内が帰ると、宗八はおもむろに一同を見回した。

「みんな、次は磐城新太郎監督に付く。脚本は明後日届くから、今日は思いっきり羽目を外しても、明日はゆっくり休んで英気を養って、明後日からの仕事に臨んでくれ」

一同から拍手が沸き起こった。

顕は磐城の撮った映画を思い出そうとしたが、出てこなかった。

「あのう、磐城監督って、何を撮った方ですか？」

こういうことは満男に尋ねるに限る。

「ああ、知らないよね。一昨年監督になったばかりで、まだ一本しか撮ってないから。神谷監督の下で長年チーフを務めてた人で、良い人だよ。気配りが良くて」

「はあ」

神谷透の助監督をしていたなら、やはり文芸嗜好の作品を撮るのだろうかと思った。

「実を言うと、長年献身的に尽くしてくれたんで、神谷監督が所長に直談判で頼み込んで、監督に引き上げたって話だ。ああ見えて、人情家なんだよ、神谷監督は」

話しながら顫の空になったグラスにビールを注いでくれた。

「チーフは撮影現場と会社の取り次ぎみたいな仕事が多いから、あんまり現場にタッチできないんだ。だから、チーフが長い人は、監督になれずに終わっちゃう場合が多いんだよ。ウチで一番早く監督に昇進するのは、セカンドだね。有望な新人はだいたいセカンドに抜擢される。あの植草一みたいに」

顫は頷いて、注がれたビールを飲み干した。ほろ苦い液体が喉を通って、身体の中までほろ苦さが広がった。

酔いの回った頭の隅で、自分も今夜は青線を冷やかそうかと閃いた。そんなことで薄れるはずもない苦さなのは分かっていたけれど。

8

五月の終わりの爽やかな朝、太平洋映画撮影所にアナウンスの声が流れた。

「磐城組の皆さん、台本をお渡ししますので、事務所までおいで下さい。繰り返します。磐城新太郎監督の組の方は……」

照明部、撮影部、録音部、装置課（大道具）、装飾課（小道具）、衣装部などのスタッフが事務所に集まり、各々台本を手に散ってゆく。

監督と主演俳優にはプロデューサーが直接届けるので、撮影所には足を運ばない。顕も他のスタッフたちと同じく、受け取ったばかりの台本のページをパラパラとめくりながら、部室へ戻った。

今度の映画のカメラマンは大江康之ではなかった。当然、助手の田辺大介も大江に従って、別の組に付く。大介がいないのはちょっぴり残念だが、互いの親方の宗八と大江は仲が良いそうなので、いずれ同じ組になる機会もあるだろう。

映画の題名は「海女の初恋」、主演は常盤ミナと峰岸明彦。二人は売り出し中の若手スターだった。どこから見てもスターの人気に便乗した青春娯楽映画と分かる。神谷透監督の文芸大作「落陽」の撮影を経験した後だけに、顕は物足りなく思った。

が、台本を手にした先輩たちはいかにも楽しそうだ。

「これ、ロケだよな？」

「当然。何しろ『海女の初恋』だぜ。セットなんか組んだら、採算取れねえよ」

「てことは、引雑用だな」

「出たら、洲崎辺りでつぶれるか」

「俺、飲み屋のツケ払わなくちゃ」

満男以外の先輩四人が口々に言う。洲崎は遊郭だが、引雑用というのが分からない。分からないことは満男に聞くに限る。

「引雑用っていうのは、ロケ費用を全額現金でくれることを言うんだ。急行券で払ってくれたら、行き帰り鈍行にして、浮いた分で遊べるだろ？」

「ああ、なるほど」

顕は半ば呆れ、半ば感心した。食券といい、〝お疲れ〟といい、カツドウヤというのは給料が少なくても遊べるようにシステムが出来上がっている。仕事とはいえ、サラリーマンとはまったく違う世界だ。

台本に目を落とすと、ト書きには「鳥羽の海」とある。三重県だ。顕は箱根より西へ行ったことがない。昭和七（一九三二）年生まれだから修学旅行の経験もない。中学入学の年が敗戦、戦後は学制改革のドサクサに巻き込まれ、旅行どころではなかったのだ。

「鳥羽にロケーションに行けるんですか？」

「多分ね」

　満男はクスッと笑みを漏らした。

「おそらくは、本物の海女さんにエキストラをお願いしなくちゃならない。江ノ島ロケでごまかすわけにはいかないさ」

「何だかワクワクするなあ。俺、箱根より西へ行ったことないんです」

「俺と反対だね。親が保険屋だったから、転勤が多くて。だいたい二～三年ごとに引っ越しで、小学校だけで四回変わったよ」

「それは大変ですね」

「まあ、そういうもんだと思ってたからね。北海道だけは行ったことなかったんだけど、去年、ロケで行った。これで日本全国、ほとんど踏破した」

「鳥羽も行ったことありますか？」

「隣の伊勢と志摩には行った。あのあたりは魚が美味しくて、景色がきれいで、冬も暖かくて、良いとこだよ」

　初めてのロケへの期待で、顕はワクワクしてきた。そんな自分を小学生のようだと思い、苦笑した。

ロケ現場は鳥羽市南端の相差という町だった。的矢湾にせり出したような位置にあって志摩と境を接し、鳥羽の海女の半分以上が住んでいる。いわば海女漁の中心地だ。

東海道線の特急で東京―大阪間が八時間もかかった時代に、東京から鳥羽へ行くのは大仕事だった。ルートは二つで、午前中に特急の「つばめ」か「はと」に乗って名古屋で近鉄に乗り換えるか、夜行の「伊勢」に乗って直通で鳥羽へ行くか。「伊勢」には二等寝台が付いているが、照明部の下っ端の身で寝台車には乗れない。しかし、荷物を抱えて乗り換えるのも面倒だ。結局、直通の「伊勢」の座席車で行くことになった。

夜の八時に東京駅を出発し、鳥羽駅に到着したのは朝の六時五分。椅子にもたれてウトウトしかけても、隣のボックス席では岡野卓以下先輩四人が酒を飲みながら花札をやって騒いでいるので、とても熟睡できる状態ではない。列車を降りたときは、みんな寝不足で赤い目をしていた。

ロケ隊一行は、監督の磐城と主役の二人、主要な脇役三人は市の中心部にある大きな旅館に泊まり、技術系のスタッフは民宿に毛の生えたような宿に分宿させられた。照明部が割り当てられたのは「磯野」という家族経営の旅館だった。決して立派ではないが、一行が到着すると従業員はじめ主人の母親まで総出で迎えてくれた。

「まあ、遠いところを、ようおいでなして」

顕には土地の訛りが柔らかく、耳に心地良く響いた。女将と二人の女中、セーラー服姿の娘が手分けして、甲斐甲斐しく荷物を部屋に運んでくれた。

「さぞお疲れでございましょう。朝ご飯とお風呂を用意しました。どうぞ入りなして、お休みになっておくんない」

「いやあ、お気遣いありがとうございます。野郎ばかり七人でしばらくご厄介になります。どうぞよろしくお願いしますよ」

宗八が一同を代表して挨拶した。宗八以外は三人一部屋で、顕は満男と五番助手の伊藤勝と相部屋になった。正直、満男と同じ部屋でホッとした。伊藤も含めて他の四人は、人が悪くてすれっからしで、好きになれなかった。

それぞれ部屋に荷物を置くと、一階の広間で朝食にありついた。

ご飯は炊きたてで味噌汁には新鮮な魚のアラがたっぷり入り、朝からアイナメの煮付けやメバルの刺身、サザエの壺焼きまで膳に載っている。みんな箸が止まらず、次々にお代わりの茶碗を差し出した。

満腹して食後のお茶になると、宗八が一同に言い渡した。

「せっかくの宿のご厚意だ。これからひとっ風呂いただいて、一眠りしよう。午後からは相差に行って明日の準備だ」

女将と女中が食器を下げに部屋に入ってきた。一同は深々と頭を下げて礼を言った。

「ああ、女将さん。朝からたっぷりご馳走(ちそう)になりましたから、昼は握りめしでも作って下されば十分です」

宗八はそう言い置いて、風呂へ向かった。

相差の海岸には広い砂浜が広がっていた。浜辺には何軒か小屋が建っている。気の合った海女同士が集まって暖を取り、着替えや食事をする場所で、〝カマド〟と呼ばれていた。

「明日はここの海岸でロケだ。舟に乗って海の上での撮影もある。まあ、レフ板くらいしか出番はないと思うが、ライトの準備はちゃんとしておけ」

ライトを使うためには電源車と延長コードが必要になる。満男とセカンドの岡野は電源車を置く位置とコードの長さなどを確認し合った。

顕は空を見上げて、太陽の明るさを目で確かめた。真っ青な空と海、ベージュ色の広い砂浜に囲まれているせいか、東京の太陽より明るく見えた。

翌朝、ロケ現場の海岸に集合したとき、顕は初めて磐城監督を間近に見た。四十に手が届きそうな年齢の大柄な男で、満男の言った通り、人が好くて優しそうな感じがした。その分、押しが弱いような気もしたが。

「では常盤さん、スタンバイお願いしま〜す！」

ファーストシーンはミナが海から上がってくるところの長回し撮影だ。常盤ミナがロケ用の椅子から立ち上がり、付き人が羽織っていたガウンを脱がせた。

一同ハッと息を呑んだ。ミナはビキニ姿だった。海女という役柄だが、白木綿の仕事着（磯着）では色気がないので、勤務時間外はビキニを着る設定にしてある。中学、高校と水泳部で活躍したミナは、一昨年ミス・ユニバース世界大会で三位入賞した八頭身美人・伊東絹子張りの肉体美だった。

それを惜しげもなく晒して、どんどん海に入ってゆく。途中で少し泳いで沖へ進み、そのまま頭から海中に沈んだ。数秒後、再度浮上し、足の着くところまで泳ぐと、海の中から陸に向かって歩いてきた。誰もが固唾を呑んで見守っている。まるで陸に上がった人魚のようだ。

あまりに完璧な肉体を見せつけられると、人間、劣情など湧かないものらしい。ただただ美しさに圧倒され、ひれ伏したいような気持ちにさせられた。

監督の磐城まで見とれてボウッとしたらしい。ミナがカメラの位置を通り過ぎて十秒以上経ってから、あわてて「カット！」の声をかけた。

宗八と満男は少しも態度を変えないが、岡野や龍村、島、伊藤らの助手連中は鼻の頭に皺を寄せ、バカにしたような顔をした。顕は一瞬ヒヤリとして磐城の方を見たが、台本と首っ引きで助監督と話していて、気が付いた様子はなかった。

ファーストシーンのテイクは三回で終了した。ミナは浜辺に燃やしたドラム缶の焚き火へ走り寄り、付き人が手早く身体にバスタオルを巻き付けた。いくら気候温暖でも、まだ泳ぐには寒い。おまけにミナはビキニ姿だ。唇が紫色になっている。

ミナが暖を取っている間に、スタッフは群衆シーンの撮影準備に入る。エキストラで協力してくれるのは、地元の本物の海女さんたちだ。小舟で海に乗り出して潜るので、カメラ、ライト、集音マイクも舟に載せなくてはならない。安定の悪い小舟の上で、重い機材を扱うのは大変だった。

準備が整ったところで、白い磯着に身を包んだミナが現れた。顔色もすっかり回復している。両親役の中堅俳優も、それぞれ海女と漁師の扮装をしてやって来た。

「では、皆さん、スタンバイお願いしま～す！」

助監督の合図で、俳優とエキストラの海女さんたちは、それぞれ小舟に乗り込んだ。舟を漕ぐのは〝トマエ〟と呼ばれる男たちだ。トマエは二十メートルくらいまで潜った海女の命綱を引き上げる役目を担うので、二人の呼吸が合わないと命に関わる。だからほとんどの海女とトマエは夫婦である。ちなみに舟に乗って漁をする海女を〝船人〟と言い、舟を使わずに岸近くで漁をする海女を〝徒人〟という。

監督と撮影スタッフを乗せた小舟も、それぞれ沖へ漕ぎだした。

いつも漁をする場所で舟を止めると、海女たちは次々に海に入った。潜る前に、笛の音のような独特の音を立てて息を吸い込む。ミナも格好だけは真似をして顔を上向け、それから海に潜った。元水泳選手だけに、その動きは板に付いている。

母親役の半田千夏も果敢に海中に沈んだが、二十秒もしないうちに浮き上がった。俳優たちのアップのシーンは後日別に撮ることになっているので、それで問題はない。今日は大勢の海女たちが海に潜って漁をしているシーンが撮れれば、それでＯＫだった。

それなのに、磐城はやたら身を乗り出して俳優に演技の指示を与えるものだから、舟が揺れて危なくて仕方がない。カメラマンは災難だし、足場の悪い舟板の上で重いマイクを吊るした竿を持って踏ん張っている録音係や、大きなレフ板を抱えて光を当てている照明係にしても、迷惑この上なかった。

磐城が更に身を乗り出した。危ない、と思った瞬間、頭から海に落っこちた。隣の小舟の上で竿を掲げていた録音係は、しぶきを避けようとしてバランスを崩し、舟から投げ出された。レフ板を抱えていた顕は、間一髪、なんとか踏みとどまった。

冷や汗が吹き出した。同時に、爆発するような笑い声が巻き起こった。

磐城が海の中から浮かび上がり、水面から顔を出した。続いてあおりを食らって海に落ちた録音係も、水面を破って伸び上がった。

スタッフと俳優、エキストラたちは笑いながらも一斉に拍手を送った。そして、船縁から手を伸ばして磐城と録音係を引き上げた。エキストラの海女さんたちも、立ち泳ぎをしながら磐城の尻を後押ししてやった。

「いやあ、ひどい目に遭った」

磐城はブルンと顔を手で撫でた。助監督がタオルを差し出すが、全身濡れ鼠では焼け石に水……とても足りない。

録音係の方は一番下っ端の助手で、根本喜一という名だが、スタッフからはキー坊と呼ばれていた。自分は海に落ちたが、感心なことにマイクは舟の上に残していた。

「偉いぞ。キー坊は死んでもマイクを離しませんでした、だ」

「それを言うなら、身を捨ててこそ浮かぶマイクもあれ、だろ」

録音部の先輩たちは口々に言ってねぎらった。

どことなく冷たかったスタッフの雰囲気も、すっかり和やかになっていた。撮影に熱中するあまり海に転落した磐城監督のおっちょこちょいぶりには、滑稽さと同時に、カツドウヤの心の琴線に触れるものがあったのである。

「今日の撮影は、これで終了！」

磐城は大声で宣言し、立て続けにクシャミをした。

宿に戻るとすでに風呂が沸いていた。一同は風呂で汗を流し、夕食の膳を囲んだ。朝にもましてふんだんな海の幸が大皿に山盛りになっている。顕がざっと見て見当が付くのは鯛とアワビとイカと鯵くらいで、東京ではお目にかかれない地元の魚が何種類もあった。

上品な白身の刺身に箸を伸ばすと、ビールを運んできた宿の娘が声をかけた。

「それ、肝をにじくっておくんない」

何のことか分からず、箸を宙に浮かせたまま「えっ？」と聞き返すと、少女は恥ずかしそうに言い直した。

「その刺身、肝と一緒に食べて下さい」

「あ、どうも」

言われた通りにして口に入れると、未体験の味わいに言葉を失った。どちらかと言えば淡泊な身にねっとりと濃厚な肝が絡み、醤油のアクセントが響いて、口の中はドラマのクライマックスのように美味しさが広がって行く。呑み込むのが惜しいくらいだ。

「う、美味い……」

思わず漏らした溜息に、少女はニッコリ微笑んだ。今はセーラー服ではなく、ブラウスとスカートに着替えているが、髪はお下げのままだ。高校生だろう。

「ねえ、この魚、何て言うの？」

「カワハギ」

「初めて食べた。美味いねえ。肝が最高だよ」

少女はクスクス笑っている。箸が転んでもおかしい年頃なのだ。

「これは何？」

別の刺身を箸で指すと「マブチ」と答えた。聞いたことのない名前だが、刺身はやたらに美味い。

「これは？」

「キチヌ」

少女は「黒鯛より美味い」と付け加えた。食べてみるとその通りだった。もっとも、黒鯛も真鯛も桜鯛も、違いが分かるほど食べたことはなかったが。

そして、次に食べたイカの刺身にも衝撃を受けた。それまで東京で食べたイカと食感が違う。モチモチしているというのか、ねっとり絡みつく弾力を感じた。そして甘味と旨味が凝縮している。

「これ、何て言うイカなの?」

「アオリイカ」

「へぇえ。すごいなあ。イカの王様だね」

少女がまたクスクス笑った。

焼き魚を運んできた女将が、それを見て注意した。

「みのり、いつまでもお客さんのねき（すぐ近く）でほたえ（ふざけ）とったら、はざん（いけない）てや」

みのりと呼ばれた少女は「いけね」とばかりにペロッと舌を出すと、立ち上がって台所へ戻っていった。

女将は運んできた焼き魚の皿を各人の前に置いた。顕の前に皿を置くとき、詫び(わ)を言った。

「うざこい（鬱陶しい(うっとう)）ことで、すんませなんだな」

「いいえ、ちっとも。魚の名前を教えてもらいました」

焼き魚は尾頭付きの塩焼きだが、これも顕は初めてだった。

「女将さん、この魚は何て言うんですか?」

「イシモチです」

「白身で上品な味だよ。中華料理ではよく蒸し物にするんだ。大層な高級魚らしい」

横から満男が言葉を添えた。

「ねえ、女将さん、せっかく伊勢なのに、伊勢エビはないの？」

イシモチをつつきながら二番助手の岡野が訊くと、宗八がどやしつけた。

「バカタレ。伊勢エビは五月から十月までは産卵期で、禁漁期間だ。桜が散ったら紅葉の頃まで食膳に出さないのが、漁師の仁義ってもんだ。そうだね、女将さん？」

「はい。伊勢エビは海の荒くたい頃が、美味しいです」

女将は嬉しそうに答え、宗八のコップにビールを注ぎ足した。

「卓よ、俺ぁ、おめえの了見が気にくわねえ。東京じゃ逆立ちしてもお目にかかれねえご馳走振る舞われて、その上伊勢エビも付けろなんざ、百年早えや。この罰当たりが」

「すいません、オヤジさん。以後気をつけます」

岡野はペコンと頭を下げたが、三十分もすれば忘れてしまうに違いない。宗八だって、そのくらいはお見通しだろう。

しかし、東京では逆立ちしても食べられないご馳走なのはその通りで、全員、一切れも残さず完食し、下も向けないほど満腹した。

「ああ～、喰った、喰った」

顕が思わずのけ反って腹を撫でると、食器を下げに来たみのりが、クスッと笑って言った。

「ずつないやん？」

「えっ？」

だが、みのりは答えず、クスクス笑いながら盆を持って台所に引っ返した。

「どういう意味だろう？」

「満腹で苦しいでしょうって言ったんだよ」

満男が、これも苦しそうに腹を撫でながら教えてくれた。

夕食後、宗八は「ちっと飲み過ぎた」と、早々に自分の部屋に引き上げたが、満男以下の助手たちは、そのまま大広間に残って一服した。

と、女将をはじめ、娘のみのりと若い女中二人が入ってきて、一同の前に座った。磯野旅館の女性陣は、なぜかモジモジしている。

「あのなあ……」

遠慮がちに口を開いたのはみのりだった。

「常盤ミナと峰岸明彦が恋仲だって、本当ですか？」

照明助手たちは顔を見合わせた。それは最近新聞に載ったゴシップ記事だった。まだ出版社系の週刊誌は創刊前だったが、巷（ちまた）には新聞系の週刊誌の他、事件、ゴシップ、エログロを主に扱う新聞がいくつも存在していた。

まずは満男が代表して答えた。

「デタラメだよ。二人とも、今はそれどころじゃないさ。ただの青春スターで終わっちまうか、本物の大スターになれるか、毎日が正念場だからね。仕事一筋で頑張ってるよ」

「ミナちゃんは母親が財布の紐握ってるから、悪い虫が付かないように、いつも目を光らせてるんだ。あれじゃ、男は近づかないよ」

「アッ君は実物も真面目な性格でね。共演した女優と浮き名を流すようなタイプじゃないから、大丈夫」

「でも、まあ、会社としちゃ、この二人を〝ゴールデンコンビ〟で売り出すつもりだから、これからも共演は増えると思うけどね」

顕を除く照明助手たちは、次々に内部情報を披露した。撮影所内では公然の秘密となっていることから、それに尾ヒレを付けた話まで、訊かれるままに面白おかしく答えていく。

磯野の女性陣は、みんな夢中で聞いていた。興奮で目が輝き、頬がほんのりと赤くなっている。

顕は後になって知るのだが、ロケ先で撮影スタッフは結構モテモテだった。一般女性が大スターに近づくのは難しいが、スタッフとなら気軽に話が出来る。大スターと仕事をしているというだけで、撮影スタッフに憧れの目を向ける女性は、少なくなかった。

そしてそんな撮影スタッフの中でも、照明部は人気が高かった。日頃照明によってその場の雰囲気を作る仕事をしているせいだろうか、人の気持ちを逸らさぬ術に長けている者が多く、おまけにちょっと垢抜けていた。

磯野の女性たちの様子を目の当たりにして、顕にもおぼろげながらそのあたりの事情が分かりかけてきた。

照明部って、意外と得してるのかも知れない……。

しかし、小一時間ばかり女性たちの質問に答え、そろそろ腹がこなれてくると、満男以外の先輩たちはソワソワし始めた。四人でチラチラと目配せなどしている。

「あ、あの、それじゃ、俺たちはこれで……」

「すいません、続きは明日、また」

口々に言訳めいた言葉をボソボソ呟き、席を立った。

「山田登ってくんかん」

女中の一人が意味ありげに言うと、女たちはプッと吹き出した。

「山田って何ですか？」

顕が聞いても、笑うばかりで答えない。満男まで笑っている。

そして、一度割り当てられた部屋に戻った先輩たちは、足音を忍ばせるようにして階段を降り、玄関から出て行った。

「皆さん、どこへお出かけですか？」

女たちは一斉に嬌声を上げ、広間から立ち去った。

「山田登ってくんかんっていうのは、伊勢へ行くのかって意味だよ」

「はあ？」

「つまりは、悪所だ」

「はあ？」

伊勢はお伊勢参りでにぎわった土地である。街道筋には旅人をもてなす遊郭が栄え、伊勢の古市遊郭は江戸の吉原、京都の島原と並ぶ三大遊郭と称された。古市は迂回道路が整備されて廃れたが、明治以降も三重県には新興の歓楽街がいくつも誕生した。

ここ鳥羽では旧藩主九鬼氏の菩提寺、常安寺の門前町に広がる大きな遊郭が盛況を誇り、直線距離で十三・五キロほどの渡鹿野島には「把針兼」と呼ばれる舟娼がいて、江戸時代には〝女護が島〟と異名を取ったほどである。

「今度、ゴンも連れて行ってもらうと良いよ」

満男はそう言って部屋に引き上げた。

顕はいつの間にか鼻の穴が膨らんでいるのに気が付いて、どうにも恥ずかしかった。

9

翌日はいよいよ水中撮影だった。海に潜って漁をする常盤ミナの活躍を、水中カメラで捉えるのである。

もっとも、海に飛び込むまでは常盤ミナ本人だが、いくら水泳部出身とはいえ実際の漁は無理なので、本職の海女さんに代行してもらう。昨日のうちに助監督が体型の似ている女性に頼んであった。同じ磯着を着て大きな水中眼鏡を掛け、まして水中撮影なら、別人とは分からない。

そして、海の中でも光を当てるレフ板は必要だった。

「ゴン、お前、やれよな」

五番助手の伊藤勝が横柄に言った。みのりの話では、夜の街に繰り出したメンバーが宿に戻ったのは、明け方近かったという。道理で今朝は、全員寝不足で目をしょぼしょぼさせていた。

「俺、水中撮影って、やったことないです」

「俺だってねえよ。お前、体操部だろ？　身が軽いから適任だよ」

別に水の中で体操したわけじゃない……そう言いたいのは山々だったが、徒弟制度の世界で理屈は通じない。それに、寝不足で疲れ切った様子の先輩たちを海に潜らせるのも心配だった。

「本番、ヨーイッ」

助監督が声を張り上げた。

「ハイッ！」

磐城監督の掛け声で、ミナが船縁を蹴って海中に飛び込んだ。さすが水泳部出身で、飛び込みのフォームも決まっている。きれいな放物線を描いて伸ばした指の先から海中に没した。
五、六秒でミナは海面に浮き上がった。
「はい、お疲れさんでした！」

ミナは待機していた舟に引き上げられ、入れ替わりに代役の女性が舟の上に立ち上がった。本職の海女は頭から海にダイブしたりはしないのだが、そこは映画である。彼女もミナと同じく海に飛び込んだ。

同時に、水中カメラを構えたカメラマンと、レフ板を持つ顕も海に潜った。アワビのいる岩場を探して泳ぐ姿をカメラが追い、顕はレフ板を構え、女性に光を当てた。

水中撮影で失敗は出来ない。水面に映る太陽の光を確認し、逆光になる位置を保つように泳ぎながら、レフ板の角度を調節した。カメラマンも光の中に浮かび上がる女性の肢体をレンズに捉えるべく、巧みに泳いでいる。

しかし、海女は二、三分は軽く海中に潜っているが、一般人にそんな芸当は出来ない。カメラマンも顕も、途中で息が続かなくなって海面に浮上した。女性も二人を追って水面に顔を出した。

「すみません。アワビを見付ける場面から、もう一度やってもらえますか？」

「はい！」

カメラマンの指示に、女性は元気な声で答えた。その後も、アワビ獲(と)りの作業場面、海中を自由に泳ぎ回るシーン、浮上するシーンなど、十回以上潜水と浮上を繰り返し、やっと水中撮影は終了した。

「ご苦労さん！」

「良くやったな、ゴン」

照明部の乗った舟に上がると、宗八と満男がねぎらいの声をかけた。顕は差し出されたバスタオルで身体を拭いた。

「上手(うま)く撮れてると良いんですけど」

「大丈夫だよ。久留米(くるめ)さんは水中撮影の経験もあるし」

久留米というのはカメラマンの名だ。神谷監督が磐城のために、特に所長に頼んで経験者を組に付けたのだという。

「それより、ゴン、陸に上がったら昼飯は漁師鍋だ。あったまるぞ」

この日は、地元の人たちが撮影隊を歓迎して、浜辺で鍋料理を振る舞ってくれることになっていた。

舟が浜に戻る頃には、すでに浜辺に即席の炉が出来ていて、火が熾り、大きな鍋が掛かっていた。鍋の中では湯が沸騰している。

その後ろでは地元漁師のおかみさんたちが集まり、大きなまな板の上で魚をぶつ切りにしている。獲れたての新鮮な魚ばかりだ。それを惜しげもなく鍋に投入していく。しばらくして浮いてきたアクをすくうと、後は味噌を溶かし込んで味を付け、出来上がり。

「さあ、皆さん、どうぞ！」

おかみさんたちが声をかけ、鍋の前にはたちまち行列が出来た。大きな丼によそって次々手渡してくれる。

顕は一口味噌味の汁を啜って、溜息が出そうになった。調味料は味噌だけなのに、新鮮な魚類から出た出汁で、十分に豊かな味になっている。魚の肝が溶け込んでいて、その分旨味が濃いのだ。

「どうぞ、お代わりして下さいね！」

言われなくても、食べ終わるが早いか、我も我もと鍋の前に詰めかけた。二杯目を平らげて一息ついたところで、用意されたおにぎりに手を伸ばし始める。

顕もおにぎりを一個取ったところで、背後に差した影に気付いて振り返った。

「あ、武さん？」

制作宣伝プロデューサーの武金太郎だった。背広姿でパナマ帽を被り、手には旅行鞄を提げている。

「ああ、こんにちは。お邪魔してます」

ニコニコと笑みを湛え、顕のような下っ端にまで愛想が良い。

「親方、武さんがいらしてますよ！」

丼片手にカメラマンと話していた宗八が振り返った。

「おう、金の字。いつ着いたんだ？」

「今し方です」

宗八がこちらにやって来て、丼を持つ手で鍋を指さした。

「昼、まだだろ？　食えよ。美味いのなんのって」

「いえ、いえ、皆さんのお食事ですから」

「遠慮すんねえ。こっちは一通り終わってんだ」

「ありがとうございます」

武は一礼してから用件を切り出した。

「それで、親方、明日また、スチール撮影お願い出来ませんかねえ。鳥羽の海を背景に、水着姿のミナちゃんと峰岸君で」

そして、とっておきの愛想笑いを浮かべた。

「ご挨拶の品は、今夜にでも宿の方に届けに上がりますので」

宗八はあっさり頷いた。

「分かった。撮影は今んとこレフ板だけだが、ライトも用意しとく」

「畏れ入ります。助かります」

武はまたしても深々と頭を下げた。

「ま、俺の方は良いから、とにかく腹ごしらえしちまいな。監督には俺から話を通しとく」

宗八は軽く片手を上げると、監督の方へ戻っていった。

「武さんも、偉いよなあ」

満男が溜息交じりに言った。

「あの人、制作宣伝に入ったとき、先輩に『弁当は最後に取れ』って教えられて、ずっとそれを守ってるんだよ」

「はあ」

「スタッフと俳優が全員取って、余りがあったら取る。なければ食べない。現場はその場でメシ食わないと食いっぱぐれるけど、制作宣伝は撮影の途中で抜けて食えるからって」

「……プロなんですねえ」

顕も感心して溜息を漏らした。

その夜、武は例によって宿に一升瓶を持参して、宗八の前で愛嬌を振りまいた。その足で監督と俳優の宿にも一升瓶を提げて挨拶に回ったのは、言うまでもない。

そして顕はといえば、みのりと女将、女中二人の前で、その日の撮影状況などを事細かく話して聞かせていた。岡野以下の先輩四人はまたしても悪所に繰り出したが、最初に出遅れた顕は、今更決まりが悪くて、女性陣の囲みを突破することが出来なくなってしまった。

おまけに最後はみのりの宿題まで見てやった。内心トホホと思ったが、悪所から戻った翌朝、どの面下げて顔馴染みになった女性陣と顔を合わせれば良いのかと思うと、こっそり宿を抜け出す勇気はなかった。

まあ、仕方ないさ。伝説の女護が島は、いつか別の機会に……。

そんなことを思って布団の中で寝返りを打つうちに、昼間の疲れも手伝って、いつの間にかぐっすりと眠りに落ちていた。

翌日は昼休みの時間を利用して、浜辺で常盤ミナと峰岸明彦のスチール撮影が行われた。スチールカメラマンはあの殿村謙二だった。

「はい、結構です。では次、お二人とも制服姿でお願いします」

殿村のリクエストで、ミナは水着、磯着、セーラー服、峰岸も海水パンツ、アロハシャツとマンボズボン、大学の制服のシャツとズボンと、それぞれ三通りの衣装に着替えた。

二人とも殿村が有名なカメラマンであることを知っているので、少しも嫌な顔をしないで様々なポーズに応じた。スチール写真の出来如何(いかん)で宣伝効果が違ってくる。ひいては興行収入にも影響する。新人の二人もそれを理解しているようだった。

撮影の様子を、地元の人が遠巻きにして見物していた。

「はい、OKです！　お疲れ様でした！」

殿村の合図で撮影が終了した。

顕がレフ板を下ろして戻ってくると、野次馬の中からみのりが飛び出してきた。

「何だ、来てたの？」

「学校、早く終わったから」

学校からまっすぐ駆け付けたらしく、制服姿で鞄を提げていた。心なしか、顕を見る目がキラキラしている。

「じょんじょろすごい。あんなにミナちゃんのねき（近く）で」

「仕事だからね」

生まれて初めて尊敬の眼差し（まなざ）で見上げられて、顕は照れくさくなった。

「五堂（ごどう）さん、これ、お願いして良いですか？」

みのりが鞄の中から取り出したのは、色紙だった。三枚ある。

「うちの人の分も」

「待って。親方に聞いてみるから」

レフ板を下ろして宗八に許可を求めると、みのりの側にやって来て優しく言った。

「悪いな、嬢ちゃん。今日は余分の撮影があって、二人とも疲れてるんだ。明日もらってあげるよ。これ、おじさんが預かっといて良いかな？」

「はい、よろしくお願いします！」

みのりはピョコンと頭を下げて、駆け出していった。

「……無邪気なもんだ」

宗八は感慨深げに漏らし、ライトの位置へと戻った。

その日の撮影が終わり、ロケ隊は宿に引き上げた。

磯野では夕食が済むと、岡野以下の照明助手四人はさっそく夜の街へと出奔し、宗八と満男、顕の三人は、広間に残って女将さんがデザートに出してくれたマクワウリを食べていた。

「あのなあ、ご相談したいことがあるんです」

大人たちが台所で洗い物をしている隙を狙って、みのりがちょこんと三人の前に座った。真面目くさった顔をしている。

「私、将来、映画の世界で働きたいんです」

三人は顔を見合わせた。みのりは色は浅黒いが顔立ちは悪くない。将来、都会の水で洗えば光るかも知れない。

「女優さんになりたいの？」

代表して顕が訊くと、みのりは激しく首を振った。

「女優さん以外で、映画の仕事はないですか？」

これには三人とも一瞬考え込んだ。技術スタッフに女性がほとんどいなかった時代である。

「そうさなあ……」

腕組みして首をひねっていた宗八が、まず口を開いた。

「女の仕事としては、まずはスクリプターかなあ」

「スクリプター？」

「記録係のことだよ」

宗八に代わって満男が説明した。

「映画は一つのシーンの撮影が一回で終わることは滅多になくて、だいたい何回にも分けて撮影する。例えば茶の間のシーンで、最初はお膳の上に茶碗と箸があったのに、次のカット……場面では箸がなくなっていたら変だろう？　あるいは同じ場面で、花瓶の花が二本から三本に増えていたりとか。そういう間違いがないように、一回の撮影が終わると、セットの中のことを全部記録しておくんだ。すごく細かい仕事だから、女の人向きかも知れない。どこの撮影所でもスクリプターは女の人だね」

例外は松竹で、記録係は助監督の仕事だった。

「他にはないんですか？」

「編集にも女がいるなあ」

宗八が記憶を絞り出すようにして答えた。

「編集って、何ですか？」

「撮影したフィルムをつなげて、映画を仕上げる仕事さ」

今度は顕が応じたが、みのりは怪訝(けげん)そうに眉をひそめた。

「なっとな？　撮影終わったのに、映画ようせん（出来ない）のですか？」

「実際に撮影したフィルムを全部つなげたら、上映時間の何倍も長くなっちゃうんだ。編集者は撮影したフィルムを調べて、その中から映画に一番相応しいところを集めて、つなげて、一本の映画にするんだよ」

しかし、みのりはまだ納得できない顔をしていた。

「みのりちゃんは、豆腐の味噌汁を作るとき、どんな材料を使う？」

まるで関係ない質問をしたのは満男だった。

「えーと、お味噌、お豆腐、それと水……あ、お出汁の昆布と鰹節」

みのりは考え考え、一本ずつ指を折って答えた。満男は笑顔で大きく頷いた。

「そうだね。例えて言うと、その材料が撮影したフィルムなんだ。材料だけじゃ、味噌汁は出来ないよね。水の量、出汁の量、豆腐の量、味噌の量。それを良い塩梅に加減しないと、味噌汁が味噌煮になってしまうかも知れない。あるいは、豆腐の浮いた味のない汁になるかも知れない。つまり、材料を良い塩梅に加減して味噌汁を仕上げるのが、編集の仕事だよ」

みのりばかりか、顕まで感心して頷いた。

「それは、じょんじょろ大変な仕事ですねえ」

「うん。編集の腕如何で、映画の質が決まってしまうくらい、重要な仕事だよ。男の方が多いけど、名編集者と言われる女性も何人かいるから、挑戦する価値はあると思う」

「脚本家もいるよ」

顕は杉子のことを思い出して言った。

「ほら、水木洋子とか、田中澄江とかさ。『キネマ旬報』で一位取った映画の脚本書いてるくらいだから、大したもんだよ」

「あとは……結髪かなあ」

「それ、髪結いさんのことですか？」

「ああ。これは昔っから女の仕事だね」

みのりと話している宗八は何とも優しげで、孫の相手をしている祖父のように見える。

「あのなあ、お化粧の仕事はどぉど？」

「化粧ねえ……」

満男が腕を組んで天井を向いた。

「特に係の人はいないなあ。俳優さんが結髪や床山の人と相談して、自分でやってるんじゃないかなあ」

宗八がふと思い付いたようにポンと手を打った。

「これからは化粧の係も出来るかも知れねえよ。多分、日本もカラー映画の時代が来る。ほれ、満男、去年宮原組がカラー映画撮ったとき、アメリカの化粧品会社のねえちゃんを呼んだろう？」

「ああ、マックスファクターの美容部員ですよね」

「そうそう。カラー時代になったら、撮影所にもそれ用の勉強した係が必要になる」

宗八はみのりに笑顔を向けた。

「嬢ちゃん、化粧は狙い目かも知れねえよ。大人になったら勉強してみな」

「はい。おおきんな！」

みのりは嬉しそうに、顔いっぱいに笑みを浮かべた。

宗八の予想は当たり、カラー映画が増えた昭和三十年代中期以降、各撮影所はマックスファクターなどで専門のメイキャップ技術を学んだ「美粧（びしょう）」というスタッフを雇用するようになったのである。


磐城組の鳥羽ロケは二週間で終了した。

東京へ帰る日、磯野の人たちは照明部に心づくしの弁当を作って持たせてくれた。顕も二週間家族のように過ごしたので、別れるのは寂しかった。女の姉妹（きょうだい）はいないが、もし妹がいたらみのりのようだろうかと思ったりした。

「またおいでないさ」

女将と女中たちは口々に言った。みのりは涙を浮かべながら顕に「手紙を書きます」と言った。

「ありがとう。みのりちゃんも、東京へ来たらうちに遊びにおいでよ。大歓迎するからね」

そうは言ったものの、訪ねて来た時どこかの組に付いていたら、みのりの相手をしている暇はない。しかし、いい加減なことを言ったわけではなく、その時は母の治子に頼もうと思っていた。面倒見のよい治子は、息子が旅先で世話になった宿の娘を、きっと精いっぱいもてなしてくれるはずだ。

「さようなら〜！」

磯野の人たちは遠ざかる車に向かって手を振り続けた。

顕も窓から首を出して、人の姿が豆粒のように小さくなって視界から消えるまで、じっと見つめていた。

10

東京へ帰ってからも「海女の初恋」の撮影は続いた。

顕はセット撮影の中で忙しく働きながらも、俳優にレフ板を当てるたびに、海に潜ってレフ板を当てた体験や、その後でご馳走になった漁師鍋の美味しさを思い出し、続いて居心地の良い宿と、子犬のようにまとわりついた少女のことを思い出した。

宿に居た間ずっと、顕は女性たちから尊敬と憧れの眼差しで眺められた。生まれてからそんな体験をしたことがないので、甘美な思い出となっているのに違いない。たとえその眼差しが照明部全員に向けられたものだとしても。

ロケ期間も含めて「海女の初恋」の撮影は一ヶ月で終了した。

クランクアップ(撮影完了)の日には、例によって〝お疲れ〟が配られた。手渡された封筒の中身を見て、顕は目を疑った。「落陽」の時の優に三倍はある。スポンサーの数は「落陽」の方が多かったというのに。何かの間違いではないかと、満男の顔を見たほどだ。

「あの、ホントに、良いんですか、こんなに?」

「もちろん」

「でも、どうして?」

「スポンサーにコロムビアが付いてるからさ」

セカンド助手の岡野が横から口を出した。

「主演の二人に映画の主題歌を歌わせて、レコードにするんだと。それでヒットを当て込んで、手当も弾んでくれたのさ」

「コロムビア様々だ」

「豪遊して背広作って、まだお釣りが来るな」

龍村、島、伊藤の三人も、予想外の高額手当に満面の笑みで上機嫌だ。

「次の仕事まで、ゆっくり骨休めしろよ」

満男もポンと肩を叩いて部屋を出て行った。多分、山したの波子に会いに行くのだろう。

顕は急に杉子のことを思い出した。初日に喫茶室で奢ってもらって以来、会っていない。その後どうしているのか気になるし、ここで豪華な夕食を奢り返せば男が上がるというものだ。それに、みのりに何か贈ってやりたいが、何が良いか、杉子なら分かるだろう。

顕は照明部の建物を出た。

撮影所の敷地内にはスタジオの他に幾棟もの建物が建っていて、脚本部があるのは正門奥の瀟洒な二階建て……助監督の面接試験を受けた建物の中だった。そこは所長室、貴賓室、プロデューサー室、会議室、図書室が同居する撮影所の統括本部で、その中に脚本部が入っているのは、太平洋映画が映画制作の中で脚本に重きを置いている証左でもあった。

顕は「脚本部」と表示の出た部屋のドアをノックして、恐る恐る開いた。

部屋の中は煙草の煙が霞のように漂っていた。机と椅子が雑然と並び、十五、六人の男たちが、それぞれ本を読んだり将棋を指したり、あるいは競馬新聞に赤鉛筆で印を付けたり、中には花札勝負に興じている二人組もいた。

「あのう、すみませんが……」

不審げな目が、一斉に声の主に向けられた。

「浜尾杉子さん、おいででしょうか？」

眼差しは不審から無関心に変わり、顕から離れた。誰かが面倒くさそうに言った。

「見かけねえな。誰か、浜尾、見てないか？」

誰も答えない。興味も示さない。そんな人間がいたのかという態度に思えた。

「分からねえな。どっかにいると思うけど」

最初の男が言った。

「お邪魔しました」

顕はドアを閉めた。これ以上何を聞いても無駄だと知れた。

取り敢えず所内で杉子の居そうな場所を探そうと思った。まず図書室を覗いてみたが、空振りだった。それなら次は食堂と喫茶室へ行こう。そこもダメなら、門前に並ぶ飲食店だ。もしかして、有名監督御用達の店にいたりして……。

食堂を一回りして二階の喫茶室に上がると、杉子はすぐに見付かった。窓際のボックス席に座っている。向かいに座っている男は……!?

植草一！

顕は心臓がいきなり二倍に膨れあがったような気がした。植草は入所わずか三ヶ月で、今やある意味スター俳優や有名監督と同じくらい、所内の注目を集める存在になっていた。その男と杉子がなんで差し向かいで座っているのか!?

「あら、ゴンちゃん」

杉子が気付いて片手を挙げた。

「久しぶり。こっち、いらっしゃいよ」

片手で自分の隣の席をポンと叩いた。以前と少しも変わらぬ、屈託のない笑顔と態度だった。

しかし、その表情がくすんでいることに、顕は気が付いた。レフ板で俳優に光を当てて続けて、顔に敏感になったせいかも知れない。チンクシャ顔を並の美人よりずっと魅力的に見せていた輝きが、弱々しくなっているのが分かる。

「紹介するわ。助監督の植草一さん」

「初めまして。植草です」

植草は組んでいた長い脚を解き、さっと立ち上がって右手を差し出した。そんな仕草が板について、少しもイヤミに感じられない。まさに生まれながらのスターだと、顕は深く感じ入った。

「コーヒーで良いわよね？」

杉子は通りかかったウエイトレスを呼び止めて勝手に注文した。そんなところは昔と少しも変わっていないのだが。

植草は切れ長の二重まぶたの目をまっすぐに向け、よく通る声で自信たっぷりに言った。

「僕は、この撮影所に革命を起こすつもりです」

顕は思わずのけ反りそうになったが、杉子は当然と言わんばかりの顔で頷いた。

「長年続いた宇喜多体制の下で、太平洋映画はお涙ちょうだいとドタバタ喜劇、小市民的で志の低いステレオタイプの映画を量産してきました。でも、これから先、今のままでは映画の未来はありません。僕は人間の感情だけでなく、意識と理性にも訴える映画の創造を目指しているんです」

他の人間が同じことを言ったら、顕は「あんた、何言ってんの？」と一笑に付したかも知れない。しかし、植草の類い希な美貌と響きの良い声、内容と裏腹な甘い語り口は、聞く者の心に魔法をかけ、反論の余地を溶かして消してゆくのだった。

「旧態依然とした今のシステムをぶちこわして新しい風を起こすためには、まず、助監督室の実権を握らなくては始まりません。幸い、同期入社の同僚だけでなく、二期、三期上の助監督の中にも、今の体制に不満を持っている者はいます。僕らが団結すれば、宇喜多イズムの牙城は必ず崩れます」

顕は目の前で熱弁を振るう男の存在感に圧倒されて、とても反論など覚束ない。それでも頭の片隅で、神谷監督の「落陽」や磐城監督の「海女の初恋」は、植草の中でどういう位置づけなのか、訊いてみたいと思った。

「落陽」には政治思想などかけらもないが、麻生和馬と衣笠糸路の入魂の演技は、日本映画の宝ではないのか？「海女の初恋」は他愛もない青春映画だが、常盤ミナの若さ溢れる魅力と躍動する肉体は、映画を観る人を十分に楽しませるだろう。そういうことに価値はないのだろうか？

顕は隣に座る杉子の顔をそっと盗み見た。案の定、うっとりと植草に見惚れている。顕は杉子が誰かをうっとり眺める場面を見たことがなかったが、なるほど、植草相手だと杉子でもうっとりするのかと、半ば呆れ、半ば感心した。

植草は口を閉じ、腕時計に目を落とした。

「じゃ、僕はこれで失敬する」

言うなり、さっと伝票を取って立ち上がり、長い脚で滑るようにレジに向かって行く。「ご馳走様」を言う暇もなかった。

杉子は背もたれに寄りかかり、ホウッと溜息を吐いた。

「ああ、ステキ。植草さん、早く監督にならないかな。そしたら日本映画も夜が明けるわよ」

それから改めて気が付いたように顕を眺めた。

「そう言えばゴンちゃん、何しに来たの？」

「コロムビアからすごい臨時収入が入ってさ」

顕は向かいの席に移動しながら言った。

「この前お杉に奢ってもらったから、お返しに豪勢な夕飯奢ってやろうと思ったんだよ」

「あら、嬉しい。照明部って、意外と実入りが良いじゃない」

と、不意に杉子が顕を「早稲田(わせだ)の同級生の五堂君」としか紹介しなかったこと、植草が何一つ訊こうとしなかったことを思い出した。関心がないという以前に、向かいに座っていながら、植草の目には顕の姿がまるで映っていなかったのだと思い知った。

あの男は、自分が見ようとするものしか目に入らないんだ。道端の花には目を留めても、路傍(ろぼう)の石が目に入らないように……。

「お杉、どうせならうんと高いもん奢るよ。フランス料理とかさ。どこが良い？」

顕はやけくそになって声を励ました。

「悪いわ、そんな」

「遠慮すんなよ。お杉らしくないぜ」

「そうねえ。それじゃ……」

杉子が目を輝かせて顕を見た。

「日活ホテル！　マリリン・モンローが訪れた場所だもん」

「よし、決まりだ！」

二人は撮影所を出ると、小田急線で新宿に出て十一系統の都電に乗った。新宿駅前と月島通八丁目を往復するコースで、日比谷停留所で降りると日活ホテルは目の前だった。

路面電車は戦前から都内を縦横に走り、庶民の足となっていた。戦争で廃止されていた路線もこの頃には完全に復活し、最盛期の昭和三十七年まで四十一系統で運行していた。現在地下鉄の走っている路線は、すべて路面電車が網羅していた。そして地下鉄は地下と高架しか走らないが、路面電車からは等身大の街の景色が眺められた。

「ねえ、旅館の女の子のプレゼント、アメリカンファーマシーで見繕ったら？　お菓子も化粧品も文房具も、日本にないものばっかりよ」

ホテルを指さして杉子が言った。

「じゃ、ちょっと見てみようか」

二人は弾んだ足取りで正面玄関を入った。

日活ホテルは日活国際会館の上層階にあるホテルで、前年新婚旅行で来日したマリリン・モンローとジョー・ディマジオ夫妻が訪れたことで全国的に有名になった。夫妻が宿泊した帝国ホテルの近くにあり、昭和二十七年四月に竣工(しゅんこう)したばかりの建物は、地上九階、地下四階。明るいパステルカラーの外壁と窓の大きな開放的デザインは、戦前の重厚な建築物とは一線を画す、モダンで軽やかな美しさに溢れている。

名前の示す通り映画会社日活の直営で、低層階はオフィスフロア、地階と上層階にショッピングアーケードとレストラン、ホテルが置かれ、日活本社も低層階に居を構えていた。

アメリカンファーマシーは建物の一階にある外国人向けのドラッグストアで、アメリカの雑貨が手に入ると、日本人にも人気があった。

「どれが良いのかなあ」

華やかな色彩の溢れる店内で、顕は途方に暮れてしまったが、杉子は熱心に品物を眺め、手に取ってためつすがめつしている。自分の買い物でなくとも、アメリカの品物を見るのは楽しいらしい。

「ねえ、これなんかどう?」

杉子がレースの縁取りのあるハンカチを指さした。

「うん。これにする」

「ねえ、お金に余裕があるんなら、女将さんと女中さんにも何か贈ってあげたら？女って、嫉妬深いから」

「そうだな。で、何にする？」

「おんなじ品じゃ芸がないわよね」

杉子はあれやこれや検討した末に、大人の女性三人にはコティの白粉(おしろい)を推薦した。

「うん。じゃ、それで」

顕は白粉三個とハンカチセットを一つ買って、勘定を払った。

「良かったね、ゴンちゃん。これで次に鳥羽に行ったときは、宿代タダにしてもらえるわよ」

杉子は更にはしゃいで付け加えた。

「ねえ、地下のアーケードのマトバ真珠店を見学しましょうよ。マリリン・モンローが真珠のネックレスを買ったんですって」

「お杉も案外ミーハーだな」

「あら、宝石と毛皮は女の憧れよ。見ないと損するわ」

杉子は顕の手を引っ張って、ぐんぐん地下への階段を降りて行く。杉子の意外なミーハーぶりが、顕は嫌いではなかった。むしろ、日頃からこういう一面を出せば良いのにと思った。

マトバ真珠店で宝石類を見学した後、二人はレストランに入った。

高い天井は深緑、柱と床は焦げ茶色、テーブルクロスは真っ白で、椅子は鶯色の革張りだった。そこに集う人々はいかにも垢抜けた感じで、メニューを見ながら白い上着のウエイターに注文を告げる姿も堂に入っていた。

顕は周囲を見回して緊張してしまったが、杉子は落ち着いたものだった。家が裕福なので、ホテルのレストランで食事するのも初めてではないのだろう。さっとメニューを眺めるや、「ねえ、コースにしましょうよ」と言うので、顕は「うん。そうしよう」と答えるだけで良く、内心ホッと胸を撫で下ろした。

続いてウエイターが恭しく尋ねた。

「お飲み物は如何なさいますか？」

「ビールで」

顕は当然のように答えた。若者がレストランでワインを注文するようになるのは、三十年ほど後のことだ。

「脚本の方は、どうなってる？」

ビールで乾杯した後に訊くと、杉子は思い切り顔をしかめた。

「もう、最低よ。封建的もいいとこ！　徒弟制度の最たるもんよ」

杉子は一気に半分ほど飲み干して、グラスを置いた。

「確か、秦一旗の下に付いたんだよね？」

秦一旗は戦前から太平洋映画で活躍した脚本家で、今や「帝王」と称されている。その下で若手の脚本家が「弟子」として勉強するのだが、杉子も五人いる弟子の一番下っ端に加えられたはずだ。

「とてもじゃないけど、脚本家なんて言えないわよ、あの人たち。毎日、秦一旗のお供で競輪でしょ、それが終わると一緒に風呂入って背中流して、夜は酒盛りよ。そうやってつるんで遊びながら、何となく一本書き上げるわけ。その仲間に入れないと、脚本に参加できないのよ。冗談じゃないわ！」

杉子はグラスに残ったビールを飲み干した。

「私は競輪なんか出来ないし、酒盛りも嫌い。なんで女だからって、みんなにお酌して回らなきゃならないのよ」

運ばれてきたオードブルにフォークを突き立て、むしゃむしゃと食べながら、杉子はきっと顕を見据えた。

「秦一旗は大名屋敷みたいな家に住んでてね。そこの二階の書斎で書くのよ。男どもはあの家で、犬の散歩や庭の草むしり、便所掃除までさせられるの。まったく下男じゃあるまいし。情けないったらないわ！」

杉子は顕の倍のスピードで料理を平らげているのに、滑舌は至って明瞭で、口跡は滑らかだった。

「私は奥さんに台所の手伝いをさせられたり、料理を座敷に運ばされたり、まるで女中扱いよ。もう、ホントに冗談じゃないわ。私は脚本家の弟子になったのであって、秦一旗の家の下働きに入ったわけじゃないのよ。こんなこと、脚本と全然関係ないわ！　こんなことしなきゃ脚本書かせてもらえないなんて、絶対に間違ってる！」

顕は杉子の真似をしながら、どうにかこうにかナイフとフォークを操って魚料理を口に運んだ。

「怒るのはもっともだと思うよ。競輪やって酒飲んで良い脚本が書けるなら、競輪場と酒場は脚本家だらけになっちまう」

「その通り！」

杉子は我が意を得たりとばかりに頷いた。

「俺は、お杉の言うことは正しいと思う。ただ、世の中理屈通りにいかないことって、結構あるよ。それをいちいち拒否してたら、結局は可能性を狭めることになるんじゃないかな？」

「じゃ、私に女中の真似をしろって言うの？」

杉子はたちまち眉を吊り上げた。

「だけど、男の先輩たちだって、下男の真似をしてるんだろう？」

「そうよ。私はそれが情けないのよ」

顕は知恵を絞り、頭の中で言葉を組み立てた。

「撮影所の現状では、偉い脚本家の下に付いたら、下男や女中の真似をしないと、引き立ててもらえないわけだ。それなら、しばらく辛抱するのも作戦じゃないかな？」

「なんですって？」

「一生懸命台所の手伝いをしてれば、いずれ奥さんから秦一旗に『あの子は一生懸命な良い子だから、引き立ててあげてちょうだいね』って口添えがあるかも知れない。酒盛りでみんなに愛想良くして酌して回っていれば、秦一旗本人が『あの子は健気だから、今度一本書かせてやろう』って思うかも知れない。実力だけで突破できない壁が目の前にあるなら、そうやって他人の力を借りる算段をするのが、利口なやり方なんじゃないかな？」

「それが我慢できないのよ！」

杉子は憤然として言った。

「脚本って、自分の実力でやる仕事でしょ。それを、そうやって他人の顔色見て、気を遣って、おべっか使って……。脚本以外のところで何倍も努力しなきゃいけないんなら、そんなの、脚本家じゃない。太鼓持ちとか、男芸者とか、別の名前にすれば良いのよ！」

悔しさのあまり、杉子の目にうっすらと涙が浮かんだ。

「植草さんも、今の脚本部は腐ってるって言ってたわ。自分が監督になったら、そんな腐りきった徒弟制度は完全に打破するって」

植草の名前が出て、顕はやっと一番訊きたかった質問をした。

「そう言えば、植草君と何話してたの？」

「これからの太平洋映画についてよ」

杉子は牛肉の最後の一切れを口に入れた。

「彼、いろんな部門の人と議論してるの。これからの太平洋映画はどうあるべきか。現状で改革すべき点は何か」

植草を「彼」と呼んだ杉子に気を取られ、顕は牛肉を切り損なってしまった。

「植草さんが監督になれば、太平洋映画は大きく変わるはずよ。だから私、彼に早く一本撮ってほしいの。そうすれば私にもチャンスがやって来るわ」

その目は濡れて輝き、言葉は確信に満ちていた。

この夜、杉子がコースを注文してくれたおかげで、顕は生まれて初めてスモークサーモン、カボチャのポタージュ、舌平目のムニエル、牛フィレ肉のソテー、ピーチメルバなどのフランス料理を食べた。それは舌に残る甘美な思い出となったが、記憶の端には微量の苦さが残された。

それは、杉子の抱く夢と希望にいささかの危惧を感じたせいもあるが、それ以上に、植草一という希代のスター助監督の存在が、予想以上の速さと大きさで、太平洋映画に影響を与え始めている様を目の当たりにしたからだった。

11

撮影の当日、まだ誰もいないスタジオに一番先に入るのは照明部だ。小さな入り口から中に入ると、真っ暗な空間が広がっている。

顕たち助手は軍手をはめて天井に登り、二重（仮設の回廊状の二階）回りの天井灯を点ける。すると光の中に、作り込まれたセットの姿が浮かび上がるのだ。

すぐさま二重に降り、作業が始まる。照明機材のセット、移動、吊り下げ等々。準備作業だけで二時間近く掛かってしまう。

照明部の準備が完了する頃、他の部署のスタッフが次々スタジオ入りする。まずは撮影部と録音部、続いて〝装置課〟と呼ばれる大道具と〝装飾課〟と呼ばれる小道具の担当者、演出部の助監督たち。

「おはよう！」

「オス！」

それぞれ互いに挨拶を交わす。

やがて監督の和久雄太、脇役の俳優たち、最後に主演級の俳優もスタジオに入ってきた。中堅スターの沢志郎だ。

「おはようございます」

沢志郎が二重を見上げて最初の挨拶をした。

「お、おはようございます……！」

顕はあわてて挨拶を返した。最近ようやく、スター俳優が照明の当たり具合を気にして、技師との信頼関係を大事にしているのが分かってきたが、自分たちのような下っ端に真っ先に挨拶をしてくれたことには、今更ながら感激した。

顕は今回初めて佐倉宗八や畑山満男と離れ、単独で別の技師の下についていた。撮影中に助手が急病になり、たまたま撮影に入っていなかった宗八が助手を貸し出すことになったのである。

「ゴン、行ってこい。下やんは和久さんの組付きだ。あそこは勉強になるぞ」

宗八の鶴の一声で、顕は助っ人に決まってしまった。

「下やん」とは照明技師の下田喜平のことで、宗八と同年代のベテランだった。宗八が神谷透や宮原礼二など、どちらかと言えば〝芸術大作〟を撮る監督に起用されることが多いのに対して、下田は和久雄太や大宮大作など、主に娯楽作品を量産する監督と組んでいた。

　そして和久雄太の組のセカンド助監督はあの植草一だった。セカンド助監督は、太平洋映画では一番早く監督に昇進できるポストだという。チーフ助監督は監督と会社の取り次ぎ業務などで忙しく、あまり現場にタッチできずに助監督のまま終わってしまう者が多いらしい。

　顕は二重を降り、スタジオに組まれた土手のセットに向かった。そこでは移動レールを敷く作業が行われていた。

　カメラは三台あった。一台目は下手の移動レールに載せて正面の顔を撮影し、二台目は下手斜め横に組まれた台の上からルーズショットと人物のフルショットを撮影し、三台目は真横にある移動レールに載せて横顔を撮影する。

　照明は昼間のシーンで、基本のライティングだ。正面左からソーラースポットによるキーライト、右から抑えのフラットライト、背面上部からソーラースポットによる逆（バックライト）を当てる。これによって人物が背景から手前に浮かび上がり、髪の毛の艶（つや）も増して、きれいな映像が撮れる。

　和久は三台のカメラを覗いて確認すると、満足そうな顔でカメラマンと助手に頷いた。

植草はセットの脇に立ち、身振りを交えて俳優たちに動きの説明をしていたが、背広姿の男が小走りに近づいて何やら訴えると、気色ばんだ様子で言い返した。しかし、二言三言遣り取りをした後、くるりと踵を返し、こちらに向かって大股でやって来た。

ただ足早に歩いてくるだけなのに、その姿は〝辺りを払うような〟迫力がみなぎっていて、周囲の者たちは我知らず道を空けていた。

「なんだい？」

和久が気楽な調子で尋ねると、植草は怒気を含んだ口調で答えた。

「桜あかね、けつパッチンで五時までにコマ（新宿コマ劇場）に入りたいと抜かすんです。今日の今日で、ふざけてますよ、まったく！」

〝けつパッチン〟とは業界用語でスケジュールが詰まっているという意味だ。桜あかねは人気抜群の少女歌手で、映画界でも引っ張りだこの小さな大スターだった。

「分かった。抜き撮りで四時までに上げるからって、そう伝えてくれ」

和久は気にする風もなく、鷹揚に言った。

「申し訳ありません、監督」

植草は深々と頭を下げたが、和久はカラリと笑い飛ばした。

「気にすんな。向こうは国民的大スターだ。機嫌取って損はないさ」

準備がすべて整った頃、桜あかねがスタジオに現れた。埃っぽいスタジオは喉に悪いのでギリギリまで入りたくないという、そんなワガママが通用してしまうほどの大スターだった。マネージャーと付き人の他に、何の係かよく分からないお付きを十人近く従えて、まるで大名行列のようだ。

　顕は以前ラジオで、桜あかねが歌うジャズのスタンダードナンバーを聴いたことがある。途中から聴いたので、てっきりアメリカの有名なジャズ歌手が歌っているのだろうと思ったら、アナウンサーが「歌は桜あかねでした」と言ったので、度肝を抜かれた。リズム感も声量も、英語の発音も含めた堂々たる歌いっぷりも、とても十二、三歳の子供のものではなかった。いや、今の日本に、これほど見事にジャズを歌いこなせる歌手がいるかとさえ思われた。まさに天才だった。

　あの時の衝撃を思い出すと、目の前のあかねの容姿は冴えなかった。八重歯の覗く口元は可愛いが、色黒で小柄で痩せていて目が細く一重まぶたで、全体に華やかさに欠けている。

「では桜さん、シーン五十二、土手を走るシーンから入ります。スタンバイして下さい！」

　植草の号令で、あかねは土手のセットの上に立った。

「あかねちゃん、走れ！」

和久が叫んだ。あかねは走り出した。まっしぐらに全力で疾走した。その姿を三台のカメラが捉えた。ほんの数秒で、あかねはセットの土手を走り抜けた。

「はい、もう一度！」

和久の声で、あかねはもう一度上手から下手に向かって走った。三度、四度、五度と、同じシーンが繰り返された。

「はい、ＯＫ！」

カットが掛かると、あかねは和久と植草に笑顔を向け、用意された椅子に腰を下ろした。

次は室内のシーンに移った。

「次のカット、庭から座敷押しでお願いします！」

植草の号令が響く。〝押し〟とはカメラの向く方向を指す。今回は障子を開け放った室内を、庭から縁側越しに撮影するのだ。

あかねと父親役の沢との二人芝居が始まった。

「お父さん、また楽屋にお花のブローチが届いていたの」

あかねは音楽学校に通うオペラ歌手志望の少女だが、失業中のジャズミュージシャンの父を助けるために、密（ひそ）かにクラブでジャズを歌っているという役柄だ。幼い頃、事情があって生き別れになった母が、偶然それを知って手製の造花のブローチを楽屋に届けているのだが、あかねはそれを知る由(よし)もない……。

「こんなステキなプレゼントを下さるなんて、いったいどんな方なのかしら」

無邪気に喜ぶ娘、別れた妻の行為と察して顔を曇らせる父。

あかねの演技は上手かった。自然でわざとらしさがなく、情感も籠っている。何より、リハーサルの時とセリフのスピードやタイミングがまったくズレていない。音感が抜群なのだ。

歌もセリフも、きっとあかねには同じなのかも知れない。

ライトの後ろで演技を見守りながら、顕はその才能に舌を巻いた。

場面転換になると、和久は背景の障子と襖(ふすま)を入れ替えさせただけで、主人公の家の茶の間から金持ちの家の客間に模様替えしてしまった。これなら照明もカメラも音声も場所を変えなくて良いので、撮影時間が大いに短縮される。

こんなやり方もあるのかと、顕は目を見張った。時間をかけて百パーセントを達成するのは立派だが、時間をかけずに八十パーセントを達成してしまうのも、すごい技術なのだ。

約束通り、和久はあかねの登場シーンを抜き撮りして、四時前には撮影を完了してしまった。

「監督、ご無理を言ってすみませんでした。恩に着ますよ」

あかねのマネージャーは、上機嫌で和久にペコペコと頭を下げた。

一方のあかねは植草の上着の袖を摑んで左右に振りながら、しきりにねだっている。

「ねえ、約束よ。千秋楽には絶対に来てよね」

「分かりました。必ず」

植草はあくまで慇懃な態度を崩さなかったが、内心はこの少女スターに辟易していることが、顕には察しがついた。おそらく、磁石の同じ極が反発し合うように、植草は自分と同じスター性を持つ人間が嫌いなのだろう。

そして以前の言動を考えると意外なことだが、植草の仕事ぶりは水際立っていた。撮影現場の段取りはすべて仕切っていて、俳優もスタッフも手際よくスタンバイさせ、和久はただ「よーい、スタート!」と声をかければ良いだけに準備を仕上げている。植草のようなセカンド助監督がいたら、監督はどれほど仕事がやりやすいだろう。

同時に、そのためには和久の仕事のやり方を熟知し、予測していなければならない。根底にあるのは愛情と敬意だろう。

あの自信過剰な男は、和久監督の仕事を認めているんだな。

そう思うと、植草に対する反発がいくらか薄らいできた。

後日、現像したフィルムのラッシュプリントを見たとき、顕は改めて和久の職人技と桜あかねの天才を思い知らされた。

あかねが土手を走るシーン、画面には様々な角度と大きさの場面が登場した。前後、左右、斜めから、移動と固定で撮影した映像が組み合わされ、躍動していた。あんな小さなセットで撮影したとは思えなかった。

何より、あかねの動きと表情の素晴らしさに目を奪われた。スクリーンの中のあかねは、生身のあかねとは別人だった。豊かな表情と輝く瞳は、美人でないことなど忘れさせ、人の心を惹き付けた。

顕は「勉強になる」といった佐倉宗八の言葉を思い出した。

確かにその通りだった。スターとは何か、監督の技術とは何か、目の当たりにした気がする。

和久は二週間に一本のペースで映画を撮っているのに、その技術は多分、あの神谷透と比べても遜色あるまい。あかねが土手を走るシーンの素晴らしさがそれを証明している。

それに下田喜平の照明技法も新鮮な驚きだった。

宗八は特別な場面以外は大きなライト一台をメインで使い、陰影のある画面を心掛けていた。しかし、喜平は徹底的に影を排除した。メインライトの他、俳優の周囲と二重全体にも小さなライトを置き、全方向から明るく照らすのだ。

あまりにも明るい画面に、最初は戸惑いを覚えたが、出来上がった映像を見れば、下田の照明は和久の明るい娯楽作品によく似合っていた。明るく楽しい作品に相応しい、明るい画面なのだ。そして、スターの顔もより明るく見えた。

難しいよなあ、照明って……。

自分は照明という奥の深い道の、ホンの入り口に足を踏み入れたばかりなのだという事実に、顕は改めて思い至った。

第三章　カラー時代到来！

12

撮影所の中を食堂に向かって歩いていると、後ろからポンと肩を叩かれた。

「ゴンちゃん、久しぶり」

「大ちゃん！」

撮影部のカメラマン助手、田辺大介だった。二人は連れ立って食堂に入り、それぞれカレーライスとラーメンを注文した。

「今、和久組についてんだって？」

「うん。大ちゃんは？」

「俺、大宮組」

和久も大宮大作も太平洋映画の娯楽作品の担い手で、共に早撮りで映画を量産していた。

「和久さんとこは毎日ビックリすることばかりで、本当に勉強になるよ」

「俺も前に和久組についてそう思った。大宮組も面白いぜ」

「神谷監督は本当にすごいと思ったけど、和久監督は別の意味ですごいと思う。もっと評価されてしかるべき人物だよ」

「大宮監督も同じだよ。あの二人のおかげで、太平洋映画は配給に穴開けずにすんでるんだから」

映画全盛期のこの時代、各映画会社は上映館を独占して系列化するため、新作映画の二本立て興行を行い、速いペースで映画を制作した。もっとも量産に成功した東映では、毎週新作二本を上映館に提供していた。

「そうだよね。会社への貢献度を考えたら、当然だよ」

「俺、会社のやり方、おかしいと思ってんだ。和久さんも大宮さんも会社のためにあんなに稼いでるのに、扱いが冷たいよ」

撮影所のヘッドオフィスに当たる建物には、監督の個室も用意されていた。所長室に近い順に西館幹三郎、神谷透、宮原礼二と札が掛かっていて、その順番は太平洋映画における監督の序列をそっくり表していたが、和久も大宮も十番目以下だった。

「神谷監督や宮原監督は年二本契約で、映画もそれなりにヒットしてるけど、西館監督なんて年一本しか撮らなくて、おまけに全然ヒットしなくて赤字出してんのに、契約料は一番もらってんだぜ」

「えっ、そうなの？」

顕は頓狂な声を出した。西館は日本映画の至宝と謳われるほどの存在で、映画青年の憧れの的なのに。

「そりゃ『キネ旬』や新聞じゃ褒めそやしてるけど、客はそんなに入ってないよ。つまんないもん」

　大介はばっさりと切って捨てた。

「一昨年の『春遠し』から多少客が入るようになったけど、それまで全然だったってさ。うちのオヤジが言ってた」

　オヤジとは大介が師事しているカメラマン大江康之のことで、西館と仲が悪いとは、大介本人が言っていた。

「それなのに西館組っていうと、会社は予算、天井知らずで認めるんだって。だから毎回湯水のように金遣って、衣装も小道具も最高級で、それで客が入らないんじゃ、経理は泣きの涙じゃないの？」

　顕は西館批判には同意出来なかったが、和久や大宮がもっと会社に尊重されてしかるべきだという意見には、大いに賛成だった。

「ほら、あの植草って助監督……」

「ああ、すごい二枚目だろ？　和久さんとこのセカンドの」

「うん。仕事ぶり見てつくづく感心した。ものすごく手際が良いし、何より監督に対する尊敬の念が感じられて、気持ち良かった」

「当然だよ。監督目指してんだろ？　そんなら少しでも沢山新しいことを覚えたいに決まってる。和久さんや大宮さんにつけば、他の監督の三倍か四倍のスピードで技が覚えられるもんな」

それで顕も腑に落ちた。あれほど旧体制を批判していた植草が、旧体制の骨頂のような和久の下で、よくあんなに一生懸命働けるものだと感心していたが、すべては自分のためだったわけだ。

二人はそれからもしばらく互いの見聞を語り合い、昼食を終えた。

「今度、また同じ組になれると良いな」

「すぐだよ。うちのオヤジ、照明は佐倉の親方じゃないとダメだって言ってるから」

食堂の前で手を振って別れたが、大介の言う通り、早くも二週間後には再会することとなった。

映画は宮原礼二監督の新作「白い嘘」。正月に公開される予定の大作だった。

台本を開くと、配役欄の二番目に衣笠糸路の名があって、顕はそれを見ただけで胸がドキンとして鼓動が速くなった。

宗八は台本片手に、厳しい口調で助手たちに言った。

「カラーだ。みんなも、もう一度色温度について勉強しとけよ」

色温度という聞き慣れない言葉に、顕は満男の顔色を窺った。満男は心得て、分かりやすく説明してくれた。

「簡単に言えば、光の色の尺度かな。光は温度によって色が違うんだ。低いときは暗いオレンジ色、それから温度が上がるにつれて段々黄色っぽくなって、白くなる。そしてもっと温度が上がると青白くなって、最後は青になる」

その色を温度で表すことを色温度と言い、K（ケルビン）という単位が用いられる。

「例えば朝日や夕日みたいな、オレンジの光は三二〇〇K、日中の太陽みたいなちょっと青白い光、つまりデイライトは五六〇〇K。裸電球の光は三六〇〇K、蛍光灯は五〇〇〇～六〇〇〇K」

満男は言葉を切って、顕が理解しているかどうか確かめた。

「白黒映画は光と影のコントラストで表現するけど、カラーは色をしっかり再現しないといけない。そのために色温度が重要になるんだ。色温度を合わせないと、同じ色が画面ごとにズレるから」

顕はそこで初めて合点がいった。

「なるほど。そういうわけなんですね」

「それと、カラーは白黒よりずっと沢山ライトが必要になる。目いっぱい照明てないとフィルムが感光しないんだ」

「大変ですね」

「うん。だけど、これからはカラーが主流になる。早いとこ慣れないとな、お互いに」

昭和二十六年に日本初の〝総天然色映画〟「カルメン故郷に帰る」が公開されて以来、カラー映画は確実に制作本数を増やしていた。この年、昭和三十年は名作「浮雲」も人気映画「ゴジラの逆襲」も白黒映画で、白黒とカラーは拮抗していたが、カラーが白黒を凌駕するのは時間の問題だった。

顕はもらった台本を抱えて食堂二階の喫茶室に行き、コーヒーを飲みながらじっくりと読んだ。順風満帆な人生を歩んでいた主人公が、軽い気持ちで吐いた小さな嘘が仇となって次々不幸に見舞われ、奈落の底に転落していく内容だった。

糸路の役は主人公の転落のきっかけを作る、〝運命の女〟だ。これまでにない悪女役だが、糸路がどんな新境地を見せてくれるか、顕は想像をたくましくしながら期待で胸が膨らんだ。

宮原礼二も神谷透と同じく、太平洋映画の〝文芸路線〟を代表する監督だった。二人とも才気溢れる演出で評判だが、神谷が人情をじっくり描くのが得意なのに対し、宮原は乾いたタッチで人生の皮肉を描くのを得意としていた。

いったい、どんな人なのかなあ……？

撮影現場で大監督の神谷透が、武金太郎相手に意外と子供っぽい一面を見せたことを思い出し、顕は宮原礼二の素顔に接するのが楽しみだった。

そう言えば満男さんが、宮原監督の行きつけは中華料理の「宝珠園」って言ってたっけ。ちょっと覗いてみようかな？

しかし、すぐに自分のミーハー根性を反省した。

いかん、いかん。俺も照明部だ。他の店に行ったら、「山した」のおばさんや波子さんに義理が立たない。

そう思うと、急に腹が減ってきた。脚本に読みふけって時間の経つのを忘れていたが、もう一時だった。

ちょうど良いや。山したで昼飯を食べようっと。

顕は勢いよく立ち上がった。ポケットには和久組で支給された食券が何枚も入っていて、気分はにわか成金だった。


宮原礼二は四十九歳。やや小柄で痩せ型、小さな目は神経質そうによく動く。左の肩が右より幾分落ちているのは、若い頃結核を病んで左肺の摘出手術を受けたせいだという。愛用品はアンフォーラという超のつく高級煙草だった。バックスキンのジャンパーを着てパイプをくわえた姿は才人監督に相応しい。

顕は照明の準備に追われながらも、セットに入ってきた宮原の姿を目で追った。

「親方、小阪部さんのキーライト、お願いします」

撮影部のチーフが声をかけると、宗八は主演俳優の小阪部真也にメインのライトを当てた。

「三二〇〇K、OKです」

チーフは計測器を見てOKのサインを出した。カラー映画では、こうして撮影前に色温度と照度を測るのが、撮影部のチーフの役目なのだった。

準備は完了し、いよいよ撮影が始まった。

小阪部が糸路と初めて出会う祝賀会のシーンだった。実は小阪部は過去にある場所で糸路に目撃されているのだが、本人はそれに気付いていない設定だ。

糸路は人混みをかき分けて小阪部に近づき、声をかける。

「葛西先生、この度はおめでとう存じます」

「いや、どうも」

ごく普通の挨拶から始まって、糸路が小阪部に探りを入れていくシーンだ。

「違います。もう一度」

宮原が二人の芝居を止めた。導入部の何気ないシーンなので、二人の俳優はわずかに戸惑いを見せたが、すぐに最初から芝居をやり直した。

「違います。衣笠さん、そのセリフ、もう一度」

宮原は再びダメを出した。それからは糸路のセリフに集中し、やり直しが繰り返された。

「衣笠さん、違う。もう一度」

宮原の声は静かだが、情け容赦のない冷たさがあった。冷たさはトゲとなって、顕の皮膚に突き刺さった。

まして、当の糸路の心境は……。

糸路はほとんど表情を変えなかった。しかし、一瞬きりっと奥歯を嚙みしめたのを、間近でキャッチライトを当てている顕は見て取った。

キャッチライトは斜めから俳優の目に当て、瞳に輝きを与える光だ。照明係は俳優から一メートルと離れていない。その役目を与えられたときは天にも昇る気持ちだったが、こうして糸路が宮原から理不尽とも言える扱いを受けるのを間近に見せつけられると、怒りが込み上げて手が震えそうになった。

そう、まったく理不尽だった。長ゼリフや特に重要なセリフではない、挨拶程度の短いセリフだった。それにここまでこだわる宮原の意図は何なのか？　ただ単に気に入らないというレベルではない。まるで糸路の存在そのものを否定しているかのようだ。

顕は糸路がレフ板の練習相手になってくれたことが忘れられない。スター女優でありながら、下っ端の照明係のために、わざわざ休日返上で撮影所に来てくれたのだ。こんな優しく美しい人を理由もなくいびる宮原が許せない。ぶん殴ってやりたい。

ただ一言のセリフのために、何十回もテストが繰り返された。待機している小阪部や、他の俳優たちの顔にも困惑が広がっていた。彼らも、宮原がなぜ糸路の演技にOKを出さないのか、分からないのだ。

辛抱強く声のトーンやセリフの口調を変え、何度も同じセリフを言い直していた糸路も、最後にはついに音を上げた。

「あの、監督、このセリフ、どういう風に言ったらよろしいんでしょうか？」

「そんなこと、僕に分かるはずがない。自分で考えなさい。君は俳優だろう？」

顕は思わず宮原を振り返った。自分でも正解が分からないくせに、糸路の演技を否定し続けたのか？

「このシーンは今日は中止。次のシーン十六から」

宮原はいささかも悪びれず、平然とした顔で指示を出した。そして、糸路に向かって冷たく言い放った。

「衣笠君、今日は帰って、このセリフを練習しなさい。明日はOKを出せる演技が出来るように」

糸路の首筋がパッと朱に染まった。演技力に定評のあるスター女優にとって、想像を絶するほどの屈辱に違いなかった。

糸路はそのまま一言も発せず、足早にスタジオを出て行った。

顕は後先を考える余裕もなく、その後を追った。背後で誰かの叱責する声が聞こえたが、そんなことはどうでもよかった。

「衣笠さん！」

俳優会館へ向かっていた糸路は足を止め、振り返った。その目が涙で潤んでいるのを見ると、顕は全身の血が沸騰し、脳天を突き破って爆発しそうになった。

「衣笠さん、僕は監督をぶん殴ります！　クビになったってかまいません！」

すると糸路は微笑んだ。哀しげな、どこか諦めを感じさせる微笑だった。そして溜息交じりに呟いた。

「およしなさい。無駄なことよ」

糸路はじっと顕の目を見つめた。それだけで顕は飴のようにぐんにゃりととろけそうだった。

糸路は顕に目を据えたまま、意外なことを口にした。

「監督はね、私の役を田井凜子さんにやらせたいのよ」

田井凜子は白戸座所属の若手新劇女優だ。個性的な美貌と演技力で、ここ数年マスコミの注目を集めていた。

「だって、田井凛子じゃ、まるでイメージが違うじゃありませんか」

舞台映えのする造作の大きな顔は、映像で見たらいささかくどいのではあるまいか。何より、美しさで言ったら糸路の比ではない。糸路を下ろしてあんな女優を後釜に据えるとは、宮原という監督は頭がおかしいに違いない。

顕は思ったままをまくし立てた。それを聞くと、糸路は初めて屈託のない笑顔を見せた。

「ありがとう、ゴンちゃん。あなただけが頼りよ」

糸路はすっと身を寄せて、顕の肩に手を置き、横顔を軽くもたせかけた。一瞬、衝撃で息が止まった。

「明日も、よろしくね」

糸路は素早く身を離し、小走りに俳優会館へ入っていった。

顕は今起こったことが現実かどうか、にわかに信じられなかった。

太平洋映画を代表する、いや日本を代表する大スターが、あの美しい人が、自分を頼りにしていると言ったのだ。肩を抱き、頬を寄せてくれたのだ。現実にこんなことが起こるなんて……。

「ゴンちゃん、戻れよ！」

振り向くと、大介が駆け寄ってきた。

「何やってんだよ、セットチェンジだぜ」

「あ、うん」

大介について歩きながら、顕はつい口走っていた。

「衣笠さんは、監督は田井凜子を使いたいから、わざと演技に難癖（なんくせ）付けてるって言ってた」

「ああ、そんなとこだろうな」

「知ってたのか？」

「オヤジに聞いた。監督は田井凜子で所長に掛け合ったけど、新劇女優じゃ客が呼べないって、却下されたんだって」

「それが本当なら、許せないよ。衣笠さんが可哀想（かわいそう）だ」

大介は急に立ち止まり、顕を振り返った。

「ゴンちゃん、これだけは言っとくけど、可哀想なんて言うのは衣笠糸路に失礼だぜ。相手は天下の大スターだ。俺たちが同情するなんて、百年早いよ」

「それは……そうだけど」

しかし、糸路は「あなただけが頼りよ」と言ってくれたのだ。そして肩を抱いて……。

「衣笠糸路は、このまま引き下がるような人じゃないよ」

大介は顕の気持ちを見透かしたように、ニヤリと笑った。

「明日の成り行きを見守ろう。大監督と大女優の争いに、俺たちみたいな下っ端の出る幕はないさ」

顕は納得できない気持ちのままスタジオに戻り、重い照明機材を運んだり、配線コードを巻き取ったり、いつものように働いた。そして小阪部真也の目にキャッチライトを当てながら、糸路の美しい横顔を想い浮かべていた。

翌日、スタジオの中は張り詰めた空気が満ちていた。普段は快い緊張感なのだが、その日の空気は一触即発と戦々恐々だった。

誰もが、宮原礼二と衣笠糸路の衝突を恐れていた。そして、このまま収束するわけがないことも感じていた。宮原は明らかに糸路の降板を狙っていた。一方の糸路は、そんな理不尽な要求を受け入れるはずがない。このまま撮影が続いて二人の対立が深まれば、どのような騒動に至るか、恐れつつ、心の片隅(かたすみ)には怖いもの見たさの野次馬根性も潜んでいた。

「では、シーン十二、テスト行きます！」

助監督の号令で、昨日と同じセットの中で、糸路と小阪部の芝居が始まった。

それは、昨日とまったく同じシーンの再現だった。糸路がセリフを言うと、宮原が

「違う」と言い、また最初から同じセリフが始まり、そして……。

唯一違っているのは、テストなのでカメラが回っていないことだった。キャッチライトの出番がないので、顕はレフ板を持って糸路に当てていたが、段々頭に血が上ってくるのは昨日と同じだった。

そして、糸路にぶつける宮原の叱責は、いよいよ刺々しくなっていた。

「衣笠さん、あなたは何年女優をやってるんです？」

「こんな簡単なセリフも言えないんですか？」

「ちゃんと役柄を理解していれば、出来るはずです」

「武藤君に振られて、芝居に集中できないんですか？」

この最後のセリフには、糸路もきっとして宮原を睨み返した。

武藤貴史は数年前、糸路と恋仲だった俳優だ。二人は結婚を望んだが会社の方針で引き裂かれ、武藤は昨年芸能界とは関係ない女性と結婚した。いわば、糸路は太平洋映画のために恋を諦めたのだった。

この野郎ッ！

顕はレフ板を放り出し、宮原に殴りかかろうとした……が、先を越された。

「このゲス野郎、思い知れ！」

若い男が宮原を殴り倒した。宮原はスタジオの床に尻餅をつき、何が起こったのか理解できないらしく、ポカンとした顔で相手を見上げた。

「人間のクズ！」

更に殴りつけようとして、男は助監督たちに取り押さえられた。

「放せ！」

「バカ、やめろ！」

「頭冷やせ！」

三人の助監督にもみくちゃにされながらも、男はまだ暴れていた。

「ちくしょう！　殺してやる！」

よく見ればその男は小道具係だった。小道具係も俳優とは縁の深い部門で、衣装はもちろん、カーテンや家具、花瓶、食器などを俳優と相談して決める場合もある。糸路は演技に凝るから、衣装に関しては毎回小道具係と綿密に打ち合わせしているはずだ。

顕はそっと糸路の顔を盗み見た。

糸路は唇（くちびる）の端にかすかに笑みを浮かべていた。それはほくそ笑むという笑いだった。まんまと自分の思った通り事が運んで、満足している顔だった。

天啓のように閃（ひらめ）いた。

きっとあの小道具係も、糸路から顕と同じようなことを言われたのだ。だから頭に血が上って、前後の見境もなく宮原を殴ってしまったのだ。

小道具係がスタジオの外に連れ出されると、糸路はつかつかと宮原に近づいて、椅子の前に立った。宮原は濡らしたタオルで腫れ上がった頰を押さえたまま、糸路を見上げた。

「監督、お騒がせして申し訳ありません。私は責任を取って、この役を降板いたします。これから所長にその旨お伝えして参ります」

糸路は晴れ晴れとした顔で告げると、腰を折って頭を下げた。

宮原はむっつりと黙ったまま頷いた。

「ただ……」

糸路は頭を上げ、有無を言わさぬ口調で告げた。

「今回の彼の行動は不問に付して下さい。騒ぎが表沙汰になったら、監督もお困りでしょう。天下の宮原礼二が、スタッフの若造に殴られたなんて」

糸路の顔には勝ち誇った笑みが浮かんでいた。その笑顔は天女のようでもあり、魔性の女のようでもあった。

宮原は苦虫を嚙みつぶしたような顔になったが、渋々頷いた。糸路はマネージャーと付き人に囲まれてスタジオを出て行った。

周囲のスタッフと俳優たちは、誰からともなく溜息を漏らした。

ああ、これが女優なんだ。

顕は心の中で呟いた。脳みそは衝撃でシビれて、心は感動に震えていた。大介の「可哀想なんて言うのは衣笠糸路に失礼だ」といった言葉の意味が、ずしりとした重みを伴って身に沁みた。

顕に見せた天女の顔、宮原に向けた魔性の顔、どちらも同じ糸路なのだ。必要に応じてどちらの顔も取り出せるのが女優という生き物なのだ。だからこそ、自分と違う人生をいきいきと演じることが出来るのだ。

この瞬間、まるで憑き物が落ちたように、糸路に対する恋愛感情は消えてなくなった。その代わり、大女優に対する敬愛の念が大きく膨らんだ。同時に、その大女優が自分に天女の顔を向けてくれたことに感謝し、生涯その恩を忘れまいと誓った。

「白い嘘」のヒロインは衣笠糸路から田井凛子に交替した。結果は大成功で、映画もヒットした。映画女優の規格に合わない凛子の容貌と演技が、理不尽で残酷な物語に、まるでギリシア悲劇のような雰囲気を醸成することに成功したのである。

宮原礼二はやはり名監督で、慧眼だったのだ。

13

「焼き魚定食」

顕が注文すると、満男が「俺も」と続けた。

「奥さんに『あなた、夕飯はお肉よ』って、言われたんでしょ」

顕は冷やかしたが、満男は苦笑を浮かべるだけで取り合わない。ここ、太平洋映画撮影所の照明部と俳優部御用達の食堂山したで食事するなら、冷やかしは定食のお新香のように付いてくると、すっかり悟っているのだ。

畑山満男が山したの看板娘で照明部のマドンナだった寺田波子と結婚したのは今年の六月。以来三ヶ月、照明部には祝福とうらやましさとほんの少し焼きもちの混ざった複雑な気持ちが漂い、満男をゆるく取り巻いている。

結婚と同時に、満男は師匠格の照明技師・佐倉宗八の推薦で、助手から技師へ昇格した。宗八の下で第一助手を務めてきた実績を考えれば当然で、むしろ遅すぎたくらいだ。

「俺があわてて独り立ちしたくなかったんだ。やっぱり親方の照明はすごいから、そばにいて盗みたいって欲もあったし」

顕が「満男さんなら、もっと早く技師になれたんじゃないですか？」と訊いたとき、満男はそう答えた。

そして、満男は技師になって初めての仕事に、顕を第一助手で呼んでくれた。

顕は照明部に入って三年で、上には何十人も先輩がいる。佐倉宗八の組でも顕は第六助手で、一番下っ端だ。先輩助手たちを飛び越しての起用は異例で、当然、先輩助手たちからは大いに文句が出た。

「ガタガタ抜かすな！　助手を選ぶのは技師の権限だ」

一喝して不満の声を封じ込めたのは、宗八である。照明部一の大技師の鶴の一声に、皆黙るしかなかった。

「それにこの三年、ゴンはオメエらが遊び呆けてる間に、ずっと勉強してきた。休みの日も他の組の撮影の手伝いに行って、機材と電源と配線を必死で覚え込んだ。ロケのケーブル回収、全部一人に押しつけられたって、文句も言わずに働いた。今じゃ、オメエらよりよっぽど使えるわ。ブツブツ言ってる暇に、ちっとはゴンを見習いやがれ！」

その大音声を聞いたとき、顕は不覚にも目頭が熱くなった。この三年の自分の働きぶりを、宗八が細かいところまで見落とさずにいてくれたことに、感謝と感動が込み上げてきた。

「はい、おまちどおさま」

定食の盆を運んできたのは、波子の代わりに雇われた堺由希という若い女店員だ。小麦色の肌で背がすらりと高く、黒目がちの大きな目は濃い睫毛に縁取られ、エキゾチックな魅力に溢れている。和風美人だった前任者の波子とタイプは違うが、二代目マドンナの資格は十分だった。

しかし、実は店の常連である大部屋俳優・足立仙太郎の娘……それも二番目の奥さんとの娘で、今の奥さんは四番目……なので、悪い虫が付かないようにいつも目を光らせているものだから、まだ誰も気軽にデートに誘えない。

「笑っちゃうわ。自分は散々勝手なことをしてきたくせに」

「父親って、娘には弱いんだよ」

山下まつが空いたテーブルを片付けながら言った。波子の後任を探しているとき、仙太郎から娘が新しい勤め先を探していると相談され、面接して由希を雇ったのである。まつのお眼鏡にかなっただけあって、由希はきれいなだけでなく、小まめによく働いた。

「でも、由希ちゃんのお婿さんになる人は大変だね。まず、仙太郎さんに二つ三つ殴られる覚悟をしなきゃ」

顕がからかうと、由希は大げさに顔をしかめて見せた。

「ほんと。このままじゃ間違いなく売れ残りだわ」

由希は二十二、三歳だろうか。この時代、女性の年齢は「クリスマスケーキ」と揶揄され、二十五を過ぎたら「売れ残り」だった。

「畑山さんとゴンちゃんは、次はどこの組？」

「宮原組になるはずだけど、脚本が遅れてて。その間に別の組に付くかも知れない」

「大変ねえ」

映画は企画会議で制作が決定すると、プロデューサー、監督、脚本家等のスタッフ、主役級のメインキャストを決定する。実際の撮影が始まる前の準備は、舞台となる場所へ行って下調べをしたり、その季節の現地の風景を撮影したりするくらいで、それ以外は脚本が完成しないことには動きようがない。

宮原礼二が今回監督する作品のタイトルは「無の航跡」。脚本は錨航介という、秦一旗と並ぶ大物脚本家だった。制作が決定したのは去年だというのに、十ヶ月近く経ってまだ脚本が完成しないとは、怠慢ではないのか。

食事を終えて二人が撮影所の門を入ると、所長室、貴賓室などのある建物の正面で、若い男が三人に取り囲まれていた。何やら三人で若い男を難詰しているらしく、男はガックリ肩を落としてうなだれ、何度もお辞儀を繰り返した。難詰している三人は宮原礼二と、若手プロデューサーの織部貴弘、そして所長の宇喜多益男までいる。

ただ事ではなかった。

顕は思わず足を緩め、男たちの話す声に耳を傾けた。

「小暮、俺は貴様を絞め殺してやりたい！」

宇喜多が怒鳴ると、小暮という男はますます恐縮して、長い身体を二つ折りにしてお辞儀をした。

「で、錨君は何て言ってるのかね？」

怒りを押し殺した声で宮原が詰問した。

「はい、あの、ファーストシークエンスと、次の場面と、五、六十枚は出来ています。ただ、そのつなぎのところが上手くいってないので、もうちょっと工夫したいと……」

「じゃあなぜ、出来ているところだけでも持ってこないんだ⁉」

これは織部が怒鳴った。

「は、はい。先生はあの、不出来な物を渡したくないと。あと四、五日待っていただければ、必ず完成品をお渡し出来ると……」

「そのセリフは何度も聞きました」

宮原の冷然とした声に続き、宇喜多と織部が怒声を浴びせた。

「いい加減なことを言うな！」

「本当は二人で遊び回ってるんだろう！」

「いえ、違います！　決して、そのようなことは……」

そこまで聞いて、顕は足早にその場を離れた。

気の毒に。損な役回りだよな。

あの小暮という若者は顕と同年配だった。きっと脚本部の社員で、錨の弟子に入ったのだろう。書けないのは錨の責任なのに、ああやって撮影所に出向いて怒られるのは弟子の役目なのだ。

脚本部へ戻ると、園田というプロデューサーが満男と話していた。

「錨さんの脚本、今の調子じゃまだ難航すると思うんだ。先に仁科さんの組に付いてくれないかな？」

「僕はかまいませんが、宮原監督は承知ですか？」

「承知も何も、あれじゃ身動き取れんだろう」

園田はポンと満男の肩を叩いた。

「頼んだよ、畑山君。戦争物でね。仁科さんも張り切ってるんだ」

仁科昇は恋愛物からサスペンス、時代劇まで、幅広く器用に撮っている中堅監督だった。

園田が出て行くと、満男は顕の方を向いた。

「仁科組の脚本、あと二、三日で出来るから」

そして、思い出したように付け加えた。

「仁科さん、レイテ（一九四四年のレイテ沖海戦）の生き残りなんだよ」

「へえ、そうなんですか」

撮影所には戦争中応召し、復員して戻ってきた者も少なくない。昭和三十年代は、まだ戦争体験者が大勢現役だったのだ。

しばらく仲間と無駄話をしてから照明部の建物を出て、食堂二階の喫茶室に入った。

空席を探して室内を見回すと、浜尾杉子が窓際のテーブルで手を振って呼んだ。近寄ると、向かいの席にあの小暮青年が座っていた。

「紹介するわ。小暮修君。私と同期の脚本部」

「さっき、宮原監督や所長に囲まれてるとこ、見ちゃいました。災難でしたね」

顕は杉子の隣に座り、同情を込めて言った。

「まったく、使いの小僧をいたぶったって、仕方ない話なんですけどね」

小暮は苦笑を浮かべて頭を振った。

「錨航介、もう十ヶ月も熱海の『海陽荘』に泊まってるのに、碁ばかり打ってて一行も書けないんですって」

杉子の口吻は「ザマァ見ろ」と言わんばかりだ。

「一行もってわけじゃないよ。僕はファーストシーンだけで、もう十四、五回も清書してる。先生だって『シナリオっていうのはファーストシーンさえ出来れば、後は転がる。明日から書く』って言ってたし……」

「つまり、そんなことを十四、五回も繰り返しただけで、全然先に進んでないんでしょ。それは書けないってことじゃないの」

「でも、錨航介と言えば、ベテランの大脚本家ですよね。どうして急に書けなくなったんですか？」

「フレームが邪魔だって仰るんですよ。スクリーンの幅が邪魔だって。あのフレームさえとっぱずしてくれたら書けるのにって」

「まるで寝言ね。要するに才能が枯渇したのよ」

杉子はばっさり切って捨てた。

「浜尾君、いくら何でも失礼だよ」

「だって、本当のことじゃないの。戦前から四十年近く書き続けてきて、すり切れたのよ。だからフレームがどうだとか、一見哲学的なご託並べて、書けない現実から逃げてるんだわ」

「君は、錨先生と間近に接していないから、そんなことが言えるんだよ。僕は毎日先生とご一緒して、その姿を見ている。散歩していても、碁を打っていても、一瞬苦渋に満ちた辛い表情がよぎるときがある。あの瞬間、意識が『無の航跡』に引き戻されるんだと思う。いや、本当は片時も頭を離れないんだ」

小暮は錨の苦悶を代弁するように、髪の毛をかきむしった。

「でも、先生は決して弱音を吐いたり愚痴を言ったりしないんです。毅然として苦悶に耐えて、ご自身と闘ってるんだ。僕は、やっぱり尊敬するよ」

杉子はわざとらしく眉を吊り上げた。

「呆れたわ。私に言わせれば、錨航介は完全に闘いどころを間違えてるわね。彼が決断すべきは、書けないことを認めて白旗を揚げることよ。そうすれば、別の脚本家がもっと良い脚本を書くチャンスに恵まれるわ」

そして、軽蔑も露わに言い放った。

「だいたい、書けないまま会社のお金で高級旅館に長逗留するなんて、どういう了見なのかしら」

「おい、先生はそんな卑しいことは……」

「書けない脚本家がその地位に居座ってるのは、後進の邪魔をしてるのよ。若い才能ある脚本家が育つチャンスを奪ってるんだわ」

「若い才能ある脚本家っていうのは、自分のことだろう」

杉子に押されっぱなしだった小暮が一矢を報いたが、そんなことで怯む杉子ではない。

「その通りよ」

昂然と顎を上げ、胸を張って宣言した。

「『無の航跡』の脚本、私は錨航介より良いものが書けるわ」

杉子のあまりに自信過剰な発言に、小暮ばかりか顕も呆れて鼻白んだ。

「論より証拠よ」

言うなり、杉子は傍らに置いた手提げ袋から和綴じの藁半紙を二冊取り出し、それぞれ顕と小暮の前に置いた。表紙には「無の航跡　浜尾杉子」とガリ版で刷ってあった。

「監督と所長に読ませるつもりだったけど、せっかくだから他の皆さんにも読んでほしくて、ガリ版切ったの。差し上げるわ。読んで」

コピー機のない時代、一番手軽な印刷はガリ版刷りだった。蠟を引いた紙に鉄のペンで文字や絵を刻み、謄写版で印刷する仕組みで、学校でも会社でも日常的に使用されていた。

顕は手製の脚本をぺらぺらとめくった。見慣れた杉子の文字が躍っている。

「さっき、植草さんにも渡してきたの。『楽しみに読ませてもらうよ』って言われちやった」

突然、それまでとは打って変わって、はにかんだ口調になった。

「それじゃ、私はこれから監督と所長に会ってくるから、お二人はごゆっくり」

杉子はテーブルの隅にあった伝票をさっと取り、立ち上がった。

「俺も行くよ」

顕もあわてて席を立った。

「付き添いなら結構よ」

「バカ、高みの見物だよ。こんな面白い見ものを見逃す手はないからな」

「フン」

だが、本音は杉子を一人で行かせるのが心配だった。

三年間、撮影所という独特の場所で働いて、多少はこの世界の事情が見えてきた。今、杉子のやろうとしていることは、時代劇でお百姓が殿様に直訴するに等しい。きっとただではすまないだろう。監督や所長が猛烈な雷を落としたとき、間に入って少しでも杉子を守ることが出来たら……そんな気持ちだった。

杉子は顕を従える格好で、ずんずんと所長室のある建物の中を進んだ。この建物には脚本部もあるので、勝手知ったる場所なのだ。

「お杉、最初は宮原監督のとこに行こう」

杉子は歩みを止めずにチラリと振り返った。

「所長室の方が近いわ」

「ダメだよ。宮原さんはものすごく気難しい人で、おまけに子供っぽい。何でも一番じゃないと気にくわなくて、しょっちゅう揉めてるんだ。所長に先に持ってったって分かったら、ヘソ曲げるに決まってるさ」

杉子はやっと立ち止まった。

「そっか。じゃ、しょうがないね」

廊下を引き返し、一度通り過ぎた角を曲がった。監督室は別棟の二階だった。

宮原礼二の名札のある部屋の前に立ち、杉子は大きく息を吸い込んでからノックした。

「失礼いたします。脚本部の浜尾杉子と申します」

しかし、返事がない。もう一度ノックと口上を繰り返し、それでも応答がないので、そっとドアを開けてみた。

部屋は無人だった。

「どこへ行っちゃったのかしら？」

「多分、宝珠園だろう」

撮影所の前にある宮原お気に入りの店で、年中入り浸って茶の間代わりに使っているという。

「じゃ、先に所長に……」

「だから、それはマズいって。まずは監督だ」

杉子は不承不承に承知した。

本音を言えば、顕の心の片隅に、宮原に手厳しく叱責された杉子が、気持ちがくじけて所長に直訴するのを止めるのでは……という期待があったことも否めない。

撮影所の門前には数軒の飲食店が建ち並んでいる。その中でも洋食の「ミツヤ」、和食の「しな乃」、南京料理の宝珠園の三軒は、いずれも大物監督の行きつけだけに、店構えも立派で、何となく風格が漂っていた。

杉子は宝珠園のガラス製のドアを開けた。

店内はランタンが下がり、螺鈿細工の屛風が並んだ中華風の内装だった。

その一番奥の、十人は座れそうな大きな丸テーブルに、宮原は一人で座ってパイプを燻らせていた。漂う香りは普通の紙巻き煙草と違っている。きっと愛用しているアンフォーラという高級品の刻み煙草だろう。

顕は丸テーブルの前に立つと、杉子に先んじて口を開いた。

「宮原監督、ご休息中にお邪魔いたします」

宮原は小さな目を上げて、ジロリと顕の顔を見た。

「君は……照明だったね」

「はい。佐倉宗八技師の弟子で、今は畑山満男技師の第一助手をしている、五堂顕と言います」

「で、何の用だね？」

顕は一度杉子を見遣って、宮原に目を戻した。

「脚本部の浜尾杉子君です」

「監督、私『無の航跡』のシナリオを書きました。どうか、お目通し下さい」

宮原の口がポカンと半開きになり、閉じるまでに二秒ほど要した。

「錨航介さんは脚本作りに行き詰まって、締め切りをとうに過ぎても一向に上がってこないと聞いています。だから、私は自分なりの解釈で書いてみました。どうか、読んでみて下さい」

「何だと？」

宮原の唇の端が不快そうに歪んだ。

「私はこの脚本を三日で書き上げました。それから一月の間に二回書き直しましたが、大筋は初稿と変わっていません。だから勢いがあります。迷いがありません。欠点はあるかも知れませんが、お読みになってガッカリするような仕上がりではないと思います」

「帰りなさい」

にべもない口調だった。

「受け取っていただけるまで、帰りません」

「君、失礼だぞ」

「失礼を承知でお願いしているんです。どうぞ、読んで下さい」

宮原の瞼(まぶた)が神経質にピクピクと動いた。

顕は危険を察知して一歩前に踏み出した。

「監督、お怒りはごもっともです。でも、『無の航跡』のシナリオが遅れに遅れて、撮影に支障を来しているのは事実です。それなら、浜尾君の願いを聞いてやっていただけませんか？　ほんの暇つぶしのつもりで目を通して下さるだけでいいんです。読んでいるうちに新しいアイデアが閃くことだって、ないとは言い切れません」

杉子は上体を直角に曲げ、両手を伸ばして宮原に手製の脚本を差し出した。

「お願いします！」

顕も同じく最敬礼し、声を揃(そろ)えた。

「分かった」

杉子と顕はパッと顔を上げた。宮原はウンザリした顔で溜息を吐いたが、杉子の顔には花が開くように笑みが広がった。

「ありがとうございます！」

二人はもう一度腰を折り、頭を下げた。

「君たちは、恋人かね？」

「違います！」

「まさか！」

今度も二人は同時に声を上げた。

「大学の同級生で……」

「同じ演劇部で……」

「フン」

宮原は別に興味もないようで、二人に向かって黙って手を払った。帰れという意味だ。

「ありがとうございました！」

宝珠園を出ると、杉子は意気揚々と所長室へ歩みを進めた。

「なあ、お杉。所長に渡すのは、宮原監督が読み終わってからでもいいんじゃないか？」

「なぜ？」

「いや、もし監督が気に入ってくれたら、そっちから所長に推薦してもらった方が、話が早いんじゃ……」

杉子はピタリと足を止め、顕を振り返った。

「私、もう待てないわ。一刻も早く、このバカバカしい徒弟制度の軛(くびき)から脱出したいの。もう、我慢できないのよ」

自信満々の才媛とは別の顔がほの見えた。追い詰められた小動物にも似た顔だ。この三年間、杉子の置かれた不遇な状況の一端が垣間見(かいまみ)えて、顕はもう止める気がなくなった。

「失礼いたします。脚本部の浜尾杉子です」

二人は所長室に入り、宇喜多益男の前に進み出た。

杉子は手製の脚本を差し出し、宮原に言ったのと同じ口上を述べた。

宇喜多も不快に思っているのは明らかだったが、さすがに撮影所の長だけあって、宮原のような木で鼻をくくったような態度は取らなかった。

「分かった。これは一応、預かろう」

「ありがとうございます！」

杉子の顔にまたしても花のような笑みが広がった。

「しかし、浜尾君」

宇喜多は一言釘(くぎ)を刺した。

「スタンドプレーはこれきりだ。やる気があるのは良いことだが、脚本部にいる以上、必要な手続きは踏んでもらわないと困る。今回は特例で、もう二度とない。分かったね？」

「はい！　お心遣い、感謝いたします！」

　顕は一瞬ヒヤリとしたが、杉子はまるで分かっていなかった。この冒険の成功を確信し、喜びではち切れそうになっていた。

「ゴンちゃん、採用になったら、今度は私が奢ってあげるね。この前は日活ホテルだったから、帝国ホテルなんかどう？」

「おい、早すぎないか？　まだ監督も所長も読んでくれたわけじゃないし、採用になるかどうかなんて……」

「読むに決まってるじゃない。『無の航跡』は二進も三進もいかないんだもの。読んだら絶対、採用に決まってるわ」

　顕は苦笑するしかなかったが、杉子の願いが叶うように、祈ってもいた。


　帰宅して、顕は脚本を読み始めた。

「無の航跡」は原作のないオリジナル脚本で「一人の男の戦中から現代に至る魂の彷徨を描く」というアウトラインしか公になっていないが、杉子の脚本は非常に良く出来ていた。ストーリーがダイナミックで不自然さがなく、登場人物のキャラクターがしっかりしていて、何より主人公に魅力があった。

これは、本当に採用になるかも知れない……。

読み進むうちに内容に引き込まれ、顕は思わず姿勢を正していた。藁半紙からガリ版を切る鉄筆の音が聞こえてきそうだった。これほどの脚本を書ける杉子の力になりたいと、素直に思った。

不意に、長内浩(おさないひろし)の顔が頭に浮かんだ。監督から脚本の直しを頼まれる優秀な助監督で、食堂山したによくやって来る。

そうだ、長内さんに読んでもらおう。

感動の余韻が冷めやらなかったが、顕は思い切って電灯を消し、布団(ふとん)に寝転がった。

14

「僕で良いんですか?」

長内浩はややタレ気味の目を上げ、尋ねた。

「はい、ぜひ。お忙しいのにご迷惑とは思いますが……」

「迷惑なことなんかありませんよ。喜んで拝見します」

長内は人懐っこい笑みを浮かべた。超難関の助監督採用試験に植草一に次ぐ成績で合格したのだから、優秀さは極めつきのはずだが、植草のような華麗な才気やスター性は微塵もなく、小さな会社の事務員か小学校の教師のような、パッとしない雰囲気だ。それが童顔と冴えない服装のせいか、本人に自己顕示欲がないせいか、顕には分からなかったが。

今日も長内は山したで昼食を済ませると、店の隅のテーブルで脚本の直しに取りかかっていたが、顕が声をかけると鉛筆を置いて話を聞いてくれた。

「……どこもかしこも、まだまだ封建的ですね、日本は」

長内は一瞬、不快そうに眉をひそめた。

「せっかく太平洋映画始まって以来、初めて脚本部に女性を採用したっていうのに、これじゃ宝の持ち腐れだ」

顕は我が意を得た思いだった。

「僕は学生時代から浜尾杉子の脚本を読んできて、才能を認めていました。だから、今の、まるで飼い殺しにされている状態が気の毒でたまりません。一度も書くチャンスを与えられないのは不当で、理不尽だと思います」

「僕も、まったく同感です」

長内は語気を強めた。

「古来、日本の文学は女性がリードしてきました。『源氏物語』『枕草子』に始まって、樋口一葉の諸作品など、同時代の男性作家を凌駕しています。映画の世界でも田中澄江、水木洋子と、素晴らしい女性脚本家が活躍してるじゃありませんか。それを、男社会の徒弟制度でつぶすなんて、愚の骨頂だ」

顕は長内のような優秀な助監督が杉子の不遇に共感してくれたことが、素直に嬉しかった。そしてその公平な考え方に、これまでになく好意と尊敬を感じたのだった。

「直しの方はだいたい終わったので、今日中に目を通しておきます」

「ありがとうございます。感想、聞かせて下さい。浜尾君も喜ぶと思います」

顕はペコリと頭を下げてから言い足した。

「明日は仁科組のホンが上がってくるんで、制作部に顔出したら、ここへ来ます」

「そうですか。僕も仁科組にセカンドで付くんですよ」

この三年、山したでは何度も顔を合わせているのに、顕はこれまで長内と同じ監督の下で働いたことがなかった。

「どうぞ、よろしくお願いします」

「こちらこそ」

長内の仕事ぶりを見られるのは楽しみだった。それ以上に、杉子の脚本「無の航跡」にどんな評価を下すか興味津々だった。

翌日、撮影所に入り、照明部の建物で雑用を片付けていると「仁科組の台本をお渡ししますので、各部の方、制作部へお越し下さい」とアナウンスが流れた。

制作部へ行くと、帰りしなに長内と出くわした。

「やあ」

長内は片手を上げて挨拶し、近づいてきた。

「コーヒーでも飲まない？」

「良いですね」

願ったり叶ったりだった。顕は長内と連れ立って、食堂の二階の喫茶室に入った。

「どうでした？」

顕がいくらか性急に尋ねると、長内はテーブルの上に杉子の脚本を置き、落ち着いた声で答えた。

「非常に良く出来ていると思いました。正直、感服しました」

「どこか、直した方が良いところはありますか？」

「いいえ。このホンはすでに完成されています。これ以上手を入れるべき点はどこにもありません」

顕は心の中で快哉を叫んだが、ふと気が付くと、長内があまりに冷静なのが気になった。普通なら将来の監督として、有望な新人脚本家の発見に、もう少し興奮や感動があっても良いのではないだろうか？

長内は顕の不審な表情に気が付いたのか、質問を促すようにこちらを見返した。

「あのう、でも、長内さんはあまりお気に召さないんですか？」

「一つだけ気になったのは、あまりにもキッチリ書かれているので、演出の余地がないことです」

「え？」

「コンティニュイティーまで書いてあるでしょう」

コンティニュイティーとは画面のつながりのことである。

「例えば遠くから誰かが走ってくる。カメラが少し寄ると、女だ。もっと寄ると、髷が崩れて顔に青アザがあるとか……。ロング、ミディアム、アップなんて、これは監督が考えることであって、脚本家が書くべきじゃない。脚本のト書きは出来るだけシンプルであるべきです。極論すれば、台詞だけで良い」

顕は一瞬、虚を突かれた。杉子はそれほど長いト書きは書いていない。ただ、そのト書きのおかげで台詞のつながりがとてもスムーズになって、読みやすかったのは確かだった。

「僕はそこまで極端な考えは持っていません。この脚本だったら、演出してみたいと思いますよ。ただ、宮原監督は、どちらかというと自由に芝居を作りたがる人で、こういう完成された脚本を気に入るかどうか……？」

長内は慎重に言葉を選びながら、論評を続けた。

「おそらく脚本コンクールなら、この作品は大賞間違いなしです。でも宮原監督が気に入るかとなると、いささか心配です」

顕はぬか喜びしていた自分の浅はかさを思い知らされた。これまで「監督が気に入るかどうか」という観点で脚本を考えたことなど、一度もなかった。しかし、映画脚本に一番求められるのは、おそらくそれなのだ。

「五堂君、ガッカリすることとありませんよ。浜尾さんの才能は、これで証明されたじゃないですか。これをきっかけに、きっとチャンスが巡ってきます」

顕は長内に付き合って笑みを浮かべたものの、心はどんより曇っていた。「もう我慢できない！」と訴えた杉子の悲痛な表情が頭をよぎった。スタンドプレーで上層部に渡した脚本が採用にならなかったら、孤立と疎外(そがい)はますます深刻になるだろう。でも、これは長内さんの意見で、宮原監督が採用しないと決まったわけじゃないんだから。

顕は無理矢理自分に言い聞かせたが、その言葉が少しも留まらず、心の隙間から砂のようにこぼれ落ちて行くのを感じていた。

しかし、その翌日の顔合わせで仁科組を揺るがす大事件が起こり、杉子の心配をしている場合ではなくなった。

「なんだって？」

仁科監督の声は衝撃に小さく震えていた。

「申し訳ありません」

長内は仁科の前に長身を折り、深々と頭を下げた。

「でも、僕はどうしても戦争を賛美するような映画は作りたくないんです。助監督として、その映画作りに参加することは出来ません」

監督はもとより、プロデューサーの園田も、共演の俳優たちも、撮影部、照明部、録音部、装飾課などのスタッフたちも、驚きのあまり声を失っていた。

「では、これで失礼します」

長内が踵（きびす）を返すと、怒りに顔を紅潮させた園田がぐいと肩を摑（つか）んで引き戻した。

「きさま、助監督の分際でよくも……！」

「僕は助監督である前に、一人の人間です。人間として良心に反することは出来ません」

童顔でパッとしない風貌の長内だが、怒り狂うプロデューサーの前で一歩も引かず、毅然として反論した。

「園田君」

仁科がゆっくりと首を振り、園田の手を長内の肩から外した。

「長内君、僕は決して戦争を美化する映画を作るつもりはない」

仁科は穏やかな口調で語りかけた。映画監督には珍しく、冷静沈着で声を荒らげたことのない人で、長身痩軀の知的な風貌と相俟って紳士として知られていた。

「僕はレイテ沖海戦で九死に一生を得たが、戦友はみんな亡くなった。僕も、戦友たちも、戦争をしたいと思った者は一人もいない。それでも赤紙が来たら、戦地に赴くのは義務だった。そして、どうせ死ぬなら、自分の死に少しでも意義を見いだしたいと思った。家族のためでも、恋人のためでも、お国のためでも……何の意味もなく死んでいくのは、あまりに惨めだった」

長内は黙って聞いていた。反抗的な目つきや態度は取らず、人生の先輩の話を謹んで承っているように見えた。

「僕は、映画を通して彼らの気持ちを少しでも世の中に伝えたい。声なき声を拾い上げたい。こういう気持ちは、君にとっては戦争賛美と同一なのだろうか？」

「監督のお気持ちは良く分かりました」

長内ははっきりと答えたが、少し目が潤んでいた。

「でも、やはり僕には出来ません。本当に、申し訳ありません」

もう一度深々と一礼して、長内はその場を離れた。

「長内、このままで済むと思うなよ！」

背中に向かって園田が怒声を浴びせたが、長内は気にする風もなく、悠々と歩いて行った。

顕は仁科監督が気の毒だった。仁科は今回、長内をセカンド助監督に任命していた。それほど信頼を置いた助監督に降板されるとは、夢にも思っていなかったろう。

それに脚本を読む限り「あの空の果て」という映画は、戦争賛美ではなく、戦争の悲劇に重点を置いて描いてあった。どうして長内はこの映画の撮影を拒否したのだろう。

「長内さん、これからどうなるんですか？」

顕は声を潜めて満男に尋ねた。

「さあ……。ただ、監督になるには、少し遠回りしなくちゃならないかもな」

満男はいくらか感心した口調になった。

「見かけによらず、いい度胸してるな。肝が据わってるよ。もしかして、将来大物になるかも知れない」

気まずいスタートではあったが「あの空の果て」の準備は着々と進み、撮影がスタートした。

ロケーションがない限り、照明部は昼休みに山したで昼食を摂ることがほとんどだった。

そして、そこには相変わらず長内の姿があって、いずれかの監督に頼まれた脚本の直しを黙々とやっていた。

やっぱり肝が据わってるんだな、この人。俺だったら、あんなことがあったら、気まずくて山したには来られないけど。

チラチラと長内を横目で見ながら煮魚定食を食べていると、店のガラス戸が勢いよく開き、杉子が飛び込んできた。

「ゴンちゃん、やった！　やったわ！」

背中をどやされて、顎はご飯粒を詰まらせて咳き込んだ。

「採用よ、採用！　私の脚本が『無の航跡』の正式台本に、採用されたのよ！」

杉子はそう叫ぶと、ピョンピョン跳び上がって小躍りした。

「さっき、所長に呼ばれて、宮原監督が私の脚本で撮ることにしたって聞かされたわ。私、やっとプロの脚本家になれたのよ！」

喜びのあまり声は上ずり、目は潤んで光っていた。

「おめでとう、お杉。良かったな」

顕は立ち上がり、小さく拍手した。

「ありがとう、ゴンちゃん」

隅のテーブルに目を遣ると、長内もこちらを見ていた。顕は杉子を長内に紹介した。

「お杉、長内さんも脚本、読んでくれたんだよ」

「まあ、それはありがとうございます」

杉子は両手でパッと頰を押さえた。

長内は椅子から立ち上がり、笑顔を見せた。

「おめでとうございます。とても良い脚本でした。撮影が上手くいくと良いですね」

「はい。長内さんもお時間あったら、試写会にいらして下さいね」

そして顕に向かって満面の笑みで続けた。

「じゃ、またね。私、これから昼なんだ」

「ここで喰ってけば？　奢るよ」

「悪い。ミツヤで植草さんが待ってるから」

言うが早いか、来たときと同じく走って出て行った。

顕はいくらか白けた気持ちになった。杉子まで植草にミーハーなのも面白くなかったし、植草がミツヤに居るのも気に入らなかった。西館幹三郎監督御用達のミツヤは、普通なら新人助監督がおいそれと出入りできる店ではない。そこに女友達を誘う植草は、撮影所内でかなりの勢力を蓄えているのだろう。

長内が顕を見て、小さく笑みを漏らした。気持ちがそっくり顔に出ていたらしい。

「五堂君は、彼女が好きなんですか？」

「違いますよ！」

顕は長内の向かいの席に座った。

「ただ、昔から女傑で、男なんか鼻であしらってたのに、相手が俳優並みの二枚目だとあんなにデレデレするなんて、情けないというか、ガッカリなんです」

「浜尾さんが植草君に一目も二目も置いてるのは、見た目じゃなくて、才能を評価しているんですよ。脚本を生かすも殺すも監督次第ですからね」

長内は脚本用の原稿用紙のページをめくった。一枚二百字詰めで「ペラ」と呼ばれている。

「多分、同期で最初に監督に昇格するのは彼でしょう」

「長内さんは、それで良いんですか？」

顕はまるで他人事のような長内の口ぶりがもどかしかった。

「長内さんだって将来を嘱望されてるんですよ。現に、色々な監督から脚本の直しを任されてるじゃないですか。植草に先を越されて、悔しくないんですか？」

長内は少し怪訝そうな顔をした。

「僕は、他人と比べて自分がどうこうって、考えない方なんです。僕は他の誰かにはなれないし、他の誰かも僕にはなれないし」

「どうして『あの空の果て』を断っちゃったんです？」

顕は思いきって口に出した。

「あんなことをしたら、これから監督になるまでものすごく回り道をすることになりますよ。確かに、本当に戦争礼賛映画なら断る気持ちは分かるけど、あの映画は違うと思います。それに、仁科監督自身、戦争を賛美する気持ちなんか全然ありませんよ」

「僕は、仁科監督のことは尊敬しています。ただ……」

長内は一度言い淀んでから、再び口を開いた。

「うちの父親は職業軍人でね。それこそ、絵に描いたような……。僕には八歳年上の兄がいたんだけど、父とは逆に、優しくて繊細で、僕はこの兄が大好きだった。兄は本当は絵描きになりたかったんだけど、当然反対されて軍人になった。そして、終戦間際に戦死した。遺骨もないから、確かめることも出来ないけど」

長内はそこで言葉を切ってうつむいた。

「戦争が終わって、父は抜け殻同然になった。そういう姿を見るのは苦痛だった。それ以上に、自分の好きな道に進むことを許されずに若い命を奪われた兄が、可哀想でたまらなくてね」

長内は顔を上げて顕を見た。

「そのせいかな。戦争に関わることには、一切タッチしたくない。嫌なことを思い出してしまいそうで、ダメなんだ」

長内の話は特に珍しいものではなかった。顕の家庭も長内のそれと酷似しているし、周囲にも似たような体験を持つ友人がいた。日本中探せば人口の何パーセントかに相当するだろう。しかし、その全員が「あの空の果て」に拒否反応を示すわけではない。

「分かりました」

分かったのは長内の心理ではなく、長内のような考え方をする人間もいるということだった。

「でも、長内さん、絶対頑張って監督になって下さいね。畑山技師は、長内さんは将来大物になるって言ってましたよ」

長内は目尻の下がった目を細くした。

「買いかぶりだよ。でも、スタッフの人にそう言ってもらえるのは嬉しいね」

そろそろ昼休みも終わりに近かった。顕はあわてて自分の席に戻り、定食の残りをかき込んだ。

15

「あの空の果て」の撮影は東南アジアの密林地帯のシーンで、鹿児島ロケが行われた。照明の仕事を始めてからの三年で、箱根より西に行ったことのなかった顕も、ロケで日本各地に赴くようになったが、九州は初めてだった。

前日、多少浮かれ気味で機材の準備をしていると、満男が言った。

「ゴン、向こうに着いたらすぐ九州電力に行ってこい」

「え？」

「ロケ地、山の中でとても電源車は入れない。電力会社に頼んで電気をもらわないと」

「そうなんですか？」

顕は電力会社がロケ用に便宜を図ってくれるとは夢にも思わなかった。

「もちろん、無料じゃないさ。でも、工事業者の手配から全部やってもらえるんで、ありがたいよ」

鹿児島に到着するとすぐ、顕は九州電力に出掛けて臨時配線の設置を依頼した。

こういう依頼は他にもあるらしく、電力会社の対応はスムーズだった。すぐに電気工事業者がやって来て、山麓(さんろく)に電柱を立ててトランスを設置してくれた。そこから電力の供給を受け、ロケ現場までは照明部が自家配線を引いた。

そのときのケーブルの量と重さは想像を絶するほどで、ずしりと肩に食い込む感触は、いつまでも忘れられなかった。

そんな経験もあって、撮影が終了したときは感慨もひとしおだった。

撮影が予定より長引いて、顕たちは宮原組の「無の航跡」の撮影に参加出来なくなったが、悔いはなかった。

試写会でも撮影のあれこれが思い出され、目頭が熱くなった。

試写会が終わり、会場が盛大な拍手で包まれたとき、顕はふと長内のことを思い浮かべた。

やっぱり、長内さんは間違ってる。この撮影現場を経験しなかったのは、もったいなかった。

「打ち込みの数字が楽しみだな」

満男が笑顔を向けた。

「そうですね。大ヒット間違いなしですよ」

〃打ち込み〃とは封切り初日の劇場の、第一回上映のことだ。優秀なプロデューサーは〝打ち込み〟の数字を見れば最終観客動員数を推定出来ると言われるくらい、重要な行事だった。

試写会の後、例によって照明部が山したに集まって打ち上げをやっていると、杉子が入ってきた。

「ゴンちゃん。『無の航跡』ね、今日、クランクアップしたって。来月初めに試写会ですって」

「それはおめでとう」

「試写会、来てよね」

「もちろん」

杉子は店内をキョロキョロと見回した。

「長内さんは？」

「さあ？」

「長内さん、先月から本田組で、今は四国ロケに行ってるはずです」

ビールを運んできた堺由希が答えた。

「いつ頃帰るかご存じ？」

「今週末には帰るって言ってたけど、お天気次第だから、当てになんないわね」

新米店員の由希も、今やすっかりロケのスケジュールが天候に左右されると呑み込んでいた。

「ねえ、ゴンちゃん。もし長内さんに会ったら、試写に来て下さいって伝えてね。脚本読んでいただいた人だから」

「分かった。必ず伝えるよ」

杉子が出て行くと、料理を運びがてら、由希が顕のそばに近寄ってきた。

「あの人、ほんとにゴンちゃんの恋人じゃないの？」

「いやだなあ、由希ちゃんまで。何度同じこと言わせるんだよ」

「だって、すごく親切にするから」

「俺は女性には親切なの。由希ちゃんにも親切にしたいと思ってるけど、仙太郎さんが怖いから控えてるんだ」

「もう！」

由希は空の皿を盆に載せて厨房へ引き上げた。

顕は杉子と自分が恋人同士に思われるのが不思議だった。その才能を尊敬し、人柄を好もしく思っているが、ときめきを感じたことは一度もない。たまたま杉子が女だっただけで、男であっても同じように付き合っただろう。ただ、杉子が女であるがゆえに脚本部で不遇を託っていたことには同情もし、義憤も感じていた。

試写会当日は、いつもとは違った緊迫感に満ちていた。撮影所長の宇喜多と監督の宮原、「無の航跡」のキャスト、スタッフのみならず、植草一と長内浩まで顔を見せていたからだ。

杉子は植草と並んで一番後ろの椅子に座っていた。顕は後ろの壁にへばりつくように立っていた。長内も壁際で立ち見だった。

室内の照明が落とされ、試写の上映が始まった。

しわぶき一つ聞こえない静寂の中で、顕は思わず固唾を呑んだ。

あれ？

上映が始まって少しすると、妙な違和感が生じた。

お杉の脚本と違う……？

映画が進むにつれて、違和感はどんどん膨らんだ。杉子の脚本にあった場面と台詞が、まるで出てこない。

どうなってるんだ？

映画には最後まで、杉子の脚本に書かれた一つの場面も、一行の台詞も、登場しなかった。完全に、脚本とは別物になっていた。

室内の照明がつき、拍手が沸き起こった。

「誰が書いたのッ⁉」

熱い空気を貫いて、鋭い声が走った。一同が声の方を振り向いた。杉子は仁王立ちになり、憤怒のあまり形相を変えていた。握りしめた両手の拳が、わなわなと震えている。

「この脚本は、誰が書いたのッ⁉」

「浜尾君、失礼だぞ。場所柄を弁えなさい」

冷たい声でたしなめたのは所長の宇喜多だった。

「『無の航跡』は君の脚本を土台に、宮原監督と小暮修君はじめ、脚本部の若手三人で書き直した。本来なら脚本を君の名前にするのは相応しくないが、原作者の貢献を考慮して特別に……」

「私の名前は消して下さい！　これは私の脚本じゃありません！」

叫んだ声は割れて耳障りで、普段とは別人のように醜かった。それほどまでの怒りと衝撃に襲われているのだと思うと、顕の心には杉子への同情と義憤が充満していった。

杉子はくるりと踵を返すと、試写室のドアを蹴破るようにして外に飛び出した。

「お杉……」

後を追おうとしたが、誰かに肘を掴まれた。振り返ると手の主は植草一だった。ほんのわずかに眉をひそめ、黙って首を振って見せた。

「女がヒステリーを起こしたら、放っとくに限る」

手を振り解こうとしたが植草は放さない。隣に立っている長内まで、植草と同じように静かに首を振った。

「取り敢えず、出ましょう」

顕は二人のエース助監督に挟まれる形で試写室を後に、撮影所の正門に向かった。

「せっかくの機会だ。ミツヤで一杯どう？　直しの稿料入ったから、奢るよ」

植草は顕の頭越しに長内に言った。

「いいですね。僕はまだミツヤに入ったことないんですよ。五堂君も行くよね？」

長内の邪気のない態度に促されて、顕はつい頷いてしまった。本当は植草に奢られるのは癪に障るのだが……。

ミツヤは西館幹三郎監督の行きつけの洋食屋で、西館のお気に入り以外は監督でも出入り出来ないと言われていた。そんな権威と格式のある店に、植草は当たり前のような顔で入って行く。

和服姿に白いエプロンを着けた、戦前の〝カフェの女給〟のようなきれいな店員が、植草を見てパッと顔を輝かせた。

「あら、いらっしゃい。お三人さんですか？」

「うん。奥の席、空いてる？」

「はい。どうぞ」

奥へと進む植草の態度には〝常連感〟が漂っていた。

店内は床と天井が木造で、壁はベージュの漆喰（しっくい）、白いクロスの掛かった四人掛けのテーブルが十二卓ばかり置いてある。余計な装飾のない、落ち着いた雰囲気だった。まるで西館監督の映画のセットのようだと、顕は妙なことに感心した。長内も店内を見回して小さく微笑んだ。多分、同じようなことを考えていたのだろう。

「ビール。それからチーズとサラミ」

店員がおしぼりとメニューを運んでくると、植草はメニューも開かず無造作に注文した。

「もう撮影所に入って三年以上経つのに、長内君とゆっくり話したことは一度もないね」

「お互い、付く組が違うから」

「まあ、まずは乾杯だ」

植草は店員が注いでくれたビールのグラスを取り上げた。

顕は一息で半分飲み干すと、グラスを置いて植草に尋ねた。

「浜尾杉子の脚本（ほん）を読んでますね？　今日の試写を観て、どう思われましたか？」

「いかにも宮原礼二らしいと思ったよ」

そう言ってからわずかに唇を歪めて苦笑を漏らした。

「君の訊きたいのは、脚本の出来は浜尾版と宮原版と、どっちが優れているかだろう？」

「はい」

「公平に見て、脚本の出来は浜尾君が上だ。しかし、宮原礼二はあの脚本じゃ撮れない。改訂は致し方なかったと思うよ」

顕は思わず長内の顔を見た。長内は顕と植草を等分に見て、黙って頷いた。

二人のエース助監督の意見は同じだった。脚本としては優れているが、宮原礼二の好みではない、と。

「お杉が……浜尾が可哀想です」

「仕方ないさ。映画は監督の物だ」

植草の声は冷たかった。

そりゃないだろう。あんたはお杉の脚本の才能を認めてたじゃないか。お杉だってあんたに心酔してる。それなのに、一言くらい援護してやろうって気にならないのか？

顕は口に出す寸前で言葉を呑み込んだ。長内も、気の毒そうな顔をしてはいたが、植草に同意している様子だったからだ。

「そんなら植草さん、あなたが監督に昇格した暁には、浜尾の脚本を採用してやって下さい。それでないと、もう彼女に浮かぶ瀬はないです」

「僕は優れた脚本はいつだって歓迎するよ」

植草は鷹揚に言ってグラスのビールを飲み干した。

「長内君、単刀直入に言うんだが、君、僕たちの『映画研究会』に参加しないか？ 同期の楠木君と添田君、一期上の四条さん、後輩の梶原君と吾潟君、脚本部の広川君も参加してるんだ。刺激的で、大いに勉強になるよ」

植草が名前を挙げた顔ぶれは、いずれも将来太平洋映画を背負って立つと目されている俊英だった。

顕は以前植草が「撮影所に革命を起こすには、助監督室の実権を握らなくては」と語っていたことを思い出した。おそらく、植草はすでに実権を掌握し、彼らの頂点に君臨しているのだろう。

「どうだろう？」

植草は長内の方に半身を傾けた。まさに「身を乗り出して」熱心に誘っていた。

長内はほんの少しはにかんだような笑みを浮かべ、首を振った。

「気持ちはありがたいけど、僕は君たちとは少し方向性が違うように思う」

植草はわずかに目を見開き、片方の眉を吊り上げた。目の前に突然奇妙な生き物が現れたような顔だった。

「君たちは革新を目指してるんだよね。そして、これまでの旧態依然とした映画を否定している。でも、僕は必ずしもそうじゃない。むしろ、映画の革新的な、あるいは実験的な技法は、無声映画時代にすべて試されてしまったんじゃないかと思っている。革新を目指してこれから作られてゆく映画も、その原型はすでに過去に存在しているんじゃないだろうか？」

「君が言ってるのはエイゼンシュテインのモンタージュとか、一連のドイツ表現主義の映画のことかな？」

「だけじゃない。『散り行く花』『巴里（パリ）の女性』『街の灯（ひ）』……いわゆる通俗的なメロドラマにも、革新的な映画技法がちりばめられている。もっとも、僕はメロドラマ、イコール通俗的とは思っていないけどね」

植草が良く光る目でじっと長内を見つめた。迫力のないタレ目の童顔の裏にどんな顔が隠されているか、見極めようとするかのように。

顕は訊かずにいられなかった。

「長内さんは、どんな映画を目指しているんですか？」

「『ローマの休日』や『麗しのサブリナ』のような映画」

植草はさも「下らん」という風に唇をひん曲げたが、顕は妙に腑に落ちた。撮影部の友人田辺大介が「ローマの休日」のラストシーンのカメラワークを「オードリー・ヘップバーンが、ズラッと並ぶ新聞記者一人一人に挨拶しながらやって来るとこ、ものすごいパンフォーカス（遠景から近景までピントが合ってボケがない）してんだ。ピント移動一切無し。ピント送り無しであれ撮れるカメラマン、そうザラにいないぜ」と絶賛していたからだ。

「言い換えると僕が目指しているのは〝ウェルメイド〟な映画なんだ。〝革新〟は時が経つと古くなるし、〝型破り〟は最初だけで、二度目からはありきたりになってしまう。でも〝ウェルメイド〟は永遠だ。古くもならないしありきたりにもならない。非凡なまま、ずっと残ってゆく……」

　長内は言葉を切ってもう一度微笑んだ。それは諦めの混じった苦笑だった。自分の言葉が植草の胸に響かないことを分かっているのだ。

　案の定、それに続いた植草の声からは当初の親しみが消えていた。

「君の考えは分かった。しかし、現実的なことを言わせてもらえば、『映画研究会』に入らないと、君はこれからマズい立場になるんじゃないか」

　顕はハッとした。しかし、長内は怪訝そうに首を傾(かし)げた。

「仁科監督の件だよ。宇喜多所長はじめ、上層部には生意気な助監督を懲戒(ちょうかい)すべしという意見が出ているらしい。このままだと、君の監督昇進はつぶされて、助監督のままずっと飼い殺しにされるかも知れないぞ。それでいいのか？」

　植草は畳みかけた。

「『映画研究会』のメンバーになれば、そんなことはさせない。僕たちが一丸となって会社の横暴から君を守るつもりだ」

　長内は困惑の体で頭を下げた。

「お気持ちはまことにありがたい。しかし」

　頭を上げたとき、長内の顔には確固たる表情が表れていた。

「僕のしたことは職場放棄だ。処罰は覚悟している」

　そして、まっすぐに植草の目を見返した。

「君たちの作る映画が成功するように、心から応援してるよ。今日はありがとう」

　長内は立ち上がり、屈託のない笑顔で言った。

「植草君、今度、山したで奢るよ。良い店だよ。安くて美味(うま)くて親切で。それじゃ……」

　長内はさっさと歩き出した。

「どうも、ご馳走(ちそう)さまでした」

　顕もあわてて頭を下げ、後を追った。植草は長内を「映画研究会」に誘う目的でミツヤに誘ったので、顕はおまけに過ぎない。居残るわけにはいかなかった。

店の出口で振り返ると、植草は憮然とした顔つきで腕を組み、何やら考え込んでいる様子だった。断られるとは夢にも思っていなかったのだろう。

「長内さん」

すぐに追いついて横に並んだ。

「悪かったね。せっかくミツヤでご馳走になるチャンスだったのに」

「そんなことより、いいんですか、断っちゃって」

「どうして？」

「だって、植草の言ってること、ホントですよ。このままじゃ監督になるチャンス、つぶされちゃいますよ。それでいいんですか？」

「それは困るよ」

長内の口調はのんびりしていた。

「だったら、緊急避難のつもりで『映画研究会』に参加した方が」

「僕は彼らの力に頼らず、自分の力で監督になりたい。その方向で努力するよ。それでダメなら、そのときまた考える」

長内さん、甘いですよ。そんなことしてる間に、植草にどんどん差を付けられちゃうじゃないですか……。顕はそう言いそうになるのをやっと堪えた。

長内は顕の気持ちを察したように、ゆっくりと目を瞬いた。

「僕は甘いのかも知れない。しかし、僕が映画に惹かれるのは映画の持つ甘さと美しさなんだ。だから、しょうがないよ」

そして、両手を上げて大きく伸びをした。

「あ〜あ。中途半端に喰ったら腹減ってきた。これから山したへ行かないか？」

言われてみれば、顕もビールとつまみで食欲が刺激され、大いに腹が減っていた。

「何だか、猛烈にあそこのカツ鍋が喰いたくなりました」

「だろ？　今日の日替わりは何かなあ」

二人は軽口を叩きながら山したに向かった。

後日、長内がどのような処遇を受けることになるか、この日の顕は知る由もなかった。

第四章　結ぶ想い

16

「植草一、いよいよ監督昇格だってさ」

撮影所で顔を合わせるなり、大介が言った。

「聞いてるよ」

顕はセットの図面を見ながら答えた。現場に入る前に、照明機材の配置を決めなくてはならない。

「主演は日野すみれと芦田玲二だってさ。会社も相当期待してんだな」

日野すみれと芦田玲二は今をときめく青春スターだ。売れっ子の二人を使えるというのは、力のあるプロデューサーを植草に付けたからで、それこそ期待の表れだった。

助監督採用三年で監督に昇格するのは、太平洋映画始まって以来のスピード出世だった。その一報はたちまち撮影所中を駆け巡り、たった半日で隅から隅まで知れ渡った。

「ゴンちゃん、撮影始まったら、覗いてみようよ。あのスター気取りがどんな演出するのか、見てみてえや」

「そうだな」

大介だけではない。撮影所の誰も彼もが、植草の監督ぶりに興味津々なのだ。

顕は反射的に長内のことを思った。降板事件で懲罰人事を喰らい、次の作品ではセカンド助監督の地位からフォース、つまり一番下っ端に落とされてしまった。

本当なら、植草の次は長内さんが監督になれたはずなのに……。

自分のことでもないのに、思い出すと顕は悔しさが込み上げる。

そして、浜尾杉子も「無の航跡」の試写会以後、撮影所に姿を見せていない。脚本部を覗いたわけではないが、そういう話はあちこちから聞こえてくる。

もしかして、会社を辞める気なんじゃ……。

杞憂ではなかった。大いばりで脚本デビューの椅子に座った途端、ひっくり返されたようなものだ。どの面下げて脚本部に顔を出せるだろう。自分が杉子であっても、そんな屈辱に耐えられないと思う。

「ゴン、逆が弱い！」

畑山満男の声が飛んだ。カメラテストの最中に考え事なんかしていられない。

「はい！」

顕はあわてて役者の背面に置かれた照明機材に走った。

キーライトと呼ばれる強いスポットライトを被写体の片側から当て、反対側から抑えと呼ばれるフラットライトを当て、背面上部から逆と呼ばれるスポットライトを当てるのが照明の基本である。

逆の光は被写体の輪郭を目立たせ、背景から手前に浮かび上がらせる効果がある。人間なら髪の毛に艶（つや）を与えて質感を増すことが出来るし、光の強弱によって、画面の中の人物の存在感を変化させることも出来るのだった。

ちなみにスポットライトとは点光源で影の出来る照明で、フラットライトは面光源で影の出来ない照明である。

翌日はキャバレーのセット撮影だった。ミラーボールの光に照らされて、大勢の客が踊るシーンである。

ミラーボールは四角くシャープな光が特徴で、それを照明で再現しなくてはならない。満男は五キロワットのサンライトをセットのミラーボールに当てたが、光は丸みを帯びて、ミラーボールの光とは違っていた。様々に角度を変えるが、どうしても望むような光にならない。

サンライトは球の後ろに反射用のレンズがあり、発する光は途中で焦点を結んで交差して対象に照射する。そのため光が平行線にならないのだ。

悪戦苦闘する満男の横で、監督もカメラマンもジリジリしている。

顕はふとステージの扉に目を遣（や）った。外はピーカンで、太陽の光が照りつけているはずだ。

「満男さん、ステージの扉を全部開けて、入ってきた太陽の光を鏡でミラーボールに反射させたらどうですか？」

鏡は太陽光を平行に反射させる。四角いシャープな光が出来るのではないか。

「よし、それで行こう！」

満男は監督とカメラマンに顚の提案を告げた。

「分かった。おい、倉庫からデカい鏡、全部持ってこい！」

監督の意を受けて、大道具係が倉庫に走った。照明助手も助っ人で後に続く。

「光が入るぞ。ツブシ掛けろ」

カメラマンも助手に命じた。ツブシというのはカメラのレンズにフィルターを貼ることで、こうすると昼間でも夜の場面が撮影できる。フランスでは「アメリカの夜」と呼ばれている。

高さ一・七メートル、幅一・二メートルの大鏡が何枚も到着した。ステージの扉をすべて開け放ち、差し込んだ太陽の光を鏡で受けて三方向から反射させると、ミラーボール特有の四角いシャープな光が再現された。フロアで踊る客たちのシーンに、切れのある雰囲気が加わった。

本番が終了すると、どこからともなく拍手が起こった。

「やったな」

満男がポンと肩を叩いた。

顕ははち切れそうなほど嬉しく、誇らしかった。この撮影所に入って、第一助手に昇格したときと同じくらいに。


「カット！」

植草が声をかけると、リハーサルを見物していた撮影所の野次馬たちは、一様にポカンと口を開けた。続いて、呆れているのか感心しているのか判然としない、曖昧な溜息を漏らした。

「今の、十シーンくらいあったよな」

大介の問いかけに、顕は黙って頷いた。続けて大介は溜息交じりに吐き出した。

「十シーンでドンブリかよ」

ドンブリとはカットを切らずに撮影することだ。一つのシーンであっても、普通はいくつかのカットに分けて撮影される。ワンシーンワンカットでも「長回し」と言われるのに、十のシーンを切らずにワンカットで撮るとは、前代未聞だった。

大介はふと怪訝な顔をした。

「だけど、芝居全部で十二分はあっただろ。これじゃフィルムに収まんないぜ」

撮影用のフィルムは一本千フィートで、時間にして十一分ほどなのだ。

「どうする気だろ？」

「まあ、芝居詰めたり台詞切ったりで、時間内に収めるよりしょうがないよな。フィルムは長くなんないんだから」

顕は答えながらも、完成したらどんな映画が出来上がるのか、興味を引かれていた。前衛的すぎて独りよがりに終わるのか、それともこれまでにない強烈な個性を持った作品に仕上がるのか？

いずれにしても太平洋映画始まって以来の〝スター助監督〟の真価が問われることは間違いなかった。

翌日、顕が撮影所に行くと、植草組の噂で持ちきりだった。他の組付きのスタッフや役者たちにも植草組の撮影を覗いた者がいて、その口からもたらされた伝聞が、瞬く間に伝播したのだった。

「リハーサルで芝居、九分まで詰めたのに、本番でカメラ回ると、百フィートか二百フィートでNG出ちゃって……」

「一万フィート用意したのに、OK出ないまんま、フィルム終わったってさ」

「みんな八百とか九百残ってんのに、全部オクラだぜ」

仕方なくプロデューサーがフィルム課長の家に電話を掛け、倉庫を開けてもらって新しいフィルムを補充し、やっと本番を撮り終えたという。

「ワンカット撮るのに一万何千回したってか」

「すげえなあ」

高いフィルムをそれほど贅沢に使えるのは、やはり植草が会社から期待されているからだろう。

漏れ聞こえる噂話を耳にしながら、顕は植草がどんな作品を完成させるのか、ますます興味を引かれたのだった。


その一週間後、更なる驚きが撮影所を待っていた。

「ゴン、『溶ける岩』、クランクアップしたらしい」

「溶ける岩」は植草の初監督作品のタイトルである。

「まさか!?」

顕は耳を疑った。満男が嘘を言うはずはないが、信じられなかった。

確かに早撮りの名人と言われる和久雄太監督は、二週間で長編映画を一本、稀に一週間で一本撮ってしまうこともある。しかし、それは和久が経験豊富なベテランであり、同時に会社から娯楽映画を量産する監督であるとみなされているからだ。もし太平洋映画が和久の技量を正当に評価して、西館幹三郎ほどでなくとも、神谷透や宮原礼二と同等の評価を与えていたら、何が哀しくて早撮りなどするだろう。きっと十分な時間を掛けて、年に一本か二本、じっくり丁寧に撮りたいに決まっている。

そう考えると、せっかくの監督デビュー作を一週間足らずで撮り終えてしまった植草の行動は、理解しがたかった。会社は新人の植草に大物プロデューサーを付け、主役に有力スターを配し、フィルムの無駄な使い方も容認した。それほど植草を買っているのだ。それなのに、どうしてそんなに急いだのだろう。

そして、早々と試写会の日がやって来た。

試写室は物見高い希望者が殺到して、異様な混み具合だった。座席はすべて埋まり、立ち見はギュウギュウで立錐の余地もない。

最前列には植草と主演の二人、所長の宇喜多、プロデューサーの花本が座った。普段はそれ以外の人間は遠慮して座らないのだが、今日に限って和久や神谷、宮原など、錚々たる顔ぶれも陣取っていた。

顕は大介と一緒に壁際に押しつけられながら、前の見物人の後ろ頭越しに、ひたすらスクリーンに目を凝らした。

「溶ける岩」は何世代も続く名門一族の中で、忌まわしい因習に呑み込まれてゆく若者の悲劇を描いた作品だった。そこには明らかに、戦前、戦後の日本に対する痛烈な批判が盛り込まれていた。

当初は観念的な台詞の遣り取りに違和感を覚えたが、顕は次第に映画の世界に引き込まれた。奇抜と言えるほど風変わりな画面構成に目を奪われ、異様なまでの迫力に圧倒された。俳優が台詞を間違えても、かまわず場面が進行する。それがかえって緊張感を伴い、作品を引き締めていた。

試写が終わると、試写室の半分はどよめき、半分は溜息を漏らした。

宇喜多は、明らかに気に入らなかったらしい。笑顔も見せず、さっさと試写室を後にした。

「おめでとう。なかなか面白かったよ」

神谷と宮原は植草に握手の手を差し出した。

「ありがとうございます」

植草はそつなく頭を下げたが、その声は幾分冷淡に聞こえた。

「すごいもの作ったねえ。このシャシン、客入るかなあ？」

磊落（らいらく）に声をかけたのは和久だった。

「無理ですね、きっと」

和久と植草は楽しそうに笑い合った。その様子を見て、顕は植草が和久の助監督をやっていたのを思い出し、早撮りの手法は和久から学んだのだろうと思った。

「所長、機嫌悪かったよ。大丈夫？」

「だから六日で撮ったんです。覗きに来られる前に撮り終えようと思って。制作中止にされかねませんからね」

「良い度胸してるなあ」

和久は感心したように首を振った。

ヒットするかどうかは運次第だが、少なくとも「溶ける岩」は大評判になるだろう。

試写を見終わって、顕はそう確信した。


昭和三十四（一九五九）年三月に一般公開された植草一の初監督作品「溶ける岩」は大評判を呼んだ。前衛的でありながら大胆に感覚を刺激する映画手法が一般受けし、随所に盛り込まれた左翼的な政治主張が評論家受けした。

同時に、戦後盛んになった学生運動の盛り上がりにも後押しされ、「新世代を代表する傑作」という評価につながった。新聞や雑誌は争って植草一の記事を載せた。インタビューや対談記事を目にしない日はないほどだった。

「まさに映画スター並み……だとさ」

田辺大介は読んでいた新聞を放り出した。文化面には植草の顔写真が大きく載り、

〝まさに映画スター並み〟というキャプションが添えられていた。

「癪だけど、ホントだからしょうがねえな」

いや、映画スター以上だ……五堂顕は新聞を畳みながら自分の心に呟いた。

どれほどの大スターでも、俳優は基本的に「待つ」仕事だった。良い企画、良い脚本、良い監督が自分の元に来るのを待つしかない。監督は待たなくても良い。自分で企画を立てられるし、好みに合った脚本家や俳優を選ぶことが出来る。成功した俳優の中に自ら監督をして映画を撮る者が現れるのは、待つことに倦んだからだろう。

「お待ちどおさま」

「山した」の看板娘・堺由希が定食の盆を運んできた。顕は鯖の味噌煮、大介はトンカツだった。小鉢は炒り豆腐と菜の花の辛子和えだ。

「おお、季節感満点。さすが山した」

「大ちゃん、お世辞言っても負からないわよ」

ちなみに山したは照明部と大部屋（俳優部）の御用達、撮影部と録音部の行きつけは「きくや」なのだが、大介は由希に岡惚れしていて、顕と一緒の時は必ず山したで食事するのだった。

「長内さん、最近来てる？」

箸を割って顕が尋ねた。

「ええ。でも、仕事が忙しいみたいで、前ほどじゃないわ」

由希はわずかに顔を曇らせた。

長内浩は植草と同じく将来を期待された助監督だった。特に脚本の力が優れていて、色々な監督から頼まれて書いていたが、戦争映画の撮影に付くことを拒否して、セカンドからフォース、つまり一番下っ端に落とされてしまった。どのスタッフも下になればなるほど仕事が増えて忙しい。フォースの仕事をこなしながら、同じペースで脚本を書くのは難しいだろう。以前は毎日のように山したのテーブルで原稿用紙を広げていたのに、最近ほとんど姿を見かけない。

「昇格祝いに長内さん誘って、パーッとやりたかったんだけどな」

大介が脇に置いた台本に目を落とした。先ほど二人で制作部に寄ってもらってきたものだ。

この春、顕は照明技師に、大介はカメラマンに昇格した。これで共に一本立ちしたわけである。二人が担当する記念すべき第一作が「舟幽霊の呪い」……夏公開の怪談映画だ。

「去年なら、みんなで吉原に繰り出せたのに。一年遅かったよなあ」

大介が声を潜めて耳打ちし、顕は思わず苦笑した。去年の四月一日から売春防止法が施行され、公娼制度は消滅した。それを残念がる男性は、この二人の他にも大勢いた。

「ロケハンしないとな」

顕は台本をパラパラとめくりながら言った。

乗り物や旅館の手配はプロデューサーの仕事だが、どういう画を撮るかは監督とカメラマンでなくては分からない。同じ海でも太平洋と日本海と瀬戸内海では色が違う。海辺の景色は千差万別だ。何県のどこの海でロケするか決まったら、先乗りして照明の調整をしなくてはならない。

「加納監督だから、千葉や江ノ島ってことはないよ」

大介の言葉に、顕も頷いた。

加納進は和久雄太の一番弟子で、娯楽作品を撮り続け、最近ヒットを連発していた。怪談映画は夏の稼ぎ頭でもあるから、会社も潤沢な予算を付けるはずだった。

入り口の戸が開いて、長内が入ってきた。

「お久しぶりです」

顕が片手を挙げて声をかけると、長内は白い歯を見せて微笑んだ。少し痩せたようだが、表情に暗さはなかった。

「五堂君、田辺君、昇格おめでとうございます。さっき、制作部で聞きました」

見れば長内が小脇に抱えているのは「舟幽霊の呪い」の台本だった。

「僕も加納組に付くんですよ。よろしくお願いします」

長内は握手の手を差し出した。顕も大介もその手を握った。長内には何の屈託も見受けられなかったが、顕の心は晴れなかった。一方で植草がスター扱いされているというのに、長内は怪談映画の助監督をやらされている。理不尽に思えて仕方なかった。

長内が空いているテーブルに腰を下ろすと、由希が素早く水とおしぼりを運んできた。

「久しぶりじゃない。ちゃんと栄養とってる？」

「いやあ、それがあんまり。何しろ忙しくて……」

「トンカツ定食にしなさいよ。納豆おまけしてあげるから」

「それはありがとう。お願いします」

二人の遣り取りに、大介がまたしても口を尖らせた。

「ちぇっ、依怙贔屓してやンの」

「しょうがないよ。長内さん、苦労してんだから」

顕は年下の由希が長内に姉さん女房のような口を利くのが微笑ましかった。少なくとも山したにいる間、長内は嫌なことを忘れていられるだろう。

「植草一の次回作、『平家物語』に決まったそうだ」

照明部の部屋で畑山満男からその話を聞かされたのは、加納組が「舟幽霊の呪い」のロケに出発する前日だった。

「『平家物語』って、祇園精舎の鐘の声……ですか？」

顕はにわかには信じられなかった。あのラジカルな「溶ける岩」でデビューした植草が、二作目に古典文学の傑作を選ぶとは。

「どういうつもりなんでしょう？」

「さあな。しかし、本人には勝算があるんだろう。あれは負ける勝負はしない男だ」

言い得て妙だ、と顕は感心した。植草一を一言で表すのに、これほど相応しい表現はないだろう。

「とにかくゴン、今度の映画は技師昇格の記念すべき第一作だ。余計なこと考えずに頑張れよ」

「はい！」

満男は上着のポケットから祝儀袋を取り出し、ポンと顕の掌に載せた。

「うちのから、お祝いだ」

「すみません。ありがとうございます。よろしく仰って下さい」

満男の妻・波子は山したの主人夫婦の姪で、照明部の初代マドンナだった。顕も良くしてもらった。厚意はありがたく受け取って、ロケ地で珍しい土産でも買って贈ろうと思った。

「舟幽霊の呪い」のロケ地は山口県下関市の彦島に決まった。県の最西端に位置し、風光明媚でありながら大正時代に三菱の造船所が建設されており、電力も豊富だった。海岸に沿って旅館が軒を並べる一角は、料亭や女郎屋の建ち並ぶ色街に見立てることが出来る。

監督の加納が満足そうに頷いた。

「明日、海辺の大ロングショット撮るぞ。沈む夕日を浴びながら、五郎が海辺と色街の間を自転車で走り抜けるシーンだ」

五郎は主人公の名前である。出世のために恋人を殺し、入水に見せかけるが、女の怨霊に呪い殺されるというストーリーだ。

翌日、照明係全員で分担を決め、サイドライトを担いで各家を訪問し、灯入れの許可を求めた。当時はフィルムの感度が悪く、商店街の灯りや住宅の灯りでは感光しなかったため、サイドライトで光量を増強することが必須だったのだ。

「撮影も大変ですねえ」

ほとんどの旅館は快く許可してくれたが、間の悪いことに顕が訪ねた旅館は、海に面した広間で宴会が始まっていた。

「お楽しみの最中に、大変申し訳ありません。でも、家の窓辺に灯る光が道行く人にこぼれる、にぎやかな雰囲気を作りたいんです。どうか、このサイドライトを付けさせて下さい」

顕は照明の説明をして頭を下げた。

「まあ、島の宣伝にもなるし、良いか」

多少迷惑そうではあったが、承知してくれた。幸いなことに、そこは島の観光協会の職員の宴席だったのだ。

しかし、顕は窓を見てもう一つ問題にぶち当たった。窓ガラスが素通しなのだ。これでは光が強すぎる。

顕は壁際の襖を少し開け、中に寝具があるのを確認して、宴席の人々に向き直った。

「もう一つお願いがあります。押し入れの敷布を窓ガラスに貼らせていただけませんか？　柔らかい光が欲しいんです」

さすがに客たちは渋い顔をした。

「今、宴会やってんだよ。そんな面倒臭いこと……」

「ご無礼は重々承知しています。でも、そこを何とかお願いします」

顕が頭を畳にこすりつけると、中の一人が声を張った。

「ようし、分かった。その代わり、俺の酒を受けてからだ」

目の前に盃が差し出された。

「ありがとうございます。いただきます」

顕は盃を干した。すると、別の男も盃を差し出してきた。

「俺の酒もだ」

それから、次々に目の前に盃が差し出された。中にはコップを持っている者もいる。人数は二十人近い。

ど、どうしよう……!?

顕は何食わぬ顔をしながらも、内心非常に焦っていた。

「ごめん下さい」

ハッとして声の方を振り返ると、長内だった。

「技師さん、監督がお呼びですよ。日没まで時間がありません」

「す、すみません。あのう、今、取り込んでて……」

長内はその場の様子を見て、すぐに事情を察したようだった。

「皆さん、彼は照明の責任者で、撮影に立ち会わなければなりません。その盃は、僕が代わりに受けさせていただけませんか？」

「分かったよ、兄さんたち。俺たちも手伝うから、さっさと仕事を片付けちまいな」

長内の真摯な態度に、客たちも悪ふざけを反省したらしい。シーツ貼りを手伝ってくれ、灯入れの準備はすぐに整った。撮影現場に小走りで戻りながら、顕は感動していた。

「長内さん、ありがとう」

「お互い様だよ」

一斉に灯ったライトに照らされ、夕景のシーンは大成功だった。


翌日は、海に落ちた五郎が殺したはずの女の幽霊に抱きつかれ、無我夢中でナイフを振るうシーンの撮影だった。

テストでは幽霊役の女優の代わりにマネキン人形が海に浮かべられた。そして、主役の俳優の代わりに海に入ったのは、長内だった。

長内は表情も変えずに海に入ると、ナイフでマネキンを突き刺す身振りを繰り返した。春とはいえ水は冷たい。長内はウエットスーツを着ていたが、テストを繰り返すうちに唇(くちびる)が紫色になってきた。顕は見ていられなかった。どうしてこの人がこんな目に……。

顔を背けた途端、更に信じられない光景を目にした。

こちらに歩いて来るのは植草一だった。悠然たる足取りで、プロデューサーの花本と女優の日野すみれを両脇に従えて。

カメラ、ライト、マイクなど撮影機材は海に浮かべた小舟に積み込まれ、スタッフもそれぞれ分乗していた。海からは海岸が良く見通せるのだ。

ああ、どうかこっちに来ませんように。あっちの方へ行きますように……。

顕は必死に念じたが、願いも虚しく三人は近づいてきて、波打ち際で立ち止まった。

「ここ、良いんじゃない？　壇ノ浦の海戦」

花本の提案に、植草は周囲の風景に目を凝らした。

「現地じゃダメなのかな？」

「抜きなら良いけど、全編ロケはキツいな。潮の流れが速いし、変わりやすい」

そして窺うように植草の顔を見た。

「気に入らない？」

「いや、そういうわけじゃないけど……あの岩ね」

植草が海岸の大岩を指さすと、花本は大げさに顔をしかめた。

「もしかして、邪魔だからどけろっていうわけ？」

「まさか。俺は黒澤明じゃないよ」

植草は苦笑を漏らした。

「それより、壇ノ浦はクライマックスなんだ。海一面が舟で埋まるくらいのシーンにしたい」

「大丈夫だって。『溶ける岩』の大ヒットの後だからね。会社も予算はバッチリ付けるって」

植草は日野すみれをふり向いた。

「日野君は、入水シーンは大丈夫なの？」

「もちろんです。私、スキューバダイビングの経験あるんですよ。スタントなんか使いません」

「それは頼もしいな」

「監督のためなら、たとえ火の中水の中、ですよ」

すみれはチャームポイントの大きな瞳をパチパチと瞬かせて微笑んだ。「溶ける岩」の撮影中に、二人が恋愛関係になったというのが撮影所でのもっぱらの噂だった。

三人は再び歩き出し、海岸をブラブラと散策しながらロケ現場から遠ざかった。

顕はホッとすると同時に、なぜかバカにされたような気がした。

それというのも、目の前で海中ロケが行われているのは歴然としているのに、植草が目を向けようともしなかったからだ。それに合わせて、花本もすみれもまるでロケ隊などいないかのように振る舞っていた。つまり、完全に無視されたわけだ。

確かに「舟幽霊の呪い」は夏休み向けの怪談映画で、植草から見たら三流作品かも知れない。しかし、同じ撮影所の仲間が撮っている映画なのだ。会釈を送るとか、手を振るとか、何かあっても良いじゃないかと思う。

「はい、テストＯＫ！」

助監督の合図で、長内はナイフを収め、一番近くにいた照明スタッフの小舟まで泳いできた。

「お疲れ様でした！」

スタッフが手を貸して長内を舟に引っ張り上げた。

「大丈夫ですか？」

顕はバスタオルを手渡した。近くで見ると顔色が真っ白に見える。随分冷えたに違いない。

「ありがとう。さすがにまだ海は冷たいね」

そのとき、撮影スタッフの舟が近くへ漕ぎ寄ってきた。

「これ、どうぞ」

大介が長内に差し出したのは白金懐炉だった。すでに発熱していて温かい。

「ありがたい。助かります」

「大ちゃん、気が利くね」

顕は大介の気遣いに感動した。長内に同情しているなら懐炉くらい準備しておくべきだったのに、そういう方面にまるで頭が回らないのが情けない。

「でも、あいつホントに嫌味だよな」

大介がそっと耳打ちした。顕と同じことを考えていたらしい。

「何様のつもりだよ」

顕は小声で囁き返し、チラリと長内を見た。寒さで青ざめているが、その表情に屈辱は浮かんでいない。

良かった。長内さんはテストに夢中で、植草たちに気が付かなかったんだ。

不運を託つ長内が更なる災厄を免れたことに、顕はホッと胸を撫で下ろした。

17

顕は新宿のタカノフルーツパーラーに駆け込み、素早く店内を見回した。中央の席に座っていたみのりはすぐに気が付いて、片手を上げた。

「ごめん、待った？」

「ううん、ちっとも」

恋人同士の定番のような会話がちょっぴりこそばゆいが、それがまた嬉しい。

みのりは自分の髪に付けた、ミッチーブームの名残の白いヘアバンドを指さした。

「顕さん、ご成婚パレードはロケで見られなかったから、お福分けよ」

「ところが彦島にもテレビはあるんだ。バッチリ見たよ」

四月十日の皇太子ご夫妻のパレードは、沿道に五十三万人の人が集まった。世紀の一大行事を見ようと、顕たちもロケを一時中断してテレビ中継に見入ったのである。

「ねえ、映画、どれにしましょう？」

「そうだな……」

みのりはかつて「海女の初恋」のロケで訪れた鳥羽の旅館「磯野」の娘だった。映画のロケ隊と間近に接するうちに「映画の仕事をしたい」という希望が芽生えたらしい。高校を卒業するとマックスファクターに就職し、メイキャップ技術を学んでこの春、太平洋映画の美粧係の一員に採用された。

顕の母はみのり母子と年賀状や暑中見舞いの遣り取りを続けていたので、みのりが上京したときは、顕と三人で、日活ホテルで就職祝いをした。それ以来、互いの休みの日には誘い合って映画や食事を共にするようになった……顕の休みは不定期なので、せいぜい月に一度か二度だったが。

不思議なもので、顕は東京でみのりと再会した瞬間「ああ、この娘と結婚するんだな」という予感がした。胸がときめいたわけでも、一目で心を奪われたわけでもない。それなのに、山手線の次の駅がどこか分かるように、みのりと結婚するのが既定路線のように感じられたのだ。

みのりと初めて仕事をしたのは一週間前、ロケから帰ってすぐの、スタジオでのスチール撮影だった。

主演女優はすでに三十半ばで、目の下のクマが目立ち始めていた。みのりはクマを消そうと、コンシーラーを塗った上から更にハイライトを塗ろうとした。

「ちょっと待って」

顕は思わず声をかけた。

「塗らなくても大丈夫。塗りすぎるとかえって浮いちゃうから」

「え？　でも……」

「大丈夫。見ててごらん」

顕はライトを調節して女優に当て、見事クマを「飛ばし」て見せた。みのりはアッという顔になった。

撮影が終わると、顕のそばに飛んできて「ありがとうございました！」と最敬礼したので、スタジオ中が柔らかな空気に包まれた。

「あのときはホントにビックリしたわ。それまでのメイクに対する考えが百八十度変わったくらい」

　みのりはフルーツポンチをスプーンで口に運び、じっと顕の顔を見つめた。

「百八十度って、どんな風に？」

「それまでは俳優さんにカメラの前に立ってもらう前に、メイキャップを百パーセント仕上げるのが美粧係の仕事だと思っていたの。でも、そうじゃなかった。メイキャップは光が加わって初めて完成するものなんだって、よく分かったわ」

　顕は思わず微笑んだ。我が意を得たりという気がした。メイキャップだけではない。衣装も、髪の毛も、家具も、風景も、すべて光によって完成するのだ。

「私、あれからますます顕さんのこと尊敬しちゃった」

「ますますは大げさだな。見直したってとこだろ？」

「まあね」

　二人はまた明るい笑い声を立てた。

「でも、顕さんのおかげで光を見ることの大切さを教わったわ。カメラを通した映像はすべて、光によって表情が変わってくる……。それが分かって、本当に感謝してるのよ」

　顕は黙って頷いた。照明の仕事がみのりとの距離を近づけてくれたことが、素直に嬉しかった。

と、みのりは何を思い出したのか、眉間に皺を寄せて顔をしかめた。

「でも、宮原監督っていじわるな人ね」

顕は宮原礼二と衣笠糸路、浜尾杉子にまつわる軋轢を思い出した。そう言えば今月から新作の撮影に入っているのだった。

「いじわるっていうのとはちょっと違うけど、気難しいことは確かだな。まあ、一流の監督なんて、みんな気難しいもんだけど」

「だって、昨日の撮影、冬のシーンでストーブ焚いてるから、セットが蒸し風呂みたいで、私、カットが掛かる度に常盤ミナさんのメイクを直さないとならなかったの。次は庭で犬が吼えるシーンだったんだけど、そしたらバカにしたみたいに笑って『犬もメイキャップしなくて良いのか？』なんて言うのよ。スタッフの人たちも一緒になって笑うし……私、口惜しくて」

いかにも宮原の言いそうな皮肉、というかイヤミだと思った。

「まあ、気にするなよ。宮原監督はああいう人なんだ。いちいち気にしてたら、仕事にならないよ」

顕は腕時計に目を落とした。映画の上映時間が迫っている。

「じゃあ、そろそろ出ようか」

伝票を取って促すと、みのりもしかめっ面を楽しそうな顔に変えて立ち上がった。

翌日、顕は制作部に顔を出して次回作の台本を受け取り、撮影所の食堂の二階にある喫茶室に入った。そこで、思いがけない顔を見付けた。

「お杉！」

窓際の席に座っていた杉子がパッと顔を上げた。意外にも、杉子の顔は明るく、かつての生気が蘇（よみがえ）っていた。

「どうしてたんだ。心配したぞ」

顕は返事も待たずに向かいの席に腰を下ろした。

「ごめん。くさくさしてて、ずっと撮影所にも来なかったし」

「でも、元気そうで安心したよ」

顕はウエイトレスにコーヒーを注文してから尋ねた。

「あれから、どうしてた？」

「少女小説の懸賞に応募したら、当選してね。賞金もらってからも仕事頼まれたりして、結構小遣い稼ぎしたわ」

杉子はペロリと舌を出した。

「でも、他の連中もアルバイトしてるんだから、お互い様よね」

「お杉の実力なら少女小説くらい朝飯前だと思うよ。で、これからどうするつもり？」

杉子は一呼吸置き、挑むような目を向けて言った。

「私、テレビに行こうと思うの」

「テレビ？」

顕はオウム返しに問い返した。それほど意外な、夢にも思ったことのない発言だった。

「何だって急に、あんな……」

「電気紙芝居にって言いたいんでしょ」

杉子は唇の片端を吊り上げ、皮肉に笑って見せた。

確かにテレビ放送は昭和二十八（一九五三）年から開始され、街頭テレビのスポーツ中継は人気を集めた。その二年後には神武景気によって、電気洗濯機、電気冷蔵庫、テレビが「三種の神器」と呼ばれるまでになり、家庭に普及し始めた。そして昨年から今年にかけてはNHKのみならず、民放各局も開設されて放送がスタートし、四月の皇太子ご成婚パレードを契機にテレビの売り上げは大幅に拡大した。

しかし、この年（一九五九年）の観客動員数十一億二千七百万人強、史上最多を達成した映画界には、テレビなどまるで眼中になかった。放送開始直後からテレビを揶揄して使われた「電気紙芝居」という蔑称もまだ健在だった。

「お杉は怒るかも知れないけど、やっぱりテレビは映画と差があると思う。中身以前に、映像はまったく子供だましだよ」

　大きなスクリーンで観る映像と茶の間のブラウン管で観る映像は、次元が違うと思っていた。あんな小さな画面では、細かい表現が生きないではないか。第一、映画とテレビでは美術やセット、そして照明の水準に大きな差があった。

「そうね。改善の余地があることは認めるわ。でも、私は映画よりテレビの方に大衆娯楽の将来性があると思ってるの」

　杉子は自信たっぷりに胸を反らした。

「わざわざ映画館に行かなくても、茶の間で毎日映画やスポーツや歌謡ショーが楽しめるのよ。この手軽さこそ、大衆娯楽の強みだわ」

「そうは言うけど、テレビは所詮本物に敵わないよ。劇場で観る映画や演劇、生のコンサート、野球や相撲……あの小さな画面じゃ、迫力が全然違う」

「確かにその通りよ。でも、テレビの手軽さはその欠点を補って余りある利点じゃないかしら。毎日家で夕ご飯を食べながら観られるのよ。それなら、本物の迫力に及ばなくても仕方ない……いいえ、日常生活の一部に組み込まれるなら、むしろ、本物の迫力は必要ないのかも知れないわ」

　顕にはまったく予想外の発言だった。画面に本物の迫力を出すために、日夜苦労しているというのに。

「ねえ、ゴンちゃん、考えてよ。仕事が終わってから、毎日映画や演劇や野球場に出掛けるのって、疲れるでしょ。日曜日や休みの前の日なら出掛けるのも良いけど、毎日は大変よ」

杉子は顕が自分の言葉を理解するのを待つように、少し間を置いてから先を続けた。

「映画はお客さんに夢を与えるものだと思う。銀幕だものね。でもテレビが目指してるのは夢じゃない。日常生活の延長よ。隣の家の茶の間や庭を見せることよ」

おぼろげながら、杉子の言わんとすることは理解できた。

「……つまり、テレビと映画は競合しないわけ？」

「難しいわね」

杉子は眉間に皺を寄せた。

「今のところは、確かにその通りだけど、いつかは変わるんじゃないかしら。だって、映画だって最初は『役者が板の上でなく、土の上で芝居をしている』ってバカにされたけど、そのうち演劇を抜いて娯楽の王様になってしまったもの」

「それはちょっと同意できないな。お杉の希望的観測だと思うよ」

「そうね。映画の世界にいる人がそう思うのは当然だわ」

杉子は気を悪くする風もなく頷いた。

「でも、テレビにはもう一つ、映画にはない利点があるわ。分かる？」

「さあ……？」

「時間よ」

杉子は挑むような目で顕を見た。

「映画の上映時間は二時間か、長くても三時間がやっと。例えば長編小説を映画化するなら、その時間に収まるようにストーリーを切り詰めないといけない。二部作、三部作にするって術もあるけど、その場合は続きを観るまで半年も待たされてしまう。でも、テレビなら時間軸に沿ってドラマを作ることが出来るのよ。連続ドラマにすればね」

顕は一瞬虚を突かれて「あっ」と思った。なるほど、テレビにはその術があったか……。

杉子はニヤリと笑った。してやったりという顔だった。太平洋映画に入ってからはめっきり見なくなったが、学生時代の杉子は相手をやり込めると、よくこんな風に笑ったものだ。この笑顔を取り戻しただけでも、テレビへの転身は杉子には幸いなのかも知れない。

「ただ、テレビドラマの水準がまだまだ低いことは認めるわ。去年放送された『私は貝になりたい』は絶賛されたけど、あれはまだ例外ですものね」

前年に放送されたラジオ東京テレビ（後のＴＢＳ）で放送された「私は貝になりたい」は話題を呼び、この年の四月には東宝が映画化して全国で公開された。後年、テレビドラマが映画化されるのは珍しくなくなるが、その嚆矢となった作品である。

「それにね、ゴンちゃん。テレビの視聴者って、主婦が多いのよ。ご主人が会社に行ってる合間にも観られるし。だから、女性の脚本家が活躍する余地は十分にあるわけ。『女心が分かるのは女です。だからあなたに書いてほしいんです』って、プロデューサーに言われたの。嬉しかったわ」

杉子は邪気のない笑みを浮かべた。その目に久しく消えていた希望の光が灯っているのを見て、顕は素直に杉子の前途を祝福する気持ちになった。

「良かったな。成功を祈ってるよ。ま、お杉の実力なら絶対だと思うけど」

「ありがとう。私、絶対にテレビで成功するからね」

杉子と別れて喫茶室を出ると、顕はまっすぐ美粧係の部屋に向かった。

太平洋映画では美粧、結髪、床山はそれぞれ独立した建物に分かれ、その三軒は撮影所の隅に固まって建っていた。

みのりは同僚と部屋にいて、運良く仕事は入っていなかった。

「ちょっと、いい？」

「ええ」

同僚に断って席を立ち、顕について外に出た。目の前には噴水のある小公園が広がり、木立の向こうには編集部の大きな建物が覗いていた。

噴水の縁に並んで腰掛けると、顕は世間話でもするような口調で切り出した。

「みのりちゃん、良かったら結婚しない？」

みのりは唖然とした顔で口を半開きにした。

「前から言おうと思ってたんだ。時期は、君の都合の良い時でかまわないから」

みのりは驚きのあまり溜めていた息をホウッと吐き出してから、まじまじと顕の顔を見つめた。

「それ、プロポーズなんでしょ？」

「もちろん」

みのりは外国人のように両手を肩の辺りに上げ、大きく首を振って口を尖らせた。

「顕さんって、活動屋さんのくせにムードゼロね。『夕陽の波止場』の峰岸明彦は、月夜の晩に常盤ミナを波止場に誘って、ダイヤの指輪を差し出すのよ」

「波止場シリーズ」は峰岸明彦のヒット作で、現在第五作を撮影中だった。派手なアクションとキザなセリフが売り物だが、男性のみならず女性にも人気があった。

「じゃあ、返事だけでも聞かせてくれよ。イエスなら、月の出る晩にもう一度やり直すから」

みのりはプッと吹き出した。

「バカね。イエスに決まってるじゃない」

顕も思わずホッとして頬を緩めた。ＯＫしてくれると信じていたが、やはり承諾を得ると安心する。

なぜ、今日、急に思い立ってみのりにプロポーズしたのか、自分でもよく分からない。ただ、杉子の転身の決意を聞いて、心に弾みが付いたような気がする。新しい一歩を踏み出すなら、今日をおいて他にない……そんな気持ちだろうか。

「で、いつにする？」

「そうねえ……」

みのりはやや上向き加減になって宙を見据え、右手の指を折った。頭の中で撮影スケジュールを思い浮かべているらしい。

性急なプロポーズだったにもかかわらず、拗ねたり、もったいを付けて「私のどこが好きなの？」などと訊いたりしないのが、とても好もしく思われた。自分の女を見る目は確かだったと、みのりを見て今更のように自信が湧いた。

「今付いている宮原監督の撮影、終わるのが早くても来月ですって。だから、それ以降でないと……」

「うん。俺も今の大宮組が、来月まで掛かると思う。どっちにしても、再来月まではお互い動けないってことで」

「それで、ねえ、顕さん」

みのりが何か思い詰めたように顔を引き締めた。

「私、結婚してからも今の仕事を続けたいんだけど、良いかしら？」

「もちろん」

顕は大きく頷いた。

「俺は映画が好きで、照明の仕事に入った。君も映画の仕事がしたくて美粧係になった。二人の縁は映画が取り持ってくれたようなもんかも知れない。お互い、大事にしよう」

「ああ、良かった。それだけが心配だったの」

みのりは晴れ晴れとした顔で笑った。その笑顔にこれまで以上の愛しさを感じて、顕は甘く切ない思いで胸がいっぱいになった。

「まあ、おめでとう！　良かったねえ！」

みのりと結婚することを話すと、治子はパッと顔を輝かせ、両手を合わせて小さく拍手した。

「みのりちゃんなら大賛成よ。あんた、良くやったじゃない」

そして、ちゃぶ台の向かいで夕刊を読んでいる晋作に顔を向けた。

「お父さん、聞いたでしょ？」

晋作は黙ったままだ。頷いたのかも知れないが、新聞に隠れて見えなかった。

去年銀行を定年退職し、今は保険会社に雇われて経理の仕事をしている。治子に言わせると「次の仕事が見付かってホントに良かったわ。お給料は安いけど、そんなことどうでも良いの。一日家に居られて仏頂面されたら、こっちが堪んないわよ」だった。

「それで、母さん、結婚してからのことなんだけど……」

顕は美粧の仕事を続けたいというみのりの希望を伝えた。

「そりゃあ、そうよね。苦労して勉強したんだもの、そう簡単に辞めたくないわよ」

治子が情のこもった口調で同意すると、晋作が吐き捨てるように呟いた。

「田舎の旅館の娘と共稼ぎか。破れ鍋に綴じ蓋ってやつだ」

顕が「どういう意味だ？」と言う前に、治子がバンッと大きな音を立ててちゃぶ台を叩き、怒声を放った。

「偉そうに！　あなたはいったい何様ですか！」

これまで母が面と向かって父に声を荒らげたことはない。顕は驚いて治子の顔を見返した。その顔は、完全に形相が変わっていた。

「素直で優しい、きれいな娘さんが、大して出来の良くないうちの息子を結婚相手に選んでくれたんですよ。ありがたいと思わないんですか？　あたしはありがたくて、みのりちゃんに手を合わせて拝みたい気持ちですよ」

治子はまなじりを決して、ちゃぶ台越しに晋作に詰め寄った。しかし、憮然とした晋作の顔に浮かんだのは、明らかに軽蔑を含んだ冷笑だった。

それを見て取った治子の顔からは、拭ったように怒気が引いた。代わりに表れたのは、晋作を上回るほどに冷たく、軽蔑を露わにした表情だった。

「ああ、そうですか。分かりましたよ。あなたの息子は貴だけで、顕は橋の下から拾ってきたとでも思ってるんでしょう。そんなら、もうあたしたちが夫婦でいる理由もありませんね。貴は死んでしまったんだから」

治子は不気味なほど冷静な口調で言うと、きっと顕を振り向いた。

「顕、支度しなさい。お母さんと一緒にこの家を出て行こう」

顕は余りに急激な展開について行けなかったが、胸に広がってゆくのは困惑より爽快感だった。

一方の晋作はさすがに動揺を隠せずにいた。戸惑ったように瞼をパチパチと瞬かせ、治子の顔を見直している。

治子はすっくと立ち上がると、取りつく島もないほど冷たい目で晋作を見下ろした。

「最後に一つだけ言っておきます。貴は可哀想でした。不幸せでした。お父さん、あなたのせいですよ」

晋作が一瞬ハッと息を呑んだのが分かった。

「あなたは江戸の仇を長崎で討てとばかりに、貴に猛勉強させて、立身出世だけを目標にさせた。その甲斐あってあの子は三中、一高、帝大とまっしぐらに進みました。でも、そのせいで子供らしい楽しみを何一つ知らないまま大人になってしまった。一高に入ってからも、学生らしいバンカラやバカ騒ぎとは無縁でした。そして、帝大に入っても相変わらず勉強ひと筋だったのに、結局戦争に取られて……」

治子は一瞬声を詰まらせたが、すぐに冷静な口調を取り戻した。

「あたしは後悔してますよ。あんなに短い一生だったんだから、うんと楽しい思いをさせてやれば良かった。あの子は、世の中の楽しみをほとんど知らずに死んでしまったんです。きっと、女も知らなかったでしょう。この世を離れる最後の瞬間、あの子の頭にどんな想いが浮かんだかを考えると、あたしは可哀想で胸が張り裂けそうになるんですよ」

晋作はプイと顔を背けた。声に出さずとも胸の中で「お前らに何が分かる」と毒づいているのが分かった。

治子は軽蔑しきった顔で唇を歪め、冷笑を浮かべた。

「あなたも可哀想な人だと思うけど、あたしはもうウンザリです。ほとほと愛想が尽きましたよ」

そして顕を見ると袖を引っ張って「行こう」と促した。顕は治子の後について階段を上がった。この様子を撮影したら、形容詞は「いそいそ」だろうと、頭の隅でチラリと思い浮かべた。

「あ〜、せいせいした」

治子は顕の部屋に入ると大きく伸びをした。

「結婚以来ほぼ三十五年、今日という今日は堪忍袋の緒が切れたよ。思いっきり言いたいこと言って、スッキリした」

治子は畳に横座りになった。顕も向かいに胡座をかいた。

「でも、母さん、これからどうすんの？」

「ま、今日はもう夜だから、泊まるしかないわね。明日になったら借家を探してくる。あんたとみのりちゃんと三人で暮らせるくらいの」

「大丈夫？」

「もちろんよ。任せなさいって。不動産屋の木田さんの奥さんとは、町内会の役員同士だし」

　そして、キチンと座り直すと表情を引き締めた。

「あんたとみのりちゃんが結婚したら、お母さんがおさんどんするよ。二人とも一日働いて疲れてるだろうから。子供が生まれたら子守もする」

「彼女、子供が生まれた後も仕事続けるのかなあ？」

「それはその時になんないと分からないけど、いずれにしても女手はあった方が助かるのよ。赤ちゃんの世話は大変だからね」

　それから思い出したように膝（ひざ）を打った。

「そうだ、ミシンも運ばないと。男手が要るわね。暇が出来たら洋裁の内職しようと思うの」

　顕はつい苦笑した。生活力があるというのか脳天気というのか知らないが、とにかく自分の今までの幸福は、この楽天的で肝の据わった母親に負うところが大きいと、改めて感じ入った。

18

「……というわけでね、お袋と家出する羽目になっちまった」

顕がおおよその経緯を語り終えると、田辺大介が大仰に溜息を吐いて首を振った。

「いやあ、役者だなあ。目に浮かぶよ、ゴンちゃんのお袋さん」

「それで、お住まいはもう決まったの？」

食べ終わった定食の盆を下げにきた山下まつが尋ねた。

「多分、お袋が見付けてると思います。近所の不動産屋の奥さんと仲が良いんで」

「それで、式はいつ？」

今度は大介が訊いた。

「秋になると思う。今の仕事が終わって、彼女の方はそれから色々支度があるみたいだから」

「まあ、女は結婚式が人生の花道だからなあ。ウエディングドレスか文金高島田か、どっちにするかで揉めてない？」

「揉めないよ。俺はどっちだって良いし」

「そういう態度じゃ、みのりちゃんが拗ねるぜ。『私の話を真剣に聞いてないのね』って」

「大ちゃん、詳しいな」

「まあね。女心なら任しとけ……って言いたいとこだけど、秋の空だよなあ、まったく」

大介がぼやいたのは、今日山したに来る早々、まつの口から看板娘の堺由希が長内浩と電撃結婚したと告げられたからである。

「ねえ、仙ちゃん、いったいどういうことなんだよ？」

大介は一つ置いたテーブルで焼き魚定食を注文した足立仙太郎の方へ首を伸ばした。

仙太郎は俳優部所属、俗に言う大部屋のベテラン俳優で、由希の父親だ。今日も仕出しの合間に食事を摂りにきたらしく、カツラこそ付けていないが時代劇の捕り方の扮装をしていた。

「あたしもビックリですよ。何しろいきなり『結婚します』なんだから」

仙太郎はドーラン焼けした顔をしかめた。

「何となく、二人が憎からず思っている雰囲気は感じてたけど、まさかこんな急だとは思わなかった」

顕が言うと、大介が口惜しそうに湯飲みをテーブルにドンと置いた。

「人は見かけによらねえよな。あのとっぽい長内さんが、これほど女に手が早いとは思わなかったよ」

「そんなこと言ったら長内さんが気の毒だよ。元々二人は相思相愛だったんだから」

「技師さんの言う通りですよ。長内さん、このところずっとついてなかったから、うちのがすっかり同情しちまって……」

仙太郎は言いかけてふっと口をつぐんだ。

「めでたい話なんでしょうが、あたしはやっぱり心配なんですよ。釣り合わぬは不縁の元と言いますからね」

「何が？」

顕が問い返すと、仙太郎は言いにくそうに口を開いた。

「あちらは何と言っても旧帝大卒の学士様ですよ。うちのは、あたしの不徳の致すところで中学しか出てません。夫婦になって、ちゃんと務まるかどうか……」

「長内さんはそんな了見の狭い人じゃありません。由希さんの聡明さ、明るさ、気働きの良さ、そういう美点をキチンと認めたからこそ、プロポーズしたんです。仙太郎さんの見方は偏見ですよ。長内さんには失礼だし、由希ちゃんには可哀想です」

顕は青臭いと思いながらも、ついムキになった。長内のことは好きで尊敬していたし、由希には親近感を抱いていた。その二人の幸せが無謬であってほしかった。

「技師さん、ありがとうございます。そう言っていただけると、気が楽になります」

仙太郎は嬉しそうに頭を下げた。由希に言わせれば「あっちこっちに情婦を作ったどうしようもない父親」だが、俳優としては折り目正しく、顕が助手の間は皆と同じく「ゴンちゃん」と気安く呼んでいたのを、照明技師に昇格した途端「技師さん」と呼び改めた。あの時はくすぐったくもあったが、誇らしくもあった。

「でも、うちは災難よ。また新しい子を探さなきゃ」

まつが「困った、困った」と両手を広げた。

「今度は長続きするように、四十年増にしようかしら」

「おばちゃん、そしたら客が半分に減るぜ」

大介が顔をしかめて憎まれ口を叩いた。

治子は晋作と顕が仕事に行っている間に、手伝いを頼んで一人で引っ越しを敢行した。新しく借りた住まいは前の家とは番地こそ違え目と鼻の先にあって、歩いて五分もかからなかった。もしかして、晋作が出勤中にこっそり立ち戻って、掃除洗濯や夕飯の準備をしてやるつもりなのかも知れない。

家は二階建ての仕舞屋で、一階が六畳と四畳半に台所とご不浄、二階は六畳一間と物干し台。結婚したら新婚夫婦の部屋になる予定だった。

母子で〝家出〟して以来、顕は時々みのりを家に誘い、治子と三人で夕食の膳を囲むようになった。みのりも治子も決してそれを嫌がっていないのが、顕には何より嬉しい。

話題は自然と結婚式になる。十月の吉日を選んで、ごく内輪でという話は了解済みだった。次は会場だ。

「山したでどうだろう？」

「だってそこ、撮影所の前の食堂なんでしょ？」

治子は幾分眉をひそめ、気遣うようにみのりを見た。そんなところで式を挙げるのは不満だろうと慮（おもんぱか）っているのだが、みのりはパッと笑顔になった。

「うん、良いと思う」

弾んだ声に偽りはない。

「山したなら最高ね。顕さんの映画人生の出発点みたいな場所だもん。それに照明部さんと俳優部さん御用達でしょ。私にも少なからぬ縁があるわ」

「良かった。あたしはみのりちゃんに不満がなければ、賛成よ」

治子はホッとした顔になった。

顕も同じくホッとして、気軽な口調で言った。

「そんじゃ、会場は決まったと。後は衣装か……。衣装部に話つけて借りてくるよ。打ち掛けでもウエディングでも、何でも」

「バカだね、この子は」

治子はぶつ真似（まね）をした。

「女にとっちゃ一生一度のことだよ。映画の衣装の借り着なんざ、とんでもないよ」

顕は戸惑ってみのりの方を見た。

「そうなの？」

みのりは笑いを嚙み殺して首を振った。

「私はどっちでも良いわ。貸衣装屋も衣装部も似たようなもんだし」

「そんじゃ、断然衣装部だよ。ただで貸してもらえるしさ」

「尻メドの小さい男だねえ。一生一度の晴れ舞台だってのに」

治子が呆れたように言うと、みのりは楽しそうに笑い声を立てた。

「……そう言えば、ねえ、顕さん」

みのりはふっと笑いを収め、真顔に戻った。

「長内さんも結婚式、まだなのよね？」

「そうらしい」

おいおいに山下まつと足立仙太郎から聞いたところでは、長内は大部屋俳優の娘との結婚を家族と親戚から大反対され、絶縁状態に陥ったという。長内の父は陸軍大学校を優秀な成績で卒業して将官に出世したエリートで、親戚一同も帝大卒の高級官僚が揃い踏み。映画の助監督になった長内自身が「一族の面汚し」と白眼視されたというから、由希がどのような目で見られたかは想像に難くない。

「あの温厚な長内さんが頭に来て縁切ったくらいだから、よっぽどのことがあったんだと思うよ」

まつの話では父親に「身分が違う」と言われ、長内はちゃぶ台をひっくり返して席を立ったそうだ。

「まったく、いつの時代もバカはいるもんだ。上にも下にも」

治子が呆れ顔で舌打ちした。

「もし、顕さんさえ良かったら、山したで長内さん夫婦と合同で式を挙げるって、どうかしら？」

顕は思わずパチンと指を鳴らした。

「グッドアイデア！」

「でしょ？」

「明日、さっそく長内さんに話してみるよ」

治子は幸せの只中(ただなか)にいる若い二人を前に、まぶしそうに目を細めた。


結婚式当日の山したは大盛況だった。店の常連の照明部と俳優部、みのりの仕事仲間の美粧部、それに由希に岡惚れしていた撮影部の田辺大介がカメラマンを買って出て、店内には入りきらず、外の通りまで人が溢(あふ)れ出た。

みのりも由希もウエディングドレス姿で、衣装部から借りてきた白いドレスは誂(あつら)えたように身体（からだ）にピッタリだった。しかもメイクはみのりの友人の美粧部員が引き受けてくれたので、女優並みの仕上がりである。

「はい、由希ちゃん、目線こっちで。いくよ！」

大介はパチパチと写真を撮りまくる。

「大ちゃん、依怙贔屓無しだぜ。こっちも頼むよ」

顕がおどけて声をかけ、みのりと目を見交わして微笑んだ。

「あ〜あ、どっちもこっちも見ちゃらんねえ。お熱くて」

長内も由希と目を見交わして微笑んでいる。さすがに今日は床屋へ行ってきたらしく、髪の毛もキチンと整っていた。

笑顔の溢れる中で、終始ハンカチで目を拭っているのは由希の父の仙太郎だった。ウエディングドレス姿の娘を見て、これまでの所業に対する贖罪（しょくざい）の気持ちが湧き上がってきたのだろう。

「お父さんったら、いい加減にしてよ。おめでたい日なんだから」

「ばかやろう。分かってらあ。泣いてんじゃねえや。目から勝手に水が出るのよ」

仙太郎は芝居のセリフのようなことを言って、大きく洟（はな）を啜（すす）った。

「五堂君、改めてお礼を言います。本当にありがとう」

長内が顕に向き合い、照れくさそうに微笑んだ。

「君がいなかったら、こんなステキな結婚式は挙げられなかった。いや、由希に花嫁衣装を着せてやることも出来なかった」

「とんでもない。最初に提案したのは、彼女なんです」

顕は隣に立つみのりを指し示した。

「私たち二人とも、同じ気持ちです。長内さんご夫婦と一緒に式を挙げられて喜んでます。喜びが二倍になりました」

長内と由希は揃って頭を下げた。頭を上げたとき、二人の目はうっすらと潤んでいた。

「それじゃ、二組の新婚さんの前途を祝して、改めて乾杯！」

湿っぽい雰囲気を一掃するように、大介が声を張り上げ、グラスを掲げた。

会場はまたにぎやかな喧噪に包まれた。

「みんなで記念写真を撮りましょう」

最後に長内が音頭を取り、二組のカップルを囲んで全員で記念撮影となった。映画のクランクアップの時のように、椅子や机を積んで、大人数が一つのフレームに入るように並んだ。

その時カメラが写したのは、愛と友情と青春だった。映画という太陽が沈む前の、わずかに残された黄金の時間だった。

長内に再び監督昇格のチャンスが巡ってきたというニュースが飛び込んできたのは、昭和三十五（一九六〇）年の年明け早々だった。いち早く情報を摑んだのは、例によって大介だ。

「確かか？」

「間違いない。企画部の高間さんから直接聞いたんだから」

長内の書いた脚本が企画会議を通り、制作が決定したというのだ。

「オリジナル脚本だから、監督は長内さん以外あり得ないよ」

「ああ、良かった」

顕は思わず溜息を漏らした。ここ数年不遇を託ってきた長内の苦労が、やっと報われるのだ。

「それで、スタッフはもう決まった？」

「それはまだこれから」

「プロデューサーは高間さんだろ？　俺、照明に立候補しようかな」

「俺も言うだけ言ってみようかな。会社がもっと大物を予定してるなら別だけど」

顕も思い出した。植草一の初監督作品にはキャストもスタッフも一流どころが揃っていた。それなら長内にも優秀なベテランが相応しいだろう……自分や大介のような新米ではなく。

「今日、うちへ寄らないか？」

「遠慮するよ。新婚家庭の邪魔したくない」

「何言ってんだよ。お袋だっているのに」

結婚式の後、新婚旅行を兼ねてみのりの実家に挨拶に行き、その後は母と三人で借家住まいをしていた。

「時に、親父さんはどうしてる？」

「さあ？　あれから全然音沙汰ないし」

その後、晋作からは何の連絡もない。治子は二日に一度は元の家に通って家事をしている様子なので近況を知っているはずだが、顕には何も言わなかった。

「どう考えても、親父さんの方から折れるのは無理だよ。適当なとこでお袋さんせっついて、手打ちにした方が良くないか？」

「うん。いずれはそうするつもりだけど……」

あの気ぶっせい（気づまり）な父親のいない家庭は、重く湿っていた空気が一新されたようで、まことに気分が良かった。もう少しこの明るい空気を楽しんでから……というのが本音だった。そう思うと不意に、治子の言った「可哀想な人」の意味がストンと腑に落ちた。

19

長内浩の第一回監督作品「佃慕情」は、一月末から撮影に入った。ゴールデンウィークの前に封切りの予定だ。隅田川で隔てられた佃島と中央区湊を結ぶ定期連絡船〝佃の渡し〟で出会った男女の恋物語で、石川島の造船所で働く工員の娘と築地の大病院に勤務するエリート医師が、周囲の反対にもめげずに愛を育んで結婚するまでのストーリーに、江戸情緒の残る佃島の風俗と銀座周辺の最新風俗を絡めて描く、太平洋映画の得意とする青春物かつ人情喜劇だった。

プロデューサーの高間重幸は宮原礼二を担当するベテラン、照明技師は畑山満男、カメラマンは大江康之の下でメーターマン（第一助手）を務めて独立した麦田蓮司と、中堅の精鋭が配置された。主演女優の若杉ゆうは新人ながら演技力に定評のある美人女優、相手役の政井剣人は第二の峰岸明彦と呼ばれる期待のニューフェース。大物スターはいないが、まずまずの配役だった。

その日、顕が食堂山したに行くと、すでに「佃慕情」の撮影に入っている満男が来ていた。

「お疲れさんです」

さっそく向かいの席に座り、煮魚定食を注文してから訊いてみた。

「会社も長内さんの作品に力入れてるみたいですね？」

満男からは力強い答えが返ってきた。

「ああ。脚本が良いからね。涙あり笑いありで。ちゃんと社会批評的な視点も入ってるけど、全然消化不良になってない。さすがは長内さんだよ」

ベテランの満男に太鼓判を押されて、顕はわが事のように嬉しかった。これでやっと長内も、不遇から解放されて脚光を浴びるに違いない……。

ところが、それから一週間もしないうちに、太平洋映画をゆるがす大事件が勃発した。植草一が突如太平洋映画を退社し、独立を宣言したのである。同時に看板スターとなりつつあった渚玲子との入籍も発表した。

それだけではない。植草と共に「映画研究会」を作っていた監督の楠木、添田、助監督の梶原、吾潟、脚本部で頭角を現していた広川など、若手の有望株が挙って植草と共に退社してしまったのだ。

過去五年間、金と時間を掛けて育成してきた若手に、後ろ足で砂を掛けられたようなものだ。太平洋映画には大打撃だった。そして、それ以上に……。

「何だか気の毒で見てられなかったわ」

みのりはほうじ茶を飲んで、ホウッと溜息を漏らした。早めに撮影が終わって帰宅した顕と治子の三人で夕食の膳を囲んでいた時のことだ。

「女優さんだから、決して弱みは見せないで毅然としてたけど、でもねえ……」

みのりが言うのは日野すみれのことだ。植草の第一回監督作品以来、ずっと主演女優を務めている。二人の仲は撮影所では公然で、植草はすみれと結婚すると思われていた。それが何の前触れもなく、後輩女優に植草を奪われてしまった……いや、植草がすみれから玲子に乗り換えたのが真相だろう。

「植草さんって、結構浮気してたのよ。女優とかモデルとかホステスとか。でも日野さんは決して焼きもちを焼かないで、帰ってくるのを待ってたのよ。それなのに、ひどいったらないわ」

美粧係として間近に女優たちと接しているみのりは、情報通でもあった。

「でもさ、その人、色男で金も力もあるんでしょ？」

治子はパリッと沢庵を噛んで、みのりと顕を交互に見た。

「そんじゃあ、しょうがないわよ。女の方からどんどんやって来るんだもん、男ならつい手を出しちゃうよ。ねえ、顕？」

「俺に言うなよ」

みのりにジロッと睨まれて、顕は首をすくめた。

「モテないってことは置いといて、俺は無理。二股だって面倒なのに、八岐大蛇みたいな真似したら、こんぐらがって大変だよ。その後のゴタゴタ考えたら、とてもじゃないけど真っ平だね」

みのりの手前キレイゴトを言ったわけではない。一時の出来心で人間関係を壊すような真似はしたくない、というのが本音だった。

「そう考えると、植草一はやっぱり大物なんだな。他人にどう思われようがまるで意に介さないって、普通、出来ないよ」

「それは最初から会社を辞めるつもりだったからじゃないかしら。このままずっと会社にいるなら、もう少し周りの人間を大切にしたと思うわ……自分の仲間というか、子分以外の人も」

「そうだなあ……」

言われてみれば一理あると思った。植草といえど超人ではない。ギスギスした人間関係の中で映画を作りたくはないだろう。いつの頃からか、太平洋映画を離れるタイミングを計っていたのかも知れない。もしかしたら、監督に昇進した時からずっと。

長内浩の第一回監督作品「佃慕情」はそこそこの入りだった。新人のデビュー作としては合格点だが、不運なことに太平洋映画は退社した植草たちの穴を埋める役目を長内に期待していた。そこで公開日もゴールデンウィークにずらし、新聞や雑誌で宣伝も打ち、大ヒットを期待していた。「そこそこ」では困るのだ。

おまけに植草が結成した独立プロ「新時代」で撮った第一回作品「芽生え」が話題を呼んで大ヒットになり、早くもその年の映画賞を総なめにすると言われるほど高い評価を得たので、太平洋映画の面目は丸つぶれだった。

撮影所長の宇喜多益男(ますお)は、それから矢継ぎ早に長内に新作を撮らせた。「下手な鉄砲も数打ちゃ当たる」でもあるまいに、翌年の春までに五作品を監督させて公開した。早く植草に代わる大物新人監督を生み出したいという焦りが、そこには現れていた。

長内の作品はどれもヒットしなかった。内容が悪いわけではない。それなりに予算も投じていた。強いて言うなら、会社側の意図と長内の目指すところが違っていたのだろう。長内の書いた脚本と、完成した映画の間には、微妙な食い違いが生じていた。

撮影現場の人間は長内に同情的だったが、制作側の風当たりは強かった。何度も与えられたチャンスをモノに出来なかったことで、早くも「当たらない監督」の烙印(らくいん)を押されようとしていた。

昭和三十六(一九六一)年の三月初め、顕の元に一通の葉書が届いた。浜尾杉子からだった。

「お杉⁉」

葉書を裏返すと、見慣れた文字が躍っていた。民放某局で四月から放送開始される「夜の影」という連続ドラマの脚本を書いている、とのことだった。

「テレビに転向してから、いいえ、これまでの脚本の中でも最高傑作です。撮影現場にも立ち会いましたが、映画と比べても遜色のない出来映えだと思います。ぜひ、ご覧下さい」

懐かしい、自信満々の「お杉節」が謳っている。読んでいると嬉しくなった。

「お葉書拝読。会心作の誕生、おめでとう。『夜の影』、可能な限り拝観します。より一層のご成功をお祈りしています」

日頃は筆無精なのだが、この日はすぐに返事を書いた。

ああ、お杉はやっと水を得た。時間はかかったけど、これからはきっと才能に任せて泳ぎ回るに違いない。

顕は万年筆を置き、顔を上げた。ちゃぶ台越しに、みのりが問いかけるような視線を送った。

「お杉。ほら、脚本部に採用になったのに、干されてた」

顕が杉子からの葉書を押しやると、みのりはざっと目を通して返してよこした。

「良かったわね。顕さんがあんなに褒めてたんだもん。絶対才能あったのよ」

「会社はヘタ打ったと思うけど、お杉はきっと、テレビに行って良かったんだ。本人も言ってたけど、テレビ観る人は主婦が多いから、女の脚本家は不利じゃない。むしろ、女の気持ちが分かる分、有利かも知れない」

「時間があったらこのドラマ、一緒に見ましょうね」

「うん」

目と目が合って、二人はどちらからともなくちゃぶ台に身を乗り出し、唇を重ねた。


四月三日はＮＨＫで連続テレビ小説「娘と私」の放送が始まった日だった。

顕は撮影所の制作部に台本を取りに行き、帰り際に後ろから「五堂君」と呼び止められた。振り向くと、今回照明を担当する作品の監督、仁科昇が立っていた。

「あ、監督。今回、よろしくお願いします」

顕が挨拶すると気さくに「こちらこそ」と返し、後を続けた。

「君、長内君と仲が良かったね？」

唐突な質問に、顕は面食らった。

「仲が良いってほどじゃ……助監督時代から尊敬してるんです」

「結構。実は頼みがある」

「はあ？」

「後で長内君を連れて『垂木（たるき）』へ来てくれないか？　場所は知ってるね？」

垂木は撮影所の近くにある旅館で、監督や脚本家がよく利用する、言わば太平洋映画の御用宿だった。

「頼んだよ。僕はこれからずっと籠ってるから」

言い置いて、仁科はさっさと歩いて行った。

顕は困惑した。かつて長内は「戦争映画に協力は出来ない」と言って仁科の監督作品「あの空の果て」の助監督を拒否した。仁科が長内を良く思っているはずがない。もしかして、今や監督生命が風前（ふうぜん）の灯火（ともしび）となっている長内に対して「首吊（くびつ）りの足を引っ張る」ようなことを言う気だろうか？

いや、そんなはずはない！

顕は自分にそう言い聞かせて疑念を振り払った。照明係として仁科に付いたことがあるが、決してそんな根性の悪い人ではなかった。それどころか、常識豊かな人格者だった。今の長内を更に傷つけるようなことをするはずがない。

山したに行ってみると、長内は奥のテーブルで書き物をしていた。

「お仕事中、お邪魔します」

声をかけると顔を上げ、いつもと変わらぬ笑みを浮かべた。しかし、幾分やつれたように見える。

「突然ですが、これから僕と一緒に垂木に行っていただけませんか？　仁科監督が、長内さんに会いたいと仰ってるんです」

唐突な申し入れで、さすがに面食らった顔をしたが、すぐに「良いですよ」と承知した。

「良かった。断られるかと思った」

「どうして？　仁科さんは大先輩なのに」

長内は手提げ鞄に書き物をしまい、気軽に立ち上がった。

垂木は撮影所から歩いて十五分ほどの場所にある純和風の旅館で、板塀に囲まれた百坪ほどの敷地の中に、こぢんまりした二階家と手入れの行き届いた庭があった。

玄関で声をかけると女将らしい中年の女性が応対に出て、仁科の名を出すとすぐ二階の部屋に案内された。

「呼び出して悪かったね」

仁科は窓を背に座卓に座っていた。二人を見ると、座椅子にもたせかけていた背中を起こして、向かいの座布団を勧めた。

「『ミツヤ』か『宝珠園』とも思ったんだが、人目のあるところは避けたかったのでね」

「あのう、監督、僕は遠慮した方がよろしいのでは？」

仁科はハッキリと首を横に振った。

「いや、五堂君にも同席してもらおう」

女将がお茶とお菓子を運んで出て行くと、仁科は脇に置いた書類封筒を卓上に置き、中から準備稿を取り出した。

表紙の文字を見て、長内がハッと息を呑んだ。

「企画部に君が提出した脚本(ほん)、読ませてもらった。良い出来だね」

「ありがとうございます」

長内は深々と頭を下げた。

「『佃慕情』も良かったよ。君の作品は全部観たが、脚本はどれもとても良いと思う」

「お恥ずかしいです」

長内は消え入りそうな声で言った。

「僕の映画は全部当たりませんでした。もう、監督は諦(あきら)めた方が良いのかも知れません」

「バカを言うな！　映画を当てるのは営業の仕事だ！　監督は良い映画を作れば良いんだ」

その迫力に顕は一瞬、のけ反りそうになった。隣を見ると長内も細い目を丸くしていたが、その瞳は潤んでいた。

「本当にありがとうございます。勇気が湧いてきました」

長内は居住まいを正して仁科に向き合った。

「僕は今度の作品がダメだったら監督を辞めるつもりで、脚本を書き上げました。でも、会社からは制作費の大幅な削減を求められて、正直、途方に暮れています」

会社から提示された予算では自分が希望する役者は使えないと、長内は具体的な名前を挙げて説明した。

仁科は黙って聞いていたが、話が終わると声を張った。

「園田（そのだ）君、来てくれ」

襖が開き、隣の座敷から現れたのは園田良樹（よしき）だった。「あの空の果て」のプロデューサーだ。因縁の相手ではないか。これからいったい何が始まるのか、考えると恐ろしい……。

園田は憮然とした表情で仁科の隣に腰を下ろし、胡座をかいた。

「君、脚本は読んだね。どうしたら良いと思う?」

「主役ともう一人くらいはお望み通り、後は二段落ちで我慢するっきゃないだろうな」

園田は箱からピースを一本抜き、長内の胸を突く真似をした。

「で、主役の角倉鯛二とあと一人、誰が欲しい？」

長内がゴクリと固唾を呑む音が聞こえた。

「桑名晴夫と若杉ゆうです。この三人はどうしても欲しいです」

桑名晴夫は新劇界の重鎮だった。当然ながら出演料は非常に高い。長内の握りしめた拳が、膝の上で小さく震えていた。

「……そうさな」

園田は腕を組み、眉間に皺を寄せ目を閉じた。そのまま長考に入った棋士のように動かない。ほんの二、三分ほどの間が、顕にはひどく長く感じられた。

「分かった。何とかなるだろう」

園田は目を開けて腕組みをとくと、卓上の準備稿を開いて登場人物の欄を指さした。

「娘の恋人、岡惚れ相手の後家、大家夫婦と医者夫婦。この連中は任せろ。安くて上手い役者を見繕っておく」

居酒屋でつまみでも選ぶような口ぶりだった。

「心配すんな。売れてないが演技の上手い役者なんざ、掃いて捨てるほどいる。要は、ニンに合った役を振るかどうかだ」

園田は指で台本を軽く叩いてにっと笑った。顕は園田から後光が差すような気がした。そして仁科からも。

「ありがとうございました！」

長内は素早く敷いていた座布団を外し、畳に額をこすりつけた。顕もそれに倣った。

「良いから、頭を上げなさい。時代劇じゃないんだから」

仁科の言葉で、二人はそろそろと顔を上げた。

「仁科さん、園田さん、何とお礼を申し上げて良いか分かりません。このご恩は一生忘れません。いつかきっと……」

仁科はふっと微笑み、片手を振って長内の言葉を遮った。

「僕と園田君は、君とは多少の行き違いがあった。しかし、二人とも君の才能は買っている。このまま立ち腐れるのを見るのは忍びない気がしてね。だから、もし君に感謝の気持ちがあるのなら……」

仁科は言葉を探すように口を閉じ、正面から長内の目を見つめた。

「君がベテランと呼ばれる年齢になったとき、才能ある若手が困っていたら、手を差し伸べてやってほしい。それが僕の願いだ」

長内は顔を伏せてうなだれた。その肩が微かに震え、涙が頬を伝って膝の拳に落ち、唇から小さな嗚咽(おえつ)が漏れた。顕も感動のあまり、思わずもらい泣きしそうになった。

「君たち、良かったら一緒に夕飯を食べていくか？　ここはめしが美味(うま)いので有名なんだ」

長内はあわてて洟を啜り、顔を上げた。

「いえ、結構です。僕たち、これから撮影所に戻ります。仁科さん、園田さん、本当にありがとうございました！」

再度頭を下げてから、顕を振り向いて笑顔を見せた。長内の笑顔も輝くようだった。

垂木を出ると、どちらからともなく「さあ、山したで祝杯だ！」となった。

「五堂君、みんな君のおかげだよ。本当にありがとう」

ビールで乾杯が済むと、長内はそう言って頭を下げた。

「よして下さいよ。仁科監督も言ってたじゃないですか。長内さんの才能を惜しんだんです。実力ですよ」

長内は激しく首を振った。

「才能なんて、売れた後でくっついてくる尾ヒレみたいなもんだよ。今日、それが骨身に沁(し)みた。監督は一人じゃ何も出来ない。スタッフ、キャスト、プロデューサー……大勢の人の協力があって、初めて映画は完成する。神輿みたいなもんかな。担ぎ手がいなけりゃ始まらない」

その口調は自嘲ではなく、ひたすら真摯で前向きだった。

「会社に頼んで、照明は五堂君、カメラは田辺君にお願いするよ」

「良いんですか？」

「もちろん。君とも田辺君とも、一度一緒に仕事したいと思ってたんだ。二人とも若手の有望株だし、君たち、仲良いんだよね？」

長内は山したで大介とも顔馴染みだ。

「長内さんの組で一緒に仕事できるなんて、楽しみだなあ」

顕の胸には、いつか自分と大介も師匠の佐倉宗八と大江康之のように、大物監督から指名される照明とカメラの名コンビになりたいという望みが膨らんだ。

20

「早く、早く。始まっちゃうわ」

銭湯から戻って玄関の戸を開けると、みのりと治子はテレビの前に正座していた。茶の間の時計の針は七時五十八分を指している。今日は八時から浜尾杉子脚本のテレビドラマ「夜の影」が始まるのだ。

顕はあわててタオルと石鹸箱を台所に置き、みのりの隣に腰を下ろして胡座をかいた。

「夜の影」は株屋の世界が舞台だった。主人公はめきめき頭角を現した若い勝負師で、心に秘密を抱えている。冒頭から激しい仕手戦の様子が活写され、緊張感溢れる展開が続いた。後半は主人公の孤独と苦悩が効果的に暗示され、視聴者の興味を惹きつけて、次回への期待へとつなげて行く……。

放送が終わると三人は同時に溜息を吐いた。

上手い……！

顕は呻った。何より脚本が良い。演じる俳優たちは役にピッタリ合っていて、演出も的確だった。美術も照明も、映画より劣る環境の中で工夫を凝らし、健闘していた。

「主人公の曲垣の役、初めて見る顔だけど、良いねえ、ニヒルで」

「影があって、何となく母性本能をくすぐられちゃう」

母と妻は再び切なそうに溜息を吐き、身をくねらせた。

顕は「夜の影」の大ヒットを確信した。過去、大ヒットした映画やラジオドラマはすべて女性人気に支えられていた。「愛染かつら」から「君の名は」まで、ヒットの原則は同じだった。二十代のみのりも六十近い治子も夢中にさせるのだから、「夜の影」もいずれ〝女湯が空になる〟人気を得るに違いない。

「原圭吾って、俳優座の新人らしいよ。この役で一躍スターの仲間入りするかもね」

顕が言うと、嫁と姑は同時に大きく頷いた。

「あら、絶対よ。ねえ、お姑さん」

「もちろん。みのりちゃん、一緒に応援しようね」

「はい！」

その夜は原圭吾の前途を祝して三人でビールで乾杯した。つまみにピーナッツとチーズの他にサラミまで出てきて、顕は昨日まで無名だった新劇俳優に感謝した。

長内の新作「かつぶし長屋騒動記」の撮影は五月半ばから始まった。「かつぶし長屋」とは「鰹節のように身を削ってその日を凌ぐ貧乏人」ばかりなのでそう呼ばれるようになったという設定で、題名通り、涙あり笑いありの人情喜劇だった。そこに淡い恋や誤解から生じる諍いなどがスパイスのようにちりばめられて、一時間半の物語は完結する。

予算がないので撮影はほとんどセットで、ロケは隅田川近辺など、金の掛からない場所限定だった。

狭くてお粗末なセットを前に、顕と大介はニヤリと笑い合った。

「俺たちの腕の見せ所だな」

「『十二人の怒れる男』を超えてやろうぜ」

脚本が優れていれば狭い部屋の中の物語でも決して退屈しない。そこに光と影とカメラワークが味方に付けば、傑作が生まれる。「十二人の怒れる男」はその証左だった。

「元々貧乏長屋の話なんだから、豪華セットがあるわけないさ」

二人はもう一度笑い合った。

園田の抜擢（ばってき）した「あまり有名でない」役者たちは、芸歴も長く演技力も確かだった。有名俳優と違って既成のイメージがないので、その分、役にピタリとはまっていた。もちろん、彼らが渾身（こんしん）の演技で抜擢に応えたことは言うまでもない。

まさにケガの功名だと、顕は照明を当てながら園田の慧眼（けいがん）に舌を巻いた。

そして、足立仙太郎に初めて名前の付いた役が割り振られたのも嬉しかった。大酒飲みの博打（ばくち）好きで、年中、女房を怒らせる「ろくでなしの六さん」という役だ。セリフはほとんどないが、とぼとぼ歩く後ろ姿にはユーモアと哀愁が漂って、まことに適役だった。

撮影が進むにつれて、顕は「この映画（しゃしん）はヒットする」と確信するようになった。撮影現場に溢れる熱気も、スタッフとキャストの一体感も、それまで経験したことがないほど強かった。

「俺の経験では、熱気があって良いムードの現場で生まれた映画は全部ヒットした。だから今度も絶対……」

朝食の席で納豆をかき混ぜながら、顕はみのりと治子に熱っぽく語った。

「私もそう思うわ」

アジの干物の身をほぐしながらみのりが応じた。

「『かつぶし長屋』の役者さんたち、美粧室でも仲良いわ。出演者同士仲が悪いと、こっちも気を遣うから大変なのよ」

「何より、顕が応援してる監督さんの勝負作なんだから、ヒットしてほしいわよね。お代わりは？」

治子が手を伸ばしたが、顕は断った。

「ご馳走さま。もう、行くよ」

「早いのね？」

「今日はロケだから、準備がね」

隅田川の川縁で、主役がフラれるシーンの撮影だった。

「撮影終わったら、三人で鰻食おうよ。〝お疲れ〟が入るから」

「嬉しい。待ってるわ」

みのりと治子は笑顔で見送った。


「お母さん、家に戻ることにしたよ」

唐突な治子の言葉に、白焼きを箸で千切ろうとしていた顕は、手を止めて顔を上げた。みのりも口に運びかけた箸を宙で止めてしまった。

昨日で「かつぶし長屋騒動記」の撮影が終わり、〝お疲れ〟が入ったので、今日は駒形の前川で鰻を奢っているところだ。

「急に、どうしたの？」

「前から考えてたのよ。いつまでもお父さん一人で放っとくわけにいかないしね」

治子はさばさばした口調で答え、白焼きを一口頬張った。

「ああ、美味しい。寿命が延びるようだ」

みのりは困ったように顕の顔を見た。世間では嫁と姑は仇敵と思われているが、この二人は最初から気が合って、今では年の離れた女友達のようになっている。

「お姑さんの仰ることはもっともだと思いますけど、私たちなら遠慮は要りません。私も顕さんも、お姑さんと三人で暮らしたいです」

珍しく、みのりのアクセントが鳥羽の訛りになった。

「ありがとうね、みのりちゃん。だけど、そうじゃない。あたしはお父さんと離縁する覚悟がないのよ。そんなら家に戻って面倒見てやろうって思って。一人ぼっちでポックリ逝かれたら、こっちも寝覚めが悪いからさ」

治子はひょいと肩をすくめてビールのグラスを手にした。

「あんたたちのおかげで楽しかったよ。あんな辛気くさいお父さんと離れて、伸び伸びさせてもらった。せっかくの新婚生活の邪魔して、すまなかったけど」

みのりは子供のように首を振った。

「母さん、もし父さんと離婚するなら、俺は賛成だよ。このまま三人で暮らそうよ」

意図したわけでなく、言葉が勝手に口を突いて出た。老いてゆく母のこれからの日々を、気の合わない父の世話に浪費させるのが忍びなかった。

「私も顕さんと同じ気持ちです。お姑さん、一緒に暮らしましょう」

治子はニッコリ笑って首を振った。

「あんたたちは、しばらくは二人で暮らしなさい。今の家に居るも良し、撮影所の近くのアパートに引っ越すも良し。それで、子供でも出来たら、その時また改めて話そうよ」

みのりがもう一度顕を見た。何とか言ってほしいという顔だった。しかし、治子は諭すような口調で先を続けた。

「うちで一緒に暮らすとか、夫婦で近くにアパートを借りるとか、その時決めたって遅くないよ。ただ、子守は喜んで引き受けるから、みのりちゃん、仕事続けて大丈夫だからね」

言うなり、脇を通りかかった仲居に声をかけた。

「お姐さん、ビールもう一本ね」

顕の確信が現実になるときが来た。

「かつぶし長屋騒動記」の試写会では予想外のシーンで笑いが起こった。特に面白くもない普通のセリフが、映画として観るとなぜかクスッと笑いを誘われる。そんなシーンがいくつもあった。

「ゴンちゃん、この映画、化けるかも知れないぜ」

大介がそっと耳打ちした。顕もまったく同感だった。

「かつぶし長屋騒動記」は七月半ばに公開された。その初日、所長室は大変な騒ぎになった。

「なに！　打ち込み（初回上映）から満員札止めだと⁉」

制作部の社員からの電話に、宇喜多は椅子から腰を浮かせた。興奮してガチャンと受話器を置くと、声高に命じた。

「長内君を呼べ！」

山したでいつものようにペラ（脚本用原稿用紙）に向かっていた長内が所長室に呼び出され、戻ってきたのは小一時間後だった。

「所長、何でした？」

顕の問いかけに、長内は照れ笑いを浮かべた。

「『かつぶし長屋』の第二弾を制作するから、すぐ脚本に掛かれって。今度は正月公開らしいよ」

「すごいじゃないですか！」

別のテーブルにいた満男も立ち上がって近づいてきた。

「長内さん、おめでとうございます。ご苦労が報われましたね」

「いいえ。皆さんのおかげです。ありがとうございます」

長内は店にいた客たちに向かって何度も頭を下げた。

「でも、所長もヘタ打っちゃいましたね。大ヒットするって分かってれば、長内さんの希望通りの役者で撮れたのに」

「いや、ゴン。今となってはこれで良かったんだよ。仙ちゃんはじめ、みんな適役で名演技だったじゃないか」

満男の言葉に、長内はゆっくり頷いた。

「それに監督としても、役者のネームバリューでお客の入りが左右されるより、嬉しいですよ」

顕は手を差し出した。

「頑張って下さいね。みんな、応援してます。第二弾も大ヒットして、シリーズになるように祈ってます」

「ありがとう。次もお世話になります。田辺君にもよろしく伝えて下さい」

長内は力強く顕の手を握り返した。

「大人気シリーズになって、いつか『かつぶし長屋』に出演することがスターの証明になりますように！」

「大げさだなあ」

長内は照れたが、その瞳はこれまでにない強い光を宿していた。

山したを出ると、朝晴れていた空はどんより曇っていた。

顕は撮影所の喫茶室に入った。何気なく入り口の雑誌置き場に目を遣り、気になる見出しが目に止まった。

「テレビドラマ『夜の影』の魅力」

こちらの方も、顕の確信は現実に化けた。

浜尾杉子脚本のテレビドラマは放送開始から三ヶ月で、ほとんど社会現象と言えるほどの人気を博するようになった。主演の原圭吾はもちろん、やはりそれまで無名だった脇役の越桃太郎という中年俳優もお茶の間で大人気になり、劇中で毎回越が漏らす岡山弁のボヤキ台詞は流行語になった。

雑誌を開くと、原圭吾と越桃太郎がグラビアで大特集され、インタビュー記事も載っていた。

そして、二人の記事に続いて浜尾杉子のインタビューが写真入りで掲載されていた。「熾烈な株の世界に生きる男たちの魅力をダイナミックに描く！　期待の女性脚本家」という小見出しが付いていた。並の美人より魅力的なチンクシャ顔が、得意気に微笑んでいる。「実際のところ、男がどう振る舞うべきか、女にしか分からないのよ」という言葉は、いかにも杉子らしい。

お杉、良かったなあ……。

窓の方に目を向けると、雲の間から顔を覗かせた太陽の光が差し込んでいた。

光。影。点光源。面光源。色温度。ケルビン。

照明という未知の世界に足を踏み入れ、様々な体験をした。多くの人と出会い、別れ、再び巡り合い……。

初めてこの撮影所に足を踏み入れてからまだ十年とは経っていないのに、随分遠くへ来たような気がする。だが、それでも道半ば、いや、まだまだ入り口なのかも知れない。

先のことは分からないが、一つだけ分かっていた。照明の仕事と出会えて良かった。この先に見える風景とこれから出会う出来事に、きっと心を奪われるに違いない。

顕は周囲を見回して、ゆっくり瞼を閉じた。光はフェイドアウトし、闇に変わった。ライトを待つ闇に。

第五章　最高の照明

21

竣工から十五年しか経っていないテレビ局のスタジオはまだ新しく、やけに明るくて床から天井までピカピカだ。埃っぽくて薄暗かった映画のスタジオとはまるで違う。

バトンに照明機材をセットしていると、二重にライトを吊り下げた日々が頭をよぎり、五堂顕は郷愁と微かなほろ苦さを感じた。

バトンとはスタジオの天井に格子状に張り巡らされた、照明機材を吊り下げるための棒のことで、電動で上下移動する。セットがない場所は床まで降ろしてライトの取り付け作業が出来る。セットがある場所は途中までしか降ろせないので、脚立に乗って作業をしなくてはならないが、二重に比べれば楽だった。

その日の撮影の照明設計を基に、キーライト、バックライト、セットライトと、上部から照射するあらゆる種類のライトを取り付けてゆく。

これらすべての照明機材は調光装置に接続することが出来る。この装置は調光卓と呼ばれていて、モニターを設置した台にレバーがずらりと並んでいる。点灯から消灯まで、明るさの変化はレバーで操作する。暗転と明転、昼シーンから夜シーンへの転換、そして色変化まで、すべてレバー一つで操れるのだった。

映画の撮影では一つのライトを一人が担当していたから、暗転や明転では、みんなが呼吸を合わせて一斉に点滅させなくてはならなかったものだが……。

舞台照明をやっていた技師はスタジオの装置に慣れていたが、映画から来た顕には、テレビの照明は戸惑うことばかりだった。それでも今はすっかり慣れて、最初からテレビ局で働いていた技師と遜色ない。いや、テレビがカラー放送へと突入すると、一足先にカラー映画の撮影を経験し、色温度や照度の計測を熟知していた顕は重用されるようになった。

「やっぱ、お杉の言う通りだった」

「今更どうしたの？　人の忠告無視したくせに」

テレビ局の食堂で、浜尾杉子はコーヒーにミルクを入れながら、鼻に皺を寄せた。

昨日「ちょっと会えない？」と電話があって、休憩時間に待ち合わせた。

杉子と顔を合わせるのは三ヶ月ぶりだ。ヨーロッパを半月旅行して帰ったばかりで、着ているスーツはいかにも外国製に見える。聞けばピエール・カルダンの店で買ったという。きっと顕の一ヶ月分の稼ぎより高いのだろう。

あれは日本中が東京オリンピック開催で沸き立った一九六四（昭和三十九）年のことだった。杉子にテレビへの転身を勧められた。

「もう映画に将来はないわよ。テレビだってこれからどんどんカラーになる。家でカラーの番組が見られるのに、誰が高いお金払って映画館に足を運ぶと思う？」

杉子の歯に衣着せぬ言葉は、残酷だが事実だった。

「テレビは映画出身者は大歓迎なのよ。脚本家も監督も照明も」

杉子はそう強調し、最後に付け加えた。

「良かったら、紹介するわよ。ＮＨＫ、ＴＢＳ、日テレ、ＮＥＴ（現：テレビ朝日）、どこでも好きな所に入れてあげる」

すでに全テレビ局を股に掛けて活躍する売れっ子脚本家だったから、杉子の口利きなら、どの局も照明技師の一人や二人は採用してくれただろう。

しかし、顕は断った。まだ映画に夢があったのだ。今にして思えば、未練だったのかも知れないが。

ところがその舌の根も乾かぬうちに、顕は翌年早々太平洋映画を退社し、「スター照明」に入社してしまった。スター照明は未来映画出身の照明技師・植木寛一が作った会社で、一足先に入社していた先輩技師の畑山満男に誘われて、後先も考えずに飛び込んだのだ。

それから八年が過ぎた。顕はスター照明の社員として、ＮＨＫを除く各テレビ局に派遣され、主にドラマ制作に携わっている。

一九七三（昭和四十八）年現在、テレビ放送はほとんどカラー化され、前年にはNHKの受信契約もカラー契約が白黒契約を上回った。NHK教育テレビがすべてカラー放送となり、再放送以外すべてカラーになるのは四年後の一九七七年十月だ。

「ちょっと遅くなっちゃったけど、これ、梨花ちゃんの入学祝い」

杉子はバッグから祝儀袋を取り出して顕の前に置いた。今は四月半ばで、入学式は一週間前だった。

「ありがとう。大事に使わせてもらうよ」

顕は頭を下げて祝儀袋を押し頂いた。断るのはかえって失礼というものだ。杉子は嬉しそうに目を細めた。

「ホント、早いわよねえ。この間生まれたと思ったら、あっという間に小学生だもん。私が歳取るわけだわ」

そして隣の椅子に置いた手提げ袋を持ち上げてみせた。

「今日の目玉はこっち。イタリーで買ったお土産。ミッソーニよ。梨花ちゃんは手袋、奥さんとお母さんはマフラーね」

顕はあわてて手を振った。

「悪いよ。目の玉飛び出るほど高いんだろ？」

「それほどでも」

「お杉が自分で使ったら？」

杉子は楽しげに首を振った。

「私の分は買ってあるわよ」

「そっか。そんじゃ、ありがたく。娘もカミさんもお袋も大喜びだよ。親父（おやじ）の株は急成長だな」

顕は懸賞金を受け取る力士のように右手で手刀を切った。

杉子は人にものをあげるのが大好きだ。学生時代から気前の良（い）い性格だったが、売れっ子の脚本家になってからはプレゼントが趣味のようになっている。梨花には誕生祝いを皮切りに七五三と小学校入学祝い、海外旅行へ行けば、みのりと治子（はるこ）にも必ず、日本では手に入らないような土産を買ってきた。顕がそれらを素直に受け取ったのは、顕自身への贈り物は一切含まれていなかったからだ。

杉子は寂しいのだろうと思う。仕事は極めて順調だが、未（いま）だに独身だった。過去に恋愛は何度かあったようだが、結婚はしていない。顕は五年くらい前、杉子に破局の経緯を打ち明けられたことがあった。相手は実業家で、仕事をやめて家庭に入ってほしいと言われ、別れる決心をした。それ以来、恋愛に本気になれないという。

杉子は顕と同じく今年四十一歳だ。おそらくこの先、もう子供は望めない。そして、過去と同じ情熱で誰かを愛することも難しい。

若い頃は自分がすべてだから、成功が手に入れば伴侶も子供も必要ない。だが四十を過ぎると、自分だけで完結してしまう人生に一抹の寂しさを感じるようになる……少なくとも顕はそうだ。みのりと出会い、梨花が生まれていなかったら、仕事のない日は寂しさと空しさでやりきれなかっただろうと思う。

杉子は顕のような凡人とは違うから、同列に考えてはいけないのかも知れないが、人生の折り返し点を回り、老いに向かって進んでいることに変わりはない。いつか伴侶と呼べる相手と出会えるようにと、顕は祈っている。心を許せる相手と共に迎える老いは、一人で迎える老いより、ずっとましなはずだから。

「そう言えば、今度植草一と組むんだって？」

「早耳ね」

「照明、うちの畑山さんだから」

植草一は独立以来、話題作を発表し続けていた。海外の映画祭で受賞した作品もあって、今の日本では数少ない〝名前で客の呼べる〟監督の一人だ。そして満男の話では、新作の脚本を、今やテレビ界で〝飛ぶ鳥を落とす勢い〟の浜尾杉子に依頼したらしい。

杉子は得意気に頷いてから、わざとらしく眉をひそめた。

「一応引き受けたんだけどね。正直、あんまり気が進まないのよ。あの人のシャシンって、成功すると全部監督の手柄で、ホン屋は引っ込んでろって感じだもん」

昔から植草の映画でマスコミが一番注目するのは、主演の俳優ではなく監督の植草本人だった。まして脚本は影が薄い。

「じゃあ、断れば？」

「せっかく映画に仇討ちするのよ。話題作の脚本書かなきゃ損じゃない」

杉子は鼻の穴を膨らませた。テレビで成功したからこそ、かつて自分を冷遇した映画界に一矢報いたいのだろう。植草の監督作品なら話題になること間違いなしだ。

「映画界の巨匠とテレビ界の巨匠がタッグを組むってわけか。どんなシャシンになるか、楽しみだよ」

「ありがとう、ゴンちゃん。頑張るよ」

杉子はさっと伝票を取って立ち上がった。

「お杉、今日はありがとうな」

「またね。皆さんによろしく」

杉子はひらひらと右手を振り、颯爽とした足取りで歩いて行った。


「あらあ」

「ステキ！」

「ゴージャス！」

　家に帰って杉子からのイタリー土産を披露すると、案の定、五堂家三世代の女性陣は目を輝かせ、感嘆の声を上げた。

　今、この家の男は顕だけだ。父の晋作は治子が戻った翌年、心筋梗塞で急死した。ほとんど苦しむこともなく、大嫌いな病院で入院生活を送ることもなく逝ったので、本人にとっては悪くなかったと、顕も治子も思っている。

　四十九日が終わると、顕夫婦は治子と相談の上、古くなった家を建て直して三人で暮らすことにした。治子の部屋が一階、夫婦の部屋が二階にあるのは、借家の頃と同じだった。そして家族揃って茶の間でわいわい過ごす時間が多いのも、あの頃と変わらない。

　老眼の進んだ治子はマフラーから目を遠ざけてじっくりと眺め、いくらか気後れしたような顔をした。

「浜尾さんにはいつも結構なものをいただいて、申し訳ないねえ」

「お杉は喜んでもらうと、土産を買う張り合いがあるってさ。だからありがたくいただこうよ」

「浜尾先生は本当にセンスが良いわよね。他人が喜んでくれそうな品を選ぶって、すごく大変なのに」

みのりはミッソーニのマフラーを手に取り、溜息を漏らした。多色使いのカラフルな柄だが、不思議とけばけばしさがなく、すっきりと調和している。日本ではなかなかお目にかかれない品だ。

「それと、これは入学祝い」

顕は梨花に祝儀袋を渡した。

「わあ、ありがとう」

梨花はそっと中を覗き、目を丸くした。

「すごい！　三万円も入ってるよ！」

順番に両親と祖母の顔を見て、もう一度祝儀袋の中を覗いた。

「何か欲しいもの買って、残りは貯金しなさい」

「それと、お礼状書くのよ」

「はい」

梨花は素直に頷いた。

プレゼントをいただいたら、たとえ葉書に「ありがとう」だけでも良いからキチンと礼状を書け、というのは筆まめな祖母のしつけで、杉子を「おばさん」ではなく「浜尾先生」と呼ばせるのは母のしつけだ。

去年、梨花が杉子のことを「浜尾のおばさん」と言ったら、みのりは柳眉を逆立てて「二度と言わないように」と叱りつけた。

「お杉はそんなこと気にしないよ」

顕が呆れて言うと、みのりはきっとして反論した。

「女心が分かってないわね。私だって赤の他人に〝おばさん〟って呼ばれたら気分悪いわ。まして浜尾先生は独身なのよ。おばさん呼ばわりされたら、内心傷つくわよ」

そんなものかと顕は意外な気がした。

みのりは顕と同時期に撮影所を辞め、妊娠と出産を経験した。その間ずっと家事と育児に専念していたが、梨花が二歳になると母の治子の協力もあって仕事に復帰し、今は日本テレビの美粧係（ヘアメイク）として働いている。

杉子がたまに自作のドラマの収録現場を訪れると、プロデューサーもディレクターも緊張するらしい。決して威張るわけでもなく、演出に口を挟んだりもしないが、その場にいるだけで周囲がプレッシャーを感じるという。

「本当に大した貫禄よ。ま、いつも豪勢な差し入れ下さるから、私たちは歓迎なんだけどね」

みのりは尊敬を込めて語っていた。

それにしても……。

「夫婦揃って映画からテレビに移るなんて、昔は思ってもみなかったよな」

「不思議よねえ」

顕とみのりは時々そんな言葉を交わす。映画界が頂点から奈落へ転落するまでの時間が急すぎて、二人とも、想い出すとジェットコースターに乗って下降したような気がするのだった。

映画の凋落（ちょうらく）はいつ始まったのだろう？

一九五八（昭和三十三）年、映画は史上初めて、年間観客動員数十一億人強を記録した。その好況は翌年も続いた。

しかし一九六〇（昭和三十五）年には十億人、翌年からは九億人、七億人、五億人と、一九六三（昭和三十八）年までの四年間で観客の数は半減した。それ以後も観客の減少は歯止めがかからず、一九七三（昭和四十八）年に二億人を割ると、一度も二億人を回復しないまま現在に至っている。

一九六一（昭和三十六）年は、長内浩（おさないひろし）の監督作「かつぶし長屋騒動記」が公開された、記念すべき年だった。これ以後、長内は大ヒットシリーズ作の監督として、日本を代表する大監督への道を歩み出した。長内だけでなく、作品に関わった俳優と顕たちスタッフにとっても、栄光の始まりだった。

だがその一方で、同じ年の八月には新東宝が倒産した。相次ぐスター俳優や有名監督の退社、経営陣の内紛、労働争議に見舞われ、映画を作りさえすればヒットするといわれた黄金時代でも新東宝の映画館は閑古鳥が鳴く有様だったから、経営危機は周知されていた。それでも、後期はエログロ大衆路線に徹したとはいえ、数多くの娯楽作品を量産し、「西鶴一代女」のようなヴェネチア映画祭で高く評価された作品を制作した映画会社の倒産は、世間に衝撃を与えた。

もっとも、他の映画会社にしてみれば対岸の火事だったかも知れない。東映、松竹、東宝は資本力が大きく、大映は海外の映画祭で高評価を受けており、日活は人気の高い若手スターを数多く有し、太平洋映画と未来映画にもまだ余力があった。

しかし二年後、すべての映画会社にとって新東宝の倒産は他人事ではなくなった。年間の観客数が半減したからだ。あれほど〝電気紙芝居〟とバカにしていたテレビに奪われたのである。

翌年の東京オリンピック開催を機に、カラーテレビの販売台数は年間五万七千台に急成長し、これ以後テレビのカラー化が加速する。そして映画人口は凋落の一途をたどることになる。

22

街は東京オリンピックの熱狂が渦巻（うずま）いていた。

撮影所でも話題は専らオリンピックで、食堂と二階の喫茶室はテレビを点けっぱなしにして競技中継を放送している。

「長内組の台本をお渡ししますので、各部の方、制作部へお越し下さい」

喫茶室のスピーカーからアナウンスが流れた。

「行くか」

向かいの席に座っていた田辺大介（たなべだいすけ）が、煙草（たばこ）を揉（も）み消して腰を上げた。顕も続いて席を立った。

「この頃、結構寂しくなったよな」

制作部に向かって歩きながら、大介が周囲を見回して呟（つぶや）いた。言われてみれば、すれ違う人の数が以前より少なくなった。例年なら今頃は正月公開映画の準備に追われて、所内はもっとごった返しているのに。

「『山した』も、ランチタイムに席がいくつも空いてるし」

「制作本数が減ってるからかな……」

言葉に出して、顕は改めてその意味を実感した。

かつて撮影所では二週間に一度、新作二本立て公開のスケジュールで映画を制作していた。制作本数は月四本、年間四十八本以上になる。それが今や、月一本まで落ちている。「かつぶし長屋騒動記」は年二作公開のスケジュールで撮影しているので、長内組のスタッフと常連キャストは常に安定したペースで仕事がある。しかし、それ以外となると……。

制作部で台本を受け取った二人は、さっそくペラペラとページをめくった。キャスト覧の二番目に毛利佐和の名があった。

「今度のマドンナか」

「監督のラブコールに応えたわけだ」

「かつぶし長屋」シリーズには毎回新参の美女が登場し、住人たちと心温まる交流を展開して去って行く。ゲストにどの女優を迎えるかも、シリーズの呼び物だった。

毛利佐和は慶應大学在学中にミス東京に選ばれて芸能界入りし、清純派インテリ女優として売り出すと、あっという間に爆発的な人気を博した。去年雑誌で対談して、長内はすっかり毛利佐和が気に入ってしまった。すぐにプロデューサーを通して出演を申し入れると、毛利側も願ったり叶ったりで、テレビドラマの予定をキャンセルして快諾したのだという。

「いつか『かつぶし長屋』に出るのがスターの証明になる……昔言ってた夢みたいなことが、あっという間に実現した感じだな」

顕の口調はいくらか沈んでいた。大介も黙って頷いた。

夢が実現したはずなのに、二人は浮かれていられない。最近の長内が明らかに神経をすり減らしているように見えるからだ。本人は表に出さないように気をつけているが、一番近くにいる照明技師とカメラマンの目はごまかせない。数年前には気にも留めなかったような些細なことで苛立ったり、焦ったり、悩んだりする場面が増えた。今は無理矢理押さえつけているが、いつか重石が取れて爆発してしまうのではないかと、顕も大介も心配していた。

「よう、久しぶりだな」

制作部を出たところで、後ろから声をかけられた。

「仁科監督！」

「お久しぶりです！」

ベテラン監督の仁科昇だった。「かつぶし長屋」シリーズは仁科の尽力無しには誕生しなかった。長内だけでなく、スタッフの顕と大介にとっても大恩ある人だった。

「企画部に寄ってきたんだ。その帰りでね……」

仁科は二人の手にした台本に目を遣った。

「今度の長内組だね？」

「はい。今回でシリーズ八作目になります」

「ほう、もうそんなになるのか。早いもんだな」

「これもみんな、仁科監督のおかげです」

顕と大介は揃って頭を下げた。

「よしてくれよ。買いかぶりだ」

仁科は照れくさそうに手を振ったが、口元に笑みを浮かべた。しかし、その笑顔は力がなかった。そして、わずか三年の間に、いくつも歳を取ったように見えた。

どこかお身体の具合が悪いんですか……と尋ねそうになって、顕はあわてて言葉を呑み込んだ。仁科から失われたのは体力ではない、気力だ。かつての自負と自信と覇気が消えつつあるのだ。今は以前の半分も残っていない。

照明の仕事をするようになってから、仁科のような人間を大勢見てきた。俳優は男女を問わず、売れてくると顔が良くなる。ライトを当てるとよく分かる。輝いてくるのだ。美醜は関係ない。醜ければ醜いなりに〝格〟が上がってくる。そして、売れなくなると顔が衰える。妙にしょぼくれて、ライトを当てても輝かなくなる。その差は女優より男優の方が顕著だった。なぜかは分からないが、仕事上の成功と不成功は女より、男の顔に如実に表れた。

仁科は今、不遇なのだ……。

「君たち、少し時間があるかな?」

顕は仁科に目を戻してから、大介を見遣った。

「はい、大丈夫です」

顕に代わって大介が、明るい声で応えた。

「じゃあ少し早いが、『ミツヤ』で一杯やらないか?」

仁科がわざわざ声をかけるのだから、何か大事な話があるのだろう。二人とも二つ返事で承知した。

撮影所の向かいにある洋食店ミツヤは、店の内装は以前植草一に誘われて入った時と同じだったが、店員の制服は着物にエプロンではなく洋服に替わっていた。そして、三人くらいいたはずが、今は一人になっていた。

「ビールと、つまみを適当に」

テーブルに案内されると、仁科は物慣れた態度で注文して、二人の方にメニューを押しやった。

「料理は何でも好きに選んでくれ」

「ありがとうございます」

ほどなくビールが運ばれてきて、三人は乾杯した。

「ところで、近頃、長内君はどう？」

顕はチラリと大介を見て、様子を窺った。大介は黙って頷いた。仁科には話しても大丈夫ということだ。

「実は……少し神経過敏になっている気がするんです」

顕は心にわだかまっていた気掛かりを、ありのままに打ち明けた。仁科は真摯な態度で熱心に耳を傾けた。

「俺は『かつぶし長屋』シリーズは大ヒットしてるんだから、監督には鷹揚に構えていてほしいんですよ」

最後に大介がそう言って、ビールのグラスを干した。

「長内君は、重責を負わされて焦っているんだ」

仁科はきっぱりと言った。

「今や太平洋映画は『かつぶし長屋』シリーズで保っている。シリーズがコケたら会社もコケる。だから絶対に失敗できない。これはキツいよ。長内君は、毎日重圧と闘ってるんだろう」

その通りだ。顕も大介も大きく頷いていた。

「それともう一つ、色気が出てきたんだな」

「え？」

「人間の欲望には色と欲、言い換えれば名誉と実利がある。長内君は『かつぶし長屋』シリーズで実利の方はたっぷり手に入れたから、今度は名誉が欲しくなったんだと思う」

「つまり、映画の賞ですか……カンヌとかヴェネチアの？」

「だろうね。日本で一番売れる映画を撮っているんだから、日本で一番評価される賞が欲しくなるのは当然のことだ」

それも同感だった。確かに長内は不遇の時代が長かったから、当初はヒット作に恵まれる喜びで満足できただろう。しかし今や太平洋映画を背負って立つ監督になった。もうヒットだけでは満足できない。名誉と栄光が欲しくなる。あの植草一が手に入れたような……いや、それ以上に大きな。

「日本映画で一番格が高いジャンルは何だと思う？」

仁科は顕と大介の顔を交互に見たが、二人とも即答出来ずに口ごもった。

「文芸大作だよ。文学作品を脚色して映画化した作品だ」

「ああ、なるほど」

「一方、オリジナル脚本の作品は一段下に見られる傾向がある。僕はその考えにはまったく反対だが、日本の映画会社の幹部が文芸大作を最高位に据えているのは確かだ」

「あのう……」

大介が遠慮がちに口を挟んだ。

「それで、監督はどのようにしたら良いとお考えですか？　これから先、長内監督が落ち着いて仕事をするために」

「文芸大作を撮るしかないだろうね」

仁科はあっさりと結論を出した。

「『かつぶし長屋』シリーズを年二本撮った上に文芸大作を撮るのは無理だ。シリーズを年一本に減らして、その代わり二年に一本文芸大作が撮れるよう、スケジュールを変えるんだ」

「そんなこと、出来ますかね？」

「会社と交渉するんだよ。なあに、心配することはない。会社だって長内君の言い分を聞かないわけにはいかない。ここで長内君にヘソを曲げられたら、一番困るのは太平洋映画だからね」

仁科は愉快そうに声を立てて笑った。

「ありがとうございます。仁科監督からのアドバイス、長内監督に伝えます。きっと喜びますよ」

「ついでに、会社との交渉は菊名君にやらせるように言ってくれ。監督が余計なストレスを抱える必要はない。そのためのプロデューサーなんだから」

菊名五郎は所長の宇喜多益男の片腕と言われる大物プロデューサーで、「かつぶし長屋騒動記」が大ヒットした翌年から、宇喜多直々の命令で長内を担当することになった。つまり、長内はそれほど大切に扱われるようになったのだ。

「それで……実は君たちに頼みがあってね」

食事が終わって三人が煙草に火をつけたタイミングで、仁科が切り出した。

「今日は企画部に寄った帰りだと言ったね。実は、久しぶりに撮りたい題材に出合ってね。企画を出してきんだ」

「それはすごい。どんな企画ですか?」

顕も大介も声を弾ませた。仁科はここ数年、映画を撮っていないはずだ。

「ちょっと前の小説で『凍らない水』という作品だ。今年、作者が直木賞を取ってにわかに評判になったようだが」

「ああ、知ってます。受賞作はベストセラーになりましたよね」

「あれはあんまり感心しないが『凍らない水』はとても良い。小説としての完成度はともかく、映像化した時に生きる作品なんだ。僕の監督人生の集大成として、ぜひともこの作品を撮りたいと思ってる」

熱っぽい口調が、ためらいがちに滞った。

「しかし、今の状況で会社がＯＫするかどうか心許ない。それで……出来れば、長内君から宇喜多さんに口添えしてもらえたらと……お恥ずかしい話なんだが」

仁科が深々と頭を下げたので、顕も大介もビックリして椅子から腰を上げた。

「監督、とんでもないです！」

「頭を上げて下さい！」

顔を上げた仁科の目におもねりの色が混じるのを見て、顕は胸がギリギリと痛んだ。こんな立派な人が、こんな卑屈な表情をしなくてはならない現実に、どうしようもなく怒りが込み上げた。

「監督、お任せ下さい！　長内監督はいつも『今の自分があるのは仁科監督のおかげだ』って言ってるんです！」

「少しでもご恩返しできるなら、長内監督も喜びます！」

顕も大介も安請け合いしたつもりはなかった。実際に長内は新聞や雑誌のインタビューで、仁科に助けられた経緯を何度も語っていた。仁科の役に立つ機会が訪れたことを、長内はきっと喜ぶに違いない。

仁科とはミツヤで別れ、顕と大介はバス停に歩いた。バスに揺られて駅に向かう道すがら、二人はどちらも口を利かずに押し黙っていた。胸の中に居座る苦い思いは共通だった。

「昔なら、こんな時は青線にシケ込んだのにな」

駅が見えてきた時、大介がぽつりと呟いた。

「愛妻家らしくもない」

軽く混ぜっ返したが、大介の気持ちは良く分かった。苦い思いは外で吐き出して、家庭に持ち帰りたくないのだ。まことに自分勝手な言い分だが。

大介は明るい性格で飲み屋の女の子に人気があったが、一昨年親の勧めで遠縁の女性と結婚した。それ以後呑み歩きはピタリと止んで、仕事が終わるとまっすぐ家に帰る家庭人に変身した。

「あ〜あ、青春は終わったなあ」

「お互いに」

秋の夜はとうに暮れて、窓の外は黒いフィルターを貼ったように真っ暗だった。

23

その年の十二月、太平洋映画に激震が走った。

まず社長と撮影所長が交替した。新社長の利根川秀樹は営業畑生え抜きの四十五歳で、辣腕と評判だった。撮影所長は長年采配を振るった宇喜多益男が経営悪化の責任を追及されて更迭され、利根川の右腕と言われる織部貴弘が就任した。

この二人の主導の下、傾いた社運を立て直すべく、撮影所システムが一新された。

それまで撮影所は現場で働く大部屋俳優と技術系スタッフは全員社員待遇で、給与は月給制だった。それをすべてフリー契約の出来高制に切り替えた。つまり、スター俳優と有名監督、名の通った技術スタッフはそれなりの契約料をもらえるが、それ以外の者は仕事のない日は無給になるということだ。

それは撮影所システムの崩壊だった。身内で一家をなしていた太平洋映画が、流れ者の寄り合い所帯に変わったのだ。これまでと同じやり方では映画は作れない。

発表のあった日、撮影所前の食堂山したには、照明部と俳優部の人間が続々と集まってきた。近所の食堂も似たような状況で、どこもごった返して騒然としていた。

「宇喜多さんは最後まで契約制に反対していたらしい。それじゃ幹部以外は食べていけないって。だから所長をクビになったんだよ」

畑山満男は口惜しそうに唇を噛んだ。

「これから、どうなるんでしょうねえ」

皆の気持ちを代表して、山下まつが満男に尋ねた。以前と比べて売り上げが落ち、今は客席は一人で担当している。歳を取ったせいもあるが、昔に比べて一回り小さくなった。

満男は目を伏せて小さく首を振った。

「分からない。ただ、会社を頼っていてもどうにもならないと思う。最終的には、自分で仕事を見付けないと……」

言いかけた途中で口を閉じ、目を上げて顕と足立仙太郎の顔をチラリと見た。

「取り敢えず長内組に入ってる者は心配ない。『かつぶし長屋』がヒットしている限り、切られることはないはずだから」

顕と仙太郎はバツが悪くてうつむいた。沈みかけた船の上で、救命ボートの優先席を与えられたようなものだ。皆の視線が突き刺さる。

「二人とも、そんな顔するなよ。これは運の問題で、善悪は関係ないんだから」

満男がさらりと言って、顕は救われた気がした。

「それより、これからのことを話そう」

会社との話し合いについてだった。

「各部全員まとまって、団体交渉するしかない」

「東宝争議の時はすごかった」

「新所長をつるし上げだ」

それからも座り込みとかデモとか封鎖とか、威勢の良い意見が飛び出した。

しかし、顕には会社の決定が覆るとは思えなかった。他の部員たちも、内心は分かっているような気がした。会社の業績が悪化しているのは事実だった。これまでのような体制を維持する力が、もう太平洋映画にはないのだ。それならない袖は振れない、と。

「ゴン、ちょっと」

会合を終えて店を出たところで、満男に声をかけられた。顕が立ち止まると、満男は少し先の路地へと促した。

「俺、今月で会社を辞めることにした」

「えっ？」

「ま、今更辞めるもクソもないけどな。一斉に解雇されたようなもんだし」

満男は乾いた声で小さく笑った。

「ある会社に誘われてる。未来映画の植木さんが去年独立してスター照明っていう会社を作ったんだ。そこに入ろうと思う」

路地には街灯の光が届かず、星明かりだけで満男の表情はよく見えない。

「テレビ局と独立プロの映画が主な仕事だそうだ。特に今はテレビがカラー放送を増やしてるから、カラーの出来る照明は引っ張りだこらしい。つまり、今が売り時だ。俺はそっちに賭けてみるよ」

「……でも、満男さんなら契約制になっても困らないはずですよ。ご指名の監督さんが何人もいるんだし」

「俺も二、三年は……いや、四、五年は大丈夫だと思う。しかし十年先、二十年先を考えると、映画にだけ頼るのは怖いんだ」

満男はひょいと肩をすくめた。

「植木さんは先見の明がある。会社に頼る危険を察知して、先手を打って独立した。太平洋映画が契約制に移行したということは、いずれ未来映画も契約制になる。他の映画会社も同じことだ」

満男の言う通り、その年の年末には未来映画も社員契約を廃止し、フリー契約を採用した。

「俺も、早めに辞めた方が良いんでしょうか？」

「言ったじゃないか。長内組は安泰だよ」

顕は影になった満男の表情を読み取ろうと目を凝らした。いつもと同じ、優しい笑顔がほの見えた。

「ずっと映画の世界でやっていけたら、それが一番さ。長内さんはこれからも順調だよ。大船に乗った気で、良いライト当てることだけ考えろ」

顕は言うべき言葉を探しあぐね、黙って頭を下げた。「これからも頑張って下さい」などと言ったら、きっと白々しくてやりきれないだろう。

顕はたまたま長内浩という当たりくじを引いた。それはまったくの偶然で、実力とは関係ない。それなのに長内の御利益で会社に残って照明を続けられる。実力が上なのにくじに当たらず、会社を出る決心をした満男の胸中を思うと、何を言っても嘘になりそうな気がした。

満男は表通りに出ると、顕の肩にポンと手を置いた。

「ゴン、会社が嫌になったらいつでもスター照明に来いよ」

その途端、顕は鼻の奥がツンとして、涙が溢れそうになった。

年明け早々、企画部から電話が来た。長内浩の新作について打ち合わせをするので、明日午後撮影所の貴賓室に来るように、という内容だった。貴賓室は所長室、監督室、脚本部、図書室、会議室などの入った、撮影所のヘッドオフィスの一角にある。

翌日、指定された時間に貴賓室を訪れると、カメラマンの田辺大介とプロデューサーの菊名五郎が先に来て席に着いていた。

菊名は前所長宇喜多の片腕と言われた大物プロデューサーだから、宇喜多に殉じて一緒に会社を飛び出すのではないかという噂もあった。しかし実際には「そんな人、いたんですか？」という感じで、新所長の織部貴弘にべったりすり寄っていった。

「おはようございます」

慣例となっている挨拶を済ませてから、顕は訊いてみた。

「新作は『かつぶし長屋』とは違うんですか？」

「監督のご要望でね、毛色の違う作品に挑戦していただく。それと、これは後で所長から発表があると思うが、今年から『かつぶし長屋』の制作は年一本に絞ることにした」

顕と大介はハッとして顔を見合わせた。ごく自然に、ニンマリと笑みが浮かんでくる。

良かった！　会社は長内さんの希望を容れて、「かつぶし長屋」以外の映画も撮らせてくれるんだ。これできっと長内さんも、邪念なく撮影に集中できる。仁科監督の言った通りだ！

顕も大介も、菊名がいなければ椅子から立ち上がって歓声を上げたことだろう。

ドアがノックされ、職員がドアを開けると、さっと脇に避けて直立不動の姿勢を取った。菊名がソファから立ち上がり、顕と大介もそれに倣った。

新所長の織部を先頭に、長内浩と毛利佐和が部屋に入ってきた。長内は週刊誌くらいの大きさの紙袋を抱えていた。

織部はソファに座って「ご苦労さん」と片手を上げ、長内と佐和はみんなに軽く会釈してから腰を下ろした。

　織部が「どうする？」と問いかけるように見ると、長内は軽く頷き、小さな咳払いをして切り出した。

「本日はお集まりいただいてありがとうございます。ご存じかも知れませんが、新作は『かつぶし長屋』ではありません。小説が原作で、今、脚本部の小暮君にプロットをまとめてもらっているところです。僕は、この作品を今年度の日本映画の最高傑作であると同時に、僕の代表作の一つにしたいと目論んでいます」

　意気込みを語る長内の口調は、穏やかだが熱がこもっていた。

「原作には四季折々の風景が丁寧に描写されています。原作と照合した上で、どの土地のどの季節をフィルムに収めるか、日本各地をロケハンして候補地を探し、最高の風景を作品に残したいと思ってるんです。……まあ、実際に現地に行ってみないことには始まりませんが、今日は顔見せということで、カメラの田辺君と照明の五堂君にも来ていただきました」

　一呼吸置いてから、今度は毛利佐和に顔を向けた。

「ご報告が後になりましたが、ヒロインは毛利佐和さんにお願いします」

　佐和は〝クールビューティー〟と称される顔に、愛想の良い笑みを浮かべた。

「ふつつかですが、全力で臨むつもりです。どうぞ、よろしくお願いいたします」

落ち着いた態度で挨拶すると、チラリと長内を見た。その目つきは絵に描いたような〝流し目〟だった。

顕も大介も一瞬で悟った。佐和は長内と〝デキて〟いる。前回の「かつぶし長屋」の撮影ではそんなそぶりはなかったので、撮影終了後に男女の仲になったのだろう。おそらく、織部も菊名もとうに知っているはずだ。二人を見ていて気付かないはずがない。

口の中に苦い味が溶け出した。裏切られた思いだ。長内が女優に〝手を付ける〟ような男だったとは。

「台本が完成するのはまだずっと先ですが、取り敢えず原作を読んでおいて下さい」

長内は脇に置いた紙袋の中から単行本を二冊取り出し、顕と大介の前に押しやった。

「今度の作品の原作です。脚色の過程でいくつか変更は出るでしょうが、およそのイメージは摑めると思います」

その本の題名に、顕は一瞬息を呑み、目を疑った。

『凍らない水』

これは、仁科監督の錬っていた企画じゃないか⁉

顕は本から目を上げ、隣の大介を見た。大介は石のように固くなって身動きもしない。黙って前方を見つめている。

「え～と、この小説は六年前の作品ですが、その年に特定した内容ではないので、今現在の話で構わないと思います。主な舞台は東京と長野、金沢……」

それからも『凍らない水』の内容について説明が続いたが、長内の声は顕には右の耳から左の耳に通り過ぎて、一つも頭に残らなかった。

その日はまだプロットも仕上がっていないので、内容については踏み込めず、ほぼ雑談に終始した。顕は気のない相槌(あいづち)を打つだけで、まともに口も利けなかったが、話は長内と織部と菊名の間で進むので、しゃしゃり出る必要もなかった。

小一時間ほどで雑談は終わり、顕と大介は立ち上がった。

「お疲れ様でした」

顕は出て行こうとしてドアの前で引き返し、ソファに腰を落ち着けている長内に近づいて「監督、ちょっとお話が」と耳打ちした。

「いいよ」

長内は気軽に立ち上がり、織部たちに「すみません。ちょっと失礼します」と挨拶して顕の後に続いた。長い廊下を歩いて建物の外に出ると立ち止まり、気軽な口調で尋ねた。

「どこが良い？　僕の部屋に行く？」

すぐ隣の洋館は二階がすべて監督の個室になっている。長内はかつて西館幹三郎が使っていた、一番広い部屋をあてがわれていた。

「いえ、ここで結構です」

三人は建物の外の植え込みの前に立った。

「監督、これはどういうことです？」

顕は『凍らない水』を長内の前に突きだした。

「この原作の映画化は、仁科監督が温めていた企画です。あなたはそれを横取りしたんですか？」

長内はふっと微笑んだ。目尻の下がった目を細めて、昔と同じくいかにも人が好さそうに見える。

「仁科さんには無理だよ。感覚が古い。もう過去の人だ」

顕は頭に血が上った。長内に企画の口添えを頼んでほしいと言ってきた時の、仁科の姿が瞼に甦った。

「あなたはどの口でそんなことが言えるんですか？　あなたが今日あるのは仁科監督のおかげじゃないですか。自分だっていつも言ってたでしょうが。それなのに、恩を仇で返すんですか？」

長内はもう一度微笑んだ。同情を込めて。

「だからこそ、僕は仁科さんが醜態を晒すのを見るに忍びない。恥をかくのは本人だからね。気の毒だよ」

顕は啞然として言葉を失った。そしてまじまじと長内の顔を見直した。

長内は口からでまかせを言っているのではない。本気でそう信じているのだった。

その感覚が、もう完全に別世界の人間だった。

長内はもう一度顕と大介の顔を眺め、これ以上話がないことを確かめると、さらりと言った。

「じゃ、僕はこれで」

くるりと背を向けて、貴賓室のある建物へ引き返した。少しも急がず、悠々とした足取りだった。その後ろ姿には威厳さえ漂い、かつての大監督西館幹三郎を思わせた。

「辞めるなんて言うなよな」

突然、大介が言った。ちょっと怒っているような口調だった。顕は驚いて大介の方を振り向いた。

「あいつは恩知らずで人でなしだよ。でも、それがどうした？　俺に言わせりゃ、恩知らずで人でなしだからこそ、人情の機微や男女の情愛をシャシンに載せられるんだ。ゴンちゃんだって、ホントは分かってるだろ？」

その言葉は顕の胸に食い込んできた。

「民主主義じゃ映画は作れない」

巨匠ビリー・ワイルダーの言葉だ。

「監督は独裁者じゃなきゃ、ダメなんだよ。どうせ独裁者なら、普通の人間からかけ離れた、化け物みたいな奴の方が良い。その方が仕事出来るからな。俺は長内に付いていく。あいつの下で、最高の画像を撮る」

不意に、かつてスター女優の衣笠糸路が小道具係の若者を唆して監督の宮原礼二にしっぺ返しをしたことが想い出された。あの時、顕は本物の女優に備わった、天女の顔と魔性の顔の落差に衝撃を受けた。同時に、だからこそ他人の人生をわが事として演じられるのだと、大いに納得もした。

おそらくは長内浩も同じだろう。恩知らずで人でなしだからこそ、形のない感情を形に出来るのだ。名画を撮れるのだ。思い起こせば西館幹三郎も宮原礼二も神谷透も、そしてあの植草一も、名監督と言われる人は皆、大なり小なり性格が歪んでいた……。

「でも、長内さん、変わったよな」

溜息と共に、顕は呟いた。

「昔はあんな人じゃなかったのに」

「違うね」

大介は皮肉な笑みで唇を歪めた。

「昔からああいう奴だったんだよ。ただ、本性が全部現れるまでに時間がかかっただけさ。きっと、奥手なんだな。その反対が植草一で、あいつはすごい早熟だったから、二十歳ちょっとで本性全開にしたわけだ。別の言い方をすれば、才能を開花させた」

大介の言葉は、不思議なくらいストンと胸に落ちた。

きっと、そうだったんだ。俺は植草と長内さんは正反対だと思ってたけど、本当は一枚のコインだった。裏と表でデザインが違うだけで、結局はどっちも変わらない……。

心にかかった霧が晴れ、自分の気持ちがくっきりと露わになった。迷いは消えていた。

「俺、満男さんの会社に行こうと思う」

「そうか」

大介は小さく頷いた。

「止めないよ。止めたって無駄だし」

「ごめん」

「やっぱり撮影所は辞めるってさ。実質的には美粧係も全員クビだし、今更だけどね」

「そんで、みのりちゃんの方はどうするって?」

みのりには雑誌とテレビ局から仕事の誘いが来ていた。

「しばらくは家でのんびりして、それから仕事再開するって。俺もその方がありがたい。お袋も歳だし、早いとこ孫の顔も見せてやりたいしさ」

大介は無理矢理のように明るい口調に切り替えた。

「そうか。ウチもそろそろかなあ……」

「あやまんなよ。プロだろ」

大介は一度天を仰ぎ、独り言のように呟いてから顕に向き直った。その顔は真面目で真剣だが、悲壮感は全然ない。自分も同じ顔をしているはずだと、顕は信じた。

「また、一緒に映画撮ろうな」

「うん」

二人はどちらからともなく右手を差し出し、がっちりと握り合った。

24

「昨日から随分ソワソワしてるわね」

トーストにママレードを塗りながらみのりが言った。

「当たり前。今日から衣笠糸路の出番なんだ」

「パパのマドンナよ。昔は吉永小百合くらい人気だったの」

みのりがわざとらしく声を潜めると、サラダにフォークを突き立てていた梨花は「ふうん」と気のない返事をした。

「パパは撮影所に入りたての頃、お世話になってね。衣笠糸路がいなかったら、クビになってたとこだったよ。ねえ？」

治子は顕に言って、ハムエッグに醬油を垂らした。

新築した家はダイニングキッチンで、毎日テーブルと椅子で食事している。それに合わせて朝食もご飯よりパンが多くなった。

「じゃ、お先に」

顕は席を立ち、玄関に向かった。

「行ってらっしゃい！」

三世代の女の声が背中で響いた。

顕は今、正月放送予定の特別ドラマの撮影をしていた。豪華キャストによる三時間の大型時代劇で、衣笠糸路は出演時間は短いものの、重要な役で出演する。役者名の隣に「特別出演」の字幕が付く扱いだ。主演映画がなくなって久しいが、衣笠糸路が日本を代表する名女優であることに変わりはなかった。

また、糸路さんにライトを当てられる……。

本物の女優の演技を一番近くで体感できる期待と喜びで胸が高鳴った。こんなことは映画界を去ってから初めてだった。

スタジオでのリハーサルが始まり、俳優たちがセットに入ってきた。まだ衣装は着けておらず、稽古着（けいこぎ）だ。

これ以前に俳優たちは稽古場で、ブロッキングと呼ばれる各シーンごとのリハーサルと、ランスルーという通し稽古を行っている。

セットに入って最初に行うのはドライリハーサルという、カメラを回さないリハーサルだ。これを経てカメリハ（カメラリハーサル）を行い、本番収録に臨むのだ。

顕はキーライトになるソーラースポットの横に立っていた。糸路は素早く目に留め、まっすぐに近づいてきた。

「ゴンちゃん、お久しぶり」

先に挨拶されて、顕はあわてて頭を下げた。

「衣笠先生、本日はよろしくお願いします」

「嫌ねえ、ゴンちゃんまで。先生は勘弁して」

そして昔と変わらない、柔らかく艶のある声で囁いた。

「一番良いライト、ちょうだいね」

「もちろんです。任せて下さい」

糸路は華やかに笑って元の場所に戻った。ドライリハで俳優たちは芝居だけでなく、セット内の位置と動線を確認しなくてはならない。

リハーサルは終わり、俳優たちは引き上げていった。これから休憩に入り、メイクと衣装を身に着けてカメリハに臨む。

「やっぱ、厳しくないですか？」

演出助手が演出家に耳打ちするのが聞こえた。

「衣笠さん、とっくに五十過ぎでしょう？　役年齢三十八っすよ」

「仕方ないよ。スポンサーのご指名なんだから」

斬新な演出が評判になり、大きなドラマの賞をいくつも受賞している若い演出家だった。おそらく、衣笠糸路の黄金時代はまだ子供だった。だから糸路が賞味期限の切れたただの中年女にしか見えないのだ。

ふざけんなよ！

顕は心の中で叫んだ。お前らの目は節穴だ！　衣笠糸路は本物の女優なんだ。アイドル上がりの今出来のチンピラと一緒にすんな！

口から出そうになる罵声を押し止め、ギリギリと奥歯を噛みしめた。

俺が見せてやる。本物の女優がどれほどのものかを！

「田中、カポック！」

顕は照明サード助手に怒鳴った。

「はい！」

田中はセットの裏に駆け出し、カポック板を取ってきた。発泡スチロール製の反射板で、レフ板として使う。

顕はカポック板に定規を当て、カッターで縦十五センチ、横五十センチの大きさに切り抜いて、田中に手渡した。

「衣笠さんのバストアップのシーン、こいつで首に光当てろ。カメラに入んないように、寝っ転がれよ」

「はい！」

衣笠糸路は骨格が美しく整っているので、五十を過ぎても顔立ちそのものは昔と比べてさほど変化がない。しかし皮膚の衰えは隠せなかった。特に首の皺が目立つ。顔はメイクである程度ごまかせるが、首は難しいのだ。

午後になり、カメラリハーサルが始まった。

衣装とかつらを着け、メイクを施した糸路はさすがの美しさだった。しかし、襟元から覗く首筋の皺はどうしても気になる。

ここからは照明の腕の見せどころだ。

バストアップのシーンになると、田中は糸路の足下に寝転び、カポックで首筋にライトを反射させた。首の皺は見事に消し飛んだ。糸路の動きにつれて田中は細かくカポックを動かし、首に当てる光を調整し続けた。

よし！　やった！

顕は心の中で快哉を叫んだ。

糸路はカメリハの段階から、すでに本番収録できるほど完成された演技を披露した。ほんのわずかの視線の動き、声の表情の変化でその人物の心情のみならず、今に至る境遇まで、すべてが見る者に伝わってきた。まさに入魂だ。

シーンが終わっても、スタジオは水を打ったように静まりかえっている。しわぶき一つない。やがて、声にならない溜息がいくつも漏れ、さざなみのように広がった。

演出家が糸路を見る目は、明らかにそれまでと違っていた。尊敬の念がこもっている。

「では次、シーン五十六、お願いします！」

次のシーンのリハーサルが始まった。ここでは途中、何度も糸路の顔が大写しになるシーンがあった。

カメラリハーサルが終わり、次はいよいよ本番だ。

準備を整える間に、顕は演出家の後ろからモニターを覗き込んだ。撮影したばかりの糸路のアップが映っている。

まずい……。

バストアップならドーランとライトで皮膚の衰えをごまかせるが、顔面のアップになると隠しきれない。特に共演する女優が十八歳と二十歳なので、比べると肌理（きめ）や張りの差は歴然だった。

顕はほぞを嚙んだ。こんなつまらないことで、糸路に瑕（きず）を付けたくなかった。年齢の差を女優の価値の差にしたくなかった。糸路は日本最高の女優なのだから……。

「田中、横山！」

顕は助手に向かって声を張り上げた。

「一枚入れるぞ！」

「はい！」

そばで聞いていた録音部の主任が悲鳴のような声を上げた。

「冗談じゃない！　勘弁してよ、ゴンさん」

「うるせーな。女優をきれいに撮るのが俺たちの仕事だろうが」

録音部の主任は天を仰ぎ、両手で頭を抱えて「オーマイガーッ！」と叫んだ。苦情を訴える時の口癖だった。英語は出来ないのだが。

田中と横山は四本の竹竿を組み合わせ、透明のビニールを張り巡らして天幕を作った。それで糸路をすっぽり囲んでしまえば、カメラ越しに映る皮膚の質感はかなり改善される。

しかし、天井のあるセットで動きのある芝居をしている役者をビニールで覆われたら、音声の収録には邪魔になる。集音マイクの位置を変えなくてはならないかも知れない。録音主任が悲鳴を上げるのも無理なかった。

「お待たせしました。ＯＫです」

顕はディレクターと演出家に声をかけた。

「それでは、本番行きます！」

俳優たちがセットに入ってきた。

みんな突然登場したビニールのテントを見て何事かと目を丸くしたが、糸路だけは分かったらしい。顕の顔を見て、小さく頭を下げた。それだけで、すべてが報われる気がした。

衣笠糸路の出番は今日だけだった。一日ですべての登場場面の収録が行われたが、ドライリハから本番まで演技はすべて完璧で、撮影は滞りなく終了した。

「お疲れ様でした！」

出番の終わった俳優は楽屋に引き上げて行く。糸路も各方面に挨拶して、セットを出て行った。

顕はモニターで糸路のアップをチェックした。皮膚はきれいに撮れていた。こっちも完璧だと思った。

その日の撮影が終わったのは午後九時過ぎだった。後片付けを終えて局を出る頃は十時を回っていた。

「ゴンちゃん」

通用口を出たところで大きめのサングラスをかけた女性に呼び止められた。衣笠糸路だった。

「今時分、どうしたんですか？」

糸路の出番はとうに終わっている。

「待ってたのよ。どうしてもお礼を言いたくて」

糸路はサングラスを外して顕を見つめた。

「最高のライトを、ありがとう。女優人生で一番良い光を当ててもらったわ」

切れ長の二重まぶたの目尻には隠しようもない皺が刻まれている。それでもかつて顕の、いや日本中の男性の胸を騒がせた片鱗が見え隠れする。紛れもない女優の目だ。

自分以外の照明技師にも同じ台詞を言ったかも知れないとは、顕は考えなかった。よしんばそうであったにせよ、今の言葉は糸路の心から出た真実だった。だからちっとも構わない。最高の女優が、最高の光を褒めてくれたのだから。

「今、映画の話が来てるの。ずっと迷ってたんだけど、ゴンちゃんのおかげで決心が付いたわ。出ることにする」

「そりゃ良かった。絶対観に行きますよ。どんな役ですか？」

「八十歳のお婆さんの役」

顕は「へえ」とか「はあ」とか間抜けな声を出しそうになって、あわてて呑み込んだ。

糸路は顕の狼狽ぶりを見て、楽しそうに声を弾ませた。

「ひどいわよねえ。そりゃ私だっていい歳だけど、八十はいくら何でもひどいでしよ？」

「そりゃそうですよ。ひでえキャスティングだ。監督は誰です？」

「長内浩監督」

長内の名前に、顕は身を堅くした。

七年前に公開された「凍らない水」は内外で高い評価を受けた。その後は「かつぶし長屋」と文芸大作を交互に発表して、今や名実共に日本映画を代表する名監督になった。

その一方で、公開の翌年には由希と離婚して毛利佐和と再婚した。表向きはきれい事を並べていたが、要するに若い女優とデキて糟糠の妻を捨てたのだ。もっとも、由希は「子供がいなくて良かったわ」と案外さばさばしていた。もしかしたら由希も長内に幻滅して、愛想を尽かしていたのかも知れない。今は慰謝料でお好み焼屋を開店し、結構繁盛している。

しかし、由希の父である足立仙太郎は長内の勝手な振る舞いを許せなかった。生まれて初めてつかんだ名前のある役を降板し、役者も引退してしまった。その後は長年の不摂生が祟って身体を壊し、入退院を繰り返しているという。

顕が長内浩に関するあれこれを反芻し終わるのを待って、糸路は再び口を開いた。

「最初は嫌がらせじゃないかと疑ったわ。でも今日、監督の狙いがハッキリ分かったの。どうして私に八十歳の役を演じさせようと思ったか」

糸路の声が熱を帯びた。

「若い役を演じるなら、若い女優には敵わない。でも年寄りの役を演じるなら、年取った女優の方が有利よ。本物の八十歳では衰えてしまうパワーも、今の私にはまだ残っている。だから私を選んだんだって」

顕を見つめる目が街灯の光を写し、キャッチライトを当てたように輝いた。

「きれいな役は今日でお別れ。私は老醜を演じてみせる。そして女優人生を折り返すわ。死ぬまで演じ続けるために」

顕は圧倒され、同時にしびれるような感覚に包まれた。糸路を前にこんな感覚に陥るのは何度目だろう。やはりこの人は違うと思う。女優なのだ、本物の。

「衣笠さん、頑張って下さい。きっと大成功するはずです」

「ありがとう、ゴンちゃん。また、あなたの照明で仕事したいわ」

糸路は大輪の花が開くような笑顔を見せ、サングラスをかけると車寄せの方に歩いて行った。助手席から付き人が出てきて後部座席のドアを開けると、糸路は優雅な身のこなしで乗り込んだ。

車は走り出し、表通りへと出た。テールライトは通りを行き交う光の渦に埋もれて、すぐ見えなくなった。

顕は見えなくなった光に向かって、大きく手を振った。

エピローグ

命が終わろうとする時、過去の記憶が一瞬で甦り、走馬灯のように目の前を通り過ぎると聞いたが、どうやら本当のことらしい。

五堂顕も死の床にあって、現れては消える昔の出来事を眺めていた。不思議なことに、太平洋映画時代の映像は鮮やかな総天然色なのに、テレビに移ってからは色彩が淡くなる。入院してからの記憶はモノクロだ。

肝臓に癌が発見されたのは三年前の秋で、すでに肺に転移していて手術しても手遅れだった。医師は余命半年と宣告した。

妻のみのりと娘の梨花はショックを受けたが、顕自身は平常心で素直に受け容れた。当時八十歳で、日本人男性の平均寿命より長く生きた。それなら死は時間の問題だと思う。

人は死ぬように出来ている。何かのせいで死ぬのではなく、順番が来ると呼ばれるのだ。子供や若者や働き盛りの壮年が死ぬのは痛ましく、何とかその運命を回避してほしいと思う。しかし、自分のように人並み以上の時間を生きた人間は、定められた順番に従って、静かに消えていくべきなのだ。

顕はいたずらな延命治療は拒否し、緩和ケアの治療だけを受けることにした。幸い、末期癌患者の在宅ケアを専門にしている良心的な医師を知っていたので、その人に訪問診療を頼んで入院は断った。それからは訪問看護師と介護ヘルパーの助けもあって、みのりが看病に忙殺されることもなく、住み慣れた自宅で夫婦揃って穏やかな日常を過ごすことが出来た。

余命半年と宣告されながら、その後三回も花見が出来たのだから、在宅療養生活は悪くなかった。いや、大成功だった。

今月に入ってからめっきり体力が落ちた。うつらうつらと居眠りをして、気が付いたら一日過ぎてしまう。そんなことがもう何日も続いていた。

今夜あたり、そろそろかも知れない。予感がする。

不安も恐怖も感じない。あちらには知った顔が大勢いる。いつの間にか、この世の知り合いよりあの世の知り合いの方が多くなった。

植草一は十五年前に自動車事故で亡くなった。自ら運転するポルシェで、スピードを出しすぎてハンドル操作を誤ったのだ。遺作となった新作映画の編集を終えた、その夜の出来事だったという。最後までドラマチックでセンセーショナルな人生だった。そして日本映画を牽引し続けた。

十年前には畑山満男が亡くなり、その翌年には田辺大介が亡くなった。大介は病気一つしたことがなく、顕よりずっと長生きしそうだったのに。しかし、一つだけ幸いなことに、二人とも死ぬまで現役の照明技師とカメラマンだった。

そして現役と言えば、長内浩と浜尾杉子は未だに現役を続ける貴重な存在だった。長内は三年に一度の割で新作映画を監督し、作品は話題を呼んでヒットしている。かつてのような輝きはないが、ウェルメイドな佳作をコンスタントに作り続ける力量は大したものだった。

杉子は五年前まで連続ドラマの脚本を書いていた。脚本家は引退したものの、昨年はエッセイ集がベストセラーとなった。それはテレビ界の巨匠の健在ぶりを示したものだ。

衣笠糸路が亡くなってから、今年で何年になるのか。正直、引退してからは時間の感覚が曖昧になり、十年前も五年前も三年前も、すべてついこの間のような気がする。しばしば時系列がこんぐらがって、順番が逆になる。しかし、その死が報じられた時、顕はまだ現役の照明技師だった。そうだ、植草より後だったはずだ。

糸路が五十歳から八十歳までを演じた「紅葉川」は高評価を受け、その年の映画賞を総なめにした。糸路自身も国内外の映画祭で数々の助演女優賞に輝いた。それ以降は老け役を得意とし、気品ある老婦人から可愛いお婆ちゃん、一癖も二癖もある意地悪婆さんまで縦横に演じ分け、第二の黄金期を迎えた。中でもアガサ・クリスティ原作『ミス・マープル』を翻案したテレビドラマ「ミス・マリ子」シリーズは大人気になり、第七期まで制作された。今では衣笠糸路の代表作と言えば「ミス・マリ子」の名が挙がるほどだ。

シリーズ第八期が制作されなかったのは、撮影に入る直前に糸路が急死したからだった。高級マンションに一人暮らしで、朝、マネージャーが迎えに行くと、出掛ける準備を整えてソファに腰掛けたまま亡くなっていた。眠っているような安らかな顔で、膝には台本が載っていたという。

あの人は女優のまま亡くなった。それも、主役を張る人気女優のままで……。

そう思うと顕の胸には悲しみより喜びと誇らしさが湧いてくる。自分は何と素晴らしい女優と同じ時代を生きたのだろう。何度同じ現場に立ち、光を当て、あの人を輝かせたのだろう。誰でもない、この自分が。

ふっと目を開けて視線を動かした。隣の布団ではみのりが安らかな寝息を立てていた。自分が先で本当に良かったと思う。そして、しばらくは別れても、いずれまた会える。だから寂しくはない。哀しくもない。ただ出会えたこと、共に暮らせたことを、心からありがたいと思う。

顕はもう一度目を閉じた。

太平洋映画を飛び出してからの日々はあっという間に過ぎた。

一九七一（昭和四十六）年には日活が撮影所を売却し、ポルノ路線への転換を発表した。

そして同じ年、大映が倒産した。かつて「羅生門」「地獄門」「雨月物語」「山椒大夫」をはじめ、数々の傑作映画を制作して日本映画の黄金期を築き、市川雷蔵、勝新太郎という不世出の大スターを擁した、あの大映が。

大型客船が沈没する渦に巻き込まれるかのように、翌年には太平洋映画と未来映画も倒産の憂き目を見た。どちらの会社も撮影所システムを切ってフリー契約制に移行し、監督主導からプロデューサー主導の制作体制に切り替え、最後は撮影所を売却した。しかし時代の波に抗することは出来ず、客足は激減する一方だった。結局、負債を抱えたまま、両社は七十余年の歴史に幕を下ろした。

そして……。

一九九〇年代に登場した高品位ビデオカメラの発達により、映画撮影も徐々にフィルムからデジタルへと移行した。やがて二〇一〇年を境に、映画はデジタル撮影がフィルム撮影を上回るようになり、今では完全にデジタルがフィルムを凌駕している。

「最近はカメラが良くなったせいか、やたら『リアルな映像で』って言う監督がいるんですよ。こっちも何がリアルか、一瞬考えるじゃないですか。そうすると〝リアル〟

イコール〝ノーライト〟だったり」

「演出方法としてどうしてもノーライトでやりたいっていうのなら分かるけど、たいていは夜間押してるから時間節約したいだけなんですよ。要するに雑なんですよ。そういう奴に限って〝リアル〟の履き違えをやるから……」

「リアルな映像をしっかり撮るってことと、ノーライトは違うのにね。だいたい、メイクして台本読んでるのに〝リアル〟って何だよ？」

「それでも撮れちゃうから困るよね。カメラの感度が上がったから、もう明かりはいらないって言ってるバカもいるし」

あれを言ったのは田中だったか、横山だったか。いや、デジタルになってから、照明技師は多かれ少なかれ同じような経験をしているはずだ。

あの時自分は何と答えたのだろう？

「ふざけんなってんだ。〝写る〟のと〝写す〟のは違う。当てなくたって照明は要るんだ。ライトも芝居なんだよ」

あれは後輩の技師たちにはただの負け惜しみと聞こえたかも知れない。それとも〝老いの繰り言〟だろうか？

いや、違う。この前見舞いに来てくれたとき、二人は言ってたじゃないか。

「ゴンさん、この間たまたま４Ｋのカメラ使ったんですよ。絞りをグッと入れて、ライティングして。もう、すごいキレイなんです。やっと俺たちの時代だって思いましたよ」

「４Ｋとか８Ｋになったら、キチンと作り込んでライティングしないと見らんないですよ。予算ないからってただ写してるだけじゃ、アラが目立っちゃって。やたら良く写るだけにね、かえって」

「４Ｋになったら、俺、あと十年は喰えるって思いましたもん」

　二人の声は喜びに弾んでいた。

「また、照明の時代が来るんですよ！」

　……そうか。そうなんだ。

　顕は目を開けた。

　暗闇の中に光が灯った。スポットライト。光が影を作り、明暗のコントラストが生まれ、色彩が広がり、世界が輝く。

　この光の照度は？　色温度は？

　不意に光が消えた。

　顕は静かに、最期の息を引き取った。


（完）

初　出　月刊「パンプキン」二〇一七年四月号〜二〇一九年九月号
単行本　二〇二〇年十二月　潮出版社刊

解説――映画黄金期の栄光を、鮮やかに照らし出す物語

高島礼子

山口先生との出会い

山口恵以子先生とは、月刊『潮』で私がホストを務めさせていただいている連載対談「高島礼子の歴史と美を訪ねて」で、初めてお会いしました（対談は『潮』二〇二三年四～五月号に掲載）。同連載では、歴史・時代小説作家をゲストにお招きすることが多いのです。

そして、対談準備のために作品を熟読するうち、私は大抵その方のファンになってしまいます。つまり、対談が終わってからも作品を追い続けるようになるのです。山口先生についてもそうでした。

本作『ライト・スタッフ』については、その対談の中でも話題にのぼりました。歴史小説ではないので対談のテーマからは外れていましたが、私が俳優であるというこ

ともあって、触れてみたのです。

実際の対談から、その箇所を引用してみましょう。

高島　いまのお話で思い出しましたが、山口さんには昭和三十年代の映画界を舞台にした『ライト・スタッフ』という作品もあるんですよね。

山口　はい。映画全盛期の撮影所が舞台で、日本で初めて照明技師さんを主人公にした小説です。高島さんはよくご存じのとおり、照明技師さんは俳優さんにとってすごく大切な存在です。

高島　俳優を生かすも殺すも、照明さんの技術しだいですからね。だから、俳優はみんな照明さんとは仲良くします。

山口　照明さんは俳優さんに近いし、カメラマンとは一心同体だし、ほかのスタッフたちとも密接に連携します。だからこそ、照明さんを主人公にすれば、撮影現場のすべてを描けると考えたんです（『潮』二〇二三年五月号より）。

この短いやりとり自体が、『ライト・スタッフ』という小説の魅力を端的に伝える的確な解説にもなっていますね。

対談時には『ライト・スタッフ』を未読だった私ですが、山口先生の言葉を聞いて無性に読みたくなり、帰宅後、さっそく手を伸ばしました。

今回、文庫解説を仰せつかったのは、そうした経緯があったからです。また、光栄にも山口先生ご自身から、「解説はぜひ高島さんにお願いしたいです」と〝ご指名〟をいただいたとも伺っています。

以下、私なりの視点から、本作の魅力について語ってみたいと思います。

照明技師を主人公にした着想の見事さ

まず第一に、照明技師を主人公に据えて小説を書くという着想の見事さが挙げられるでしょう。

先に引いた言葉のとおり、本作は「日本で初めて照明技師さんを主人公にした小説」です。山口先生以前には、誰も主人公にしようとは考えなかったわけです。

俳優を主人公にした小説なら、すでにたくさんあるでしょう。また、映画監督を主人公にした小説も少なくありません。そのような、いかにも〝物語映え〟しそうな職業に比べれば、照明技師という職種は一見地味な裏方スタッフであり、小説の主人公にはなりにくい――多くの人がそう思うでしょう。

でも、映画制作に携わる人であれば、照明技師という仕事がいかに重要か、よく知っています。だからこそ、業界人なら「なるほど。照明さんを主人公にしたか。それは『コロンブスの卵』だね」と、意表をつく着想に膝を打つことでしょう。山口先生の言葉どおり、「照明さんを主人公にすれば、撮影現場のすべてを描ける」のですから、なおさらです。

山口先生は、作家デビュー以前には映画の脚本家を目指しておられたと伺いました。その時期に映画業界の人たちとも数多く接したことで、照明技師の大切さについても熟知しておられたのでしょう。そのことが、照明技師を主人公にした初の小説を生むことに結びついたのだと思います。

もう七、八年前のことですが、いまも活躍中のある若手人気女優が、テレビのバラエティ番組で照明技師を軽んじる発言をして〝炎上〟したことがありました。批判が殺到し、「いつもお世話になっているスタッフの方々に誤解を与えるような発言をしてしまい、申し訳ありませんでした」と謝罪するに至ったのです。

彼女も当時はまだ十代でしたし、照明スタッフの重要性、ありがたさが、よくわかっていなかったのかもしれません。ですので、いまさらあげつらうつもりはありませんが、「私なら、まだ若かったとしても、絶対にあんな発言はしない」と思いました。

というのも、私は元々テレビ時代劇からキャリアをスタートしたので（人気番組

『暴れん坊将軍Ⅲ』でデビュー）、京都の撮影所（京都市右京区太秦の「東映京都撮影所」）で照明技師がいかに重んじられているか、身にしみてよく知っているからです。

京都の撮影所には、『ライト・スタッフ』に描かれた昭和三十年代の映画界の雰囲気が、いまも濃厚に残っています。そのことを象徴しているのが、「照明さん」の占めるポジションです。京都では照明さんは地味な裏方どころか、ある意味で「撮影現場におけるスター」といってもよい華やかな存在なのです。伝説的に名前を語り継がれてきた照明界の重鎮も、京都には少なくありません。

本作にも描かれていますが、デジタルな映像処理ができるようになってから、照明技師の重要性は昔に比べ薄れてきた面があります。撮影時にうまくいかなくても、編集段階でのデジタルな映像処理によって、ある程度はカバーできるようになってきたからです。

でも、映画黄金期における照明は、撮影時に失敗したら丸ごと撮り直しする以外になかったのですから、いまよりもずっと重い存在だったのです。

たとえばの話ですが、照明技師がある俳優を嫌いだったとしたら、撮影時にその人に「よい照明」を当てないようにイジワルをすることもできます。そして、ちゃんと照明を当ててもらえず、影になってしまったら、画面に映っていても、その俳優は存在しないも同然なのです。

女優が涙を流す場面があったとします。そのとき、その涙に適切な照明を当ててもらえるからこそ、一筋の涙が美しく光るのです。そして、そのことによって女優の演技も輝きます。演技を生かすも殺すも照明しだい――ある程度キャリアを積んだ俳優にはそのことがよくわかっています。だからこそ、俳優たちは照明さんを大切にするのです。

京都の撮影所には伝統的に、映画黄金期の照明さんの絶大な存在感が、いまも色濃く残っています。たとえば、京都ではいまも「照明待ち」という言葉があります。照明さんの準備が整うまで、俳優も監督も、じっくりと気長に待ってくれるのです。

そうした空気の中で女優としてのキャリアを始めた私には、『ライト・スタッフ』の主人公が照明技師であることについて、納得感はあっても意外感はまったくありませんでした。

そして、本作の主人公である照明技師・五堂顕（ごどうあきら）についても、古い友人を見るような親近感を覚えながら、読み進めました。私にも長いつきあいの照明技師さんが何人かいますので、その人たちと顕がオーバーラップするのです。

とくに、右も左もわからない状態からスタートした顕が、失敗や壁にぶつかる経験を重ね、照明技師として一人前に成長していくプロセスに、読みながら「頑張れ、頑張れ」と声援を送る思いでした。

衣笠糸路の「女優魂」に感動

五堂顕とともに、本作の「もう一人の主人公」と言ってよいくらいの存在感で描かれているのが、女優の衣笠糸路です。何と、作者の山口先生は、私・高島礼子をイメージして糸路を書いてくださったと伺いました。身に余る光栄ですし、糸路が登場するシーンは、ひときわ思い入れを持って読ませていただきました。

その結果、いま思うことは、私にとって糸路は、自分と重なるどころか、私など遠く及ばない「理想の女優像」だということです。

「ああ、私も糸路みたいな女優になりたいなァ。いや、いまからでも遅くはないぞ。糸路のような女優を目指して頑張ろう！」と、自分を鼓舞する思いになりました。

糸路のどういう点が私にとって「理想の女優像」なのか、いくつかポイントを挙げてみましょう。

第一に、スタッフ一人ひとりを重んじる人間性です。映画が俳優と監督だけで成り立つものではなく、スタッフ全員の力が合わさって作られるものであることを、糸路はよく知っています。だからこそ、主演俳優であることを鼻にかけて裏方を軽んじるような傲慢さが、彼女には微塵もありません。

そのことを象徴する印象的な場面があります。まだ駆け出しだった顕が撮影時にレフ板（撮影の被写体に光を反射させる板）の使い方をしくじり、落ち込んでいたとき、糸路は自分の撮影シーンがない日にもかかわらず、わざわざ撮影所に出向いて、顕がレフ板で照明を当てる「練習台」を買って出るのです。人気女優がそこまでしてくれたことに顕は感動し、糸路に対する淡い恋心を抱き始めるのでした。

感動的な名場面だと思いますし、私にとってはスタッフや共演者に接する姿勢の理想型が、ここにはあります。

糸路には及びませんが、私も、撮影時に共演者やスタッフがNGや失敗を重ねたとき、「絶対にため息をつかないこと」を自分のルールにしています。

NGがくり返されれば、その分撮影も長引きます。ため息をつきたくなる気持ちもわからなくはありません。でも、NGは出したくて出すわけではなく、出した当人がいちばん申し訳なさを感じているのです。共演者がため息をついたらそのことでさらにつらくなりますし、いっそう萎縮してNGを重ねやすくなります。だから、私はため息をつかないと決めているのです。

第二に、糸路が持つ、不本意に思える役が回ってきても、それを受け入れて女優としての幅を広げていく懐の深さ、チャレンジ精神です。

糸路は五十代になってから、八十歳の老婆役のオファーを受け、悩んだ末にそれを引き受けます。

「最初は嫌がらせじゃないかと疑ったわ。でも今日、監督の狙いがハッキリ分かったの。どうして私に八十歳の役を演じさせようと思ったか」

「若い役を演じるなら、若い女優には敵わない。でも年寄りの役を演じるなら、年取った女優の方が有利よ。本物の八十歳では衰えてしまうパワーも、今の私にはまだ残っている。だから私を選んだんだって」

糸路は顕にそう語ります。そして、その老婆役が評判を呼び、それ以後は老け役を得意とするようになり、女優として第二の黄金期を迎えるのでした。

私も五十代ですし、この糸路の思いがよくわかります。それに、私は女優として、たとえ一見不本意に思える役であっても、基本的には「来る者拒まず」でお引き受けするようにしています。監督がその役を私にキャスティングしたのは、「高島礼子なら他の女優さんよりもその役にふさわしい演技ができる」と見込んでくださったからに他ならないからです。その期待に、頑張って応えたいと私は思います。「自分には合わない」と思える役にも、キャスティングされたからには積極的にチャレンジすること——それができてこそ、年齢などの変化を乗り越えて、女優としての幅と可能性が広がっていくのです。

（もちろん、一つの当たり役を徹底して極めることも俳優としての立派なあり方ですし、そのことを否定するつもりはありません。念のため）

第三に、糸路の女優としての負けじ魂に、私は強く共感します。

ベテラン監督から嫌がらせを受け、理不尽なリテイク（演技のやり直し）をくり返されたとき、顕は監督に対して憤り、「衣笠さん、僕は監督をぶん殴ります！」と糸路に言います。でも、糸路は「およしなさい。無駄なことよ」と応え、次の撮影で彼女ならではの方法で監督に〝反撃〟するのでした（詳しくは本文で味わってください）。

監督にイジワルをされて、ただ落ち込んでメソメソ泣いているようでは、俳優として大成しないでしょう。このときの糸路が示したような、「負けてたまるか」という強い心が燃えていてこそ、俳優として成長していけるのです。俳優って、大げさな言葉を使えば「常在戦場」で、演じることは戦いなのですから……。それは自分との戦いであり、ライバルたちとの戦いであり、時には監督との戦いでもあります。強くならなければ勝ち抜いていけません。私も糸路のようでありたいと思います。

そして第四に、糸路が人生の最期まで女優であり続けたことも、見習いたいと思うのです。

「朝、マネージャーが迎えに行くと、出掛ける準備を整えてソファに腰掛けたまま亡くなっていた。眠っているような安らかな顔で、膝(ひざ)には台本が載っていたという」

そんなふうに描写される糸路の最期は、女優にとっては「理想の死」ではないでしょうか。少なくとも、私にとってはそうです。私も、引退するのでも仕事がなくなるのでもなく、人生最後の日まで女優であり続けたいと思います。

映画好きほど楽しめる極上の娯楽小説

あたりまえのことですが、私は、この小説の舞台になっている昭和三十年代の映画黄金期を、直接には知りません。

ただ、私が駆け出しの俳優だったころの映画界には、まだ黄金期の名残のようなものが濃厚に残っていました。とくに、京都の撮影所はそうでした。ですので、黄金期のシッポくらいは目の当たりにしたという実感があります。黄金期の映画界の雰囲気が肌で理解できる最後の世代が、多分私たちなのでしょう。

また、私もデビューしてから三十数年になりますから、その間に映画界やテレビ界に起きた変化についても、よく知っています。

そうした立場から見ても、この『ライト・スタッフ』はすごくリアルです。映画黄金期の輝きも、その後の変化も、まるで実際に見てきたように、臨場感たっぷりに活写されています。「ここはちょっと不自然だな」と感じる点がまったくないのです。山口先生は執筆に当たって実際の撮影所も見学・取材されたそうですが、それにしても、プロの作家というのはすごいものだと感服します。

映画に詳しくない人にも面白く読めるでしょうが、詳しければ詳しいほど、いっそう深く楽しめる小説だと思います。たとえば、登場する映画監督や俳優、脚本家のモデルとなった人物を推測しながら読むという楽しみ方も可能でしょう。

山口先生の書き方は重層的で凝っていて、「Aという登場人物のモデルは映画監督B」というような単純な描き方にはなっていません。一人のキャラクターに複数のモデルがミックスされていたり、モデルとは微妙に変えてあったりというヒネリが加えられているように思います。

何より、本作は誰にでも楽しめる極上の娯楽小説だと思います。一度読んだだけではわからないような難解さは微塵もなく、読めば即座に引き込まれ、「巻を措く能わず」のノンストップ・エンターテイメントです。

そして、読後感の何とあたたかいこと。山口先生の作品の中には「イヤミス」（読後にイヤな気持ちになるミステリー）に当たるものもあるのですが、本作ではそういう部分は封印して、ひたすら明るく爽やかで、読めば元気が湧いてくる物語に仕上がっています。

最後に一つ、お願いを——。

本作が映画化・ドラマ化された暁には、衣笠糸路の役は、ぜひ私に演らせてください！　糸路に魂を吹き込んでみせますので……。

（たかしま・れいこ　俳優）

山口恵以子（やまぐち・えいこ）
1958年、東京都生まれ。早稲田大学文学部卒業。会社員を経て、派遣社員として働きながら松竹シナリオ研究所で学ぶ。その後、丸の内新聞事業協同組合の社員食堂に勤務しながら小説を執筆。2007年『邪剣始末』で作家デビュー。13年『月下上海』で松本清張賞を受賞。著書に「食堂のおばちゃん」「婚活食堂」「ゆうれい居酒屋」各シリーズ、『恋形見』『風待心中』『食堂メッシタ』『さち子のお助けごはん』など。

ライト・スタッフ

潮文庫　や－3

2024年　2月20日　初版発行
2024年　3月 5 日　2刷発行

著　　者　山口恵以子
発 行 者　南 晋三
発 行 所　株式会社潮出版社
〒102-8110
東京都千代田区一番町6　一番町SQUARE
電　　話　03-3230-0781（編集）
03-3230-0741（営業）
振替口座　00150-5-61090
印刷・製本　株式会社暁印刷
デザイン　多田和博

ISBN978-4-267-02414-6 C0193
